조선이
문명함

조선이 문명함 2

초판 1쇄 인쇄일 2023년 2월 10일 | **초판 1쇄 발행일** 2023년 2월 16일

지은이 조휘 | **펴낸이** 곽동현 | **담당편집 팀장** 이범수
편집부 정요한 김승건 조혜진

펴낸곳 (주)조은세상 | 출판등록 제2002-23호
주소 서울특별시 동작구 동작대로1길 27 5층
TEL 02)587-2966 | FAX 02)587-2922
E-mail bukdu@comics21c.co.kr

ISBN 979-11-391-1488-1 | ISBN 979-11-391-1486-7(set)
값 9,000원

2

북두

조선이 문명함

조휘
대체역사 장편소설

조휘 대체역사 장편소설

NEO ALTERNATIVE HISTORY FICTION

CONTENTS

조휘 대체역사 장편소설

NEO ALTERNATIVE HISTORY FICTION

CONTENTS

26장. 옥석을 가리는 시간이다

이히히잉!

총알을 여러 방 맞은 말이 울부짖으며 쓰러졌다.

이제야 말이랑 정이 좀 드는가 싶었는데.

하, 개새끼들, 이 빚은 꼭 곱절로 받아 내마.

왕두석은 나를 데려가 그런 말 뒤에 숨겼다.

"여기 가만히 계십시오."

"넌?"

왕두석이 이를 바드득 갈며 환도를 뽑았다.

"당연히 놈들을 도륙 내야지요!"

"조심해, 인마."

"그런 말은 적에게 더 필요할 겁니다."

왕두석은 곧 말을 뜀틀처럼 넘어 사라졌다.

난 착한 임금이었다.

무예 좀 익혔다고 나대나간 혼란만 준다.

시키는 대로 말 뒤에 얌전히 숨어 있었다.

뒤와 옆에 날 경호하는 금군이 많아 외롭진 않다.

근데 숨은 위치가 영 별론데.

하필이면 죽은 말의 얼굴 쪽이다. 자꾸 눈이 마주친다.

"제길."

난 죽은 말의 눈을 감겨 주고 미어캣처럼 슬쩍 고개를 들었다.

다행히 전황은 우리 쪽으로 유리하게 흘러갔다.

배신한 착호군은 30명을 넘지 않았다. 반면 배신하지 않은 착호군에 금군을 더하면 그 수는 세 배가 넘었고.

단순 계산으로도 3 대 1이다.

그런 생각을 하며 시선을 한쪽으로 돌렸을 때.

한 사내가 환도로 적의 가슴을 베고 있었다.

아니, 베어 내는 수준을 넘어 톱질하고 있었다.

적이 내장을 쏟아 내며 바닥을 뒹굴었다.

"이 개새끼들이 감히 착호군을 똥통에 빠트려!"

그러면서 적을 밟고 환도를 도끼처럼 찍었다.

목이 잘려 나간 적의 몸에서 피가 쏟아졌다.

씩씩거리던 사내는 누군가를 보고 그쪽으로 달렸다.

"나진태! 넌 내 손에 뒤졌어!"

많이 빡친 모양이네. 하긴 그럴 수밖에 없겠지.

그의 정체는 다름 아닌 착호장 강대산.

착호군이 결딴나게 생겼는데 제정신일 리 있겠어?

그가 우리 편이라는 건 천만다행이었다.

이쪽 사정을 아직 듣지 못했는지 북원 다른 쪽에 있는 착호군은 참전하지 않은 상황.

아직 그들이 누구 편인지 모르는 때에 강대산이 아군이라는 것만큼 든든한 일은 없었다. 그가 나와 함께하는 한 착호군도 쉽게 배신자 편을 들지 못할 테니까.

시선을 다른 쪽으로 돌렸다. 저긴 김준익의 독무대네.

김준익은 환도로 적이 찌른 장창을 정확히 가격했고.

빗나간 장창은 잡풀이 우거진 땅에 가서 박혔다.

무슨 환도를 요격 미사일처럼 쓰는군. 환도가 양란을 거치며 계속 길어졌다곤 하나 쉽지 않은 일이다.

실제로 장창을 든 적과 마주하면 태반이 물러난다.

상대와의 리치 차이가 워낙 크기 때문이다.

거의 플라이급이 헤비급에 도전하는 느낌이다.

겁에 질린 적이 잡풀에 엉킨 장창을 뽑아내는 사이.

김준익은 순식간에 거리를 좁히며 환도를 사선으로 베었다.

"으악!"

적이 얼굴부터 가슴까지 피를 쏟아 내며 넘어갔다.

김준익은 프로였다.

바로 쓰러지는 적을 쫓아가 목에 환도를 찔러 넣었다.

적이 피 묻은 손으로 환도의 날을 잡으려는 순간.
김준익은 환도 날을 비틀어 다시 뽑아냈다.
대동맥이 잘린 적의 목에서 피가 1미터는 솟구쳤다.
으으, 끔찍하네. 그나저나 두석이는 어디 있나?
난 고개를 돌려 왕두석을 찾았다.
왕두석은 조총을 든 적들만 후려 패며 돌아다녔다.
다 알겠지만, 조총은 장전하는 데 한 세월이다.
한 발 쏘고 적이 달려들면 달아나야 한다.
아니면 조총을 몽둥이처럼 휘둘러 막거나.
왕두석은 적이 휘두른 조총을 팔로 막고 환도를 찔렀다.
가죽옷은 갑옷보단 패션 아이템에 가깝다.
환도가 적의 배를 찢으며 들어가 내장을 휘저었다.
엄청 아프겠네.
다행히 왕두석은 사디스트가 아니었다.
바로 목을 베어 적의 고통을 덜어 주었다.
강대산, 김준익, 왕두석이 분전한 덕에 적을 한곳으로 모았다.
이젠 포위해서 마무리하면 된다. 그 순간.
쉭! 화살이 시위를 떠나는 익숙한 소음이 들렸다.
평소라면 아 또 누가 화살을 쏘나 보다 했을 거다.
그 소리가 내 뒤에서 들려오기 전까진 말이다.
난 본능적으로 말의 배 밑으로 몸을 숙였다.
퍽! 화살이 살에 박히는 소리가 났다. 급히 돌아봤더니.
"어?"

뒤를 지키던 금군이 내 쪽으로 쓰러졌다.

난 급히 금군을 받아 말의 사체에 기대 놓으며 상태를 확인했다.

제길! 금군의 가슴에 화살이 박혀 있었다.

다행히 철릭 안에 갑옷을 받쳐 입어 즉사는 아니었다.

물론, 더 심각한 문제는 따로 있었다.

저격수가 앞이 아니라 뒤에 있단 점이다.

금군 서너 명이 급히 내 등을 가리며 주위를 경계했다.

쉭!

활시위 놓는 소리가 들리더니 또 다른 금군이 쓰러졌다.

그 순간. 나도 내가 왜 그랬는지 모르겠다.

반격할 무기가 필요하단 생각에 등자에 걸어 둔 활을 꺼냈다.

원래는 걍 폼이나 재려고 가지고 온 건데.

쉭!

그사이 세 번째 활시위 놓는 소리가 들렸다.

칼로 화살을 쳐 내려던 금군이 신음을 토하며 쓰러졌다.

난 말의 배 밑으로 파고들며 시위에 화살을 걸었다.

이상립에게 궁술을 배워 생 초짜는 아니다.

준비를 마치고 나서 심호흡하는데 활시위 놓는 소리가 들렸다.

금군이 또 한 명 쓰러졌다. 빌어먹을!

그래도 소득이 전혀 없진 않았다.

집중한 덕에 화살이 날아온 방향을 감지했다.

그쪽을 대충 겨누고 시위를 당겼다가 놓았다.

쉬이익! 화살이 날아가는 광경이 슬로 모션처럼 보였다.

꼭 물고기가 물살을 헤치며 날아가는 것 같네.

화살은 북원에 흔한 참나무 가지를 맞고 떨어졌다.

그 순간.

그 참나무 뒤에서 가죽옷을 걸친 궁사 두 명이 걸어 나왔다.

젠장, 두 명이잖아!

어쩐지 화살 쏘는 간격이 너무 짧더라니.

상대는 이미 장전을 마친 듯 활시위가 팽팽했다.

오른쪽 궁사가 각궁을 들어 올려 내 쪽을 겨냥했다.

아니, 정확히 말하면 금군 뒤에 숨은 날 겨냥했다.

저기서 내가 보이나?

아무튼 나도 화살을 시위에 걸고 궁사를 조준했다.

동시에 상황에 어울리지 않는 경쾌한 소리가 들려왔다.

빠바바밤!

이 BGM은 레벨업인데? 설마 지금? 이 시국에?

부르지도 않았는데 저절로 스탯 창이 나타났다.

이연 (+6,211)

레벨: 2 (NEW)

무력: 20(↑1) 지력: 48 체력: 29(↑2) 매력: 25 행운: 41(↑1)

그 순간.

쉭! 오른쪽 궁사가 쏜 화살이 금군 하나를 더 쓰러트렸다.

문제는 그 금군이 내 정면을 방어하던 자란 점이다.

이제 내 앞에는 고속도로가 뚫렸다.

양옆의 금군이 몸을 날렸지만, 틈이 생기는 건 어쩔 수 없다.

왼쪽 궁사가 기다렸다는 듯 활을 들어 올렸다.

뭐야? 너희들 2인 1조 태그팀이냐?

그리고 이 시발놈들아, 너네만 활 쏠 줄 아냐?

내가 왼쪽 궁사를 조준하고 시위를 놓으려는 순간.

스탯 창 밑에 금빛 글씨가 아로새겨졌다.

레벨업 보상이 나올 때 본 광경이다.

젠장, 지금 말고 나중에!

게임 시스템은 내 말을 귓등으로도 안 들었다.

레벨 2 달성 특전

패시브 스킬 1개 획득

※패시브 스킬이 두 개로 늘어남에 따라 인벤토리 자동 개방

나중에! 나중에 하라고, 시발놈아!

여전히 귓등으로도 안 들었다.

패시브 스킬 인벤토리가 자동으로 열렸다.

작은 칸으로 나누어진 직사각형 인벤토리였다.

난 인벤토리 창을 없애기 위해 대충 훑고 치울 생각이었다.

이번에 얻은 스킬이 뭔지 알아내기 전까진.

오오오!

난 재빨리 인벤토리에 있는 새 스킬을 슬롯에 장착했다.

패시브 스킬

1. 세종대왕을 경배하라!

2. 신궁의 혈통! (NEW)

3. 없음

거기서 바로 신궁의 혈통을 열었다.

신궁의 혈통! (S)

조선을 개국한 태조 이성계는 한반도를 대표하는 신궁이다.

조준 레벨: 0

거리 레벨: 0

사격 레벨: 0

스킬 잔여 포인트: 1

바로 포인트를 사격에 넣어 보았다.

총만 사격이 아니다. 활, 대포를 쏘는 행위도 사격이다.

빌어먹을! 역시 안 오른다.

그럼 조준이지!

왼쪽 궁사와의 거리는 이미 가깝다.

지금은 조준이 훨씬 더 중요하다.

조준 레벨이 1로 바뀌는 순간.

"가랏!"

난 시위를 놓으며 소리쳤다.

마침 조준을 마친 왼쪽 궁사도 동시에 시위를 놓았다.

양쪽에서 쏜 화살 두 개가 순식간에 가까워졌다.

난 화살끼리 공중에서 충돌하는 상상을 했다.

화살이 공중에서 일기토를 벌이는 거다.

물론, 현실에선 그런 일이 안 일어나니까 상상이다.

두 화살은 거리를 꽤 두고 스쳐 지나갔다.

난 본능적으로 말 밑으로 상체를 숙였고.

왼쪽 궁사도 매복하던 참나무 뒤로 몸을 숨겼다.

팟! 퍽! 서로 다른 소리가 들리며 공방이 끝났다.

왼쪽 궁사가 쏜 화살은 숨이 끊어진 말의 몸통에 가서 박혔고. 내가 쏜 화살은 참나무를 스치며 왼쪽 궁사의 팔을 맞혔다.

다 패시브 스킬빨이다.

왼쪽 궁사가 실패하는 모습을 본 오른쪽 궁사가 시위를 당겼다. 또 태그팀이냐?

나도 화살통에서 화살을 꺼내 시위에 재었다.

물론, 오른쪽 궁사가 나보다 훨씬 빨랐다.

그는 벌써 시위를 놓기 직전이었다.

피해야 하나? 아니면 조금 전처럼 맞다이를 까?

그 순간.

탕! 총성이 울리더니 오른쪽 궁사가 눈알을 잡고 쓰러졌다.

몇 초 후.

탕! 또다시 총성이 울리고 이번엔 왼쪽 궁사가 쓰러졌다.

왼쪽 궁사도 눈알 하나가 터져 피를 뿜어냈다.

워낙 갑작스럽게 벌어진 일이라, 어떻게 반응해야 될지 알 수 없었다.

눈은 신체 중에서 가장 약하다. 그리고 뇌와 가깝다.

각도만 잘 맞으면 즉사시킬 수 있다.

물론 이론상으로 그렇단 얘기다.

그런데 조총 같은 허접한 총으로 눈알만 터트리고 다닌다고? 그것도 몇 초 간격으로?

급박한 상황과 어울리지는 않는 생각을 하고 있을 무렵.

착호군 복장을 한 젊은이 하나가 달려왔다.

"전하, 괜찮으시옵니까?"

난 더 이상의 습격이 없음을 확인하고 젊은이를 살폈다.

여자처럼 뽀얀 얼굴에 몸도 여리여리했다.

어깨 양쪽에 걸쳐 둔 조총 두 자루만 아니면 오해할 뻔했다.

어디서 아이돌이 튀어나왔냐고.

금군이 화살에 맞은 부상자를 돌보는 사이.

난 젊은이를 불러 호구 조사를 했다.

"착호군이냐?"

"그렇사옵니다."

"이름이 뭐냐?"

"홍귀남이옵니다."
"가문에 아들이 귀하냐?"
"그렇사옵니다."
"조총 쏘는 솜씨가 엄청나더구나."
"황공하옵니다."
"조총을 어떻게 그리 빨리 쏘는 거냐?"
"두 자루 다 화승에 미리 불을 붙여 놓고 쏘았사옵니다."
아무리 그래도 몇 초 간격으로 쏘는 건 엄청난 거다.
미친 실력이다.
신궁의 혈통은 내가 아니라 이 사람이 물려받은 모양이네.
아, 탐나네. 이건 뭐 조총 쏘는 레골라스잖아.
아 참, 이런 대화를 나눌 때가 아니지.
"넌 잠시 대기하고 있어라. 과인은 상황을 좀 봐야겠다."
"예, 전하."
홍귀남을 킵해 놓고 나서 현장으로 향했다.
어느새 앞쪽도 결말이 나 있었다.
반역을 저지른 착호군 30여 명은 거의 다 뒈졌다.
아군도 피해가 커 착호군 일곱, 금군 셋이 전사했다.
다친 숫자는 그보다 많아 스물이 넘었다.
호랑이 잡으려다가 이게 뭔 꼴이냐?
피를 뒤집어쓴 왕두석이 달려와 무릎을 꿇었다.
"전하를 위험에 처하게 한 소관을 죽여 주시옵소서!"
그 말에 금군, 착호군 할 거 없이 전부 무릎을 꿇었다.

"죽여 주시옵소서!"

"진짜 죽이면 어떻게 하려고 맨날 죽여 달래?"

당황한 이들을 내버려 두고 아직 숨을 쉬는 반란군에게 물었다.

"과인이 배후가 누구냐고 물으면 대답해 줄 거야?"

반란군은 고통을 느끼는 와중에도 고민하는 기색을 보였다.

갑자기 삔또가 상했다.

"됐어, 인마! 드러워서 안 물어봐!"

난 바로 김준익을 불러 지시했다.

"금군을 데려와 여길 싹 포위하고 착호군을 무장해제 시키시오. 그리고 살아 있는 놈들을 고문해 배후도 최대한 캐 보고."

"조정이나 훈련도감에 알려야 하지 않겠사옵니까?"

"이런 일은 아는 놈이 많을수록 복잡해지는 법이오."

"분부 받잡겠사옵니다."

김준익은 부하를 시켜 금군을 불렀다. 그리곤 본인이 직접 살아남은 반란군들을 숲속으로 끌고 갔다.

숲 깊은 곳에서 쉴 새 없이 비명이 들려온다.

어후, 저쪽은 궁금하지도 않네.

그러다가 짜기라도 한 것처럼 한순간에 잠잠해졌다.

얼마 후, 김준익이 손에 묻은 피와 살점을 수건으로 닦으며 다가왔다.

"점조직이옵니다."

"점조직?"

“나진태가 이번 일의 주동자이옵니다. 다른 놈들은 그의 꾐에 넘어가 가담한 모양이라 아는 정보가 없었사옵니다.”

“나진태는 이미 죽었겠구만. 누가 죽였소?”

“마지막에 스스로 목숨을 끊었사옵니다.”

“그럼 추적은 물 건너갔네.”

“그렇사옵니다.”

곧 이상립과 기송일이 금군을 이끌고 들이닥쳤다.

금군은 도착하기 무섭게 착호군을 무장 해제시켰다.

의외로 착호군은 저항하지 않고 순순히 받아들였다.

난 그사이 범이 있다는 북원 쪽을 바라보며 숨을 들이마셨다.

녹슨 구리 냄새와 매캐한 화약 냄새가 진동했다.

이게 전쟁의 냄샌가?

의외로 비위가 상하거나 하진 않네.

아니, 오히려 마음에 드는 냄샌데.

아름답진 않지만 질색할 정도는 아니야.

물론, 희생자에 대한 추모의 마음은 잊지 않고 있다.

그 순간.

이상립이 강대산을 포박해 데려왔다.

지금부턴 옥석을 가리는 시간이다.

27장. 이게 무슨 개떡 같은 일이야?

호랑이나 잡자고 착호군을 부른 건 아니다.

난 두 개의 특수 부대를 가지고 싶었다.

하나는 날 지키는 특수 부대고.

다른 하나는 내 명령만 수행하는 특수 부대다.

전자는 이미 얻었다. 금군이다.

그렇다면 이제 후자로 쓸 만한 이들을 구해야 했는데, 내가 택한 유력 후보는 착호군이었다.

그래서 호랑이를 잡는다는 핑계로 불러들인 면이 더 큰 건데.

착호군이 이런 사달을 벌일 줄은 몰랐다.

알면 미쳤다고 불렀겠어?

난 금군이 가져온 의자에 앉아 다리를 꼬았다.

강대산은 포기한 사람처럼 가부좌한 자세로 눈을 감고 있었다.

"착호장."

강대산이 눈을 뜨며 머리를 조아렸다.

"예, 전하."

"이게 무슨 개떡 같은 일이야?"

"면목이 없사옵니다."

"면목이 없으면 끝나는 거야?"

"소장이 목숨을 끊겠사옵니다. 부하들만이라도 살려 주시옵소서."

난 일어나서 강대산 뒤로 돌아갔다.

"너 고육계라고 들어 본 적 있어?"

"있사옵니다."

"다행이네. 그럼 고육계를 바탕으로 최악의 가정을 해 보자고."

"……."

"과인이 생각하는 최악의 가정은 이거야. 오늘 사건의 진짜 주동자는 나진태란 새끼가 아니라, 너 강대산이었던 거지."

"그건 절대 아니옵니다!"

"지금은 그냥 듣고만 있어."

"……."

"강대산이랑 나진태가 원래는 한편인데 과인 앞에선 마치

서로 적인 것처럼 위장하는 거지. 실감 나게 서로 칼질도 하고 말이야. 그럼 난 강대산을 전보다 더 신뢰하지 않겠어?"

"……."

"과인은 그런 널 가까이에 두고 부리겠지. 넌 충신인 척하면서 과인 곁에 머물다가 때가 되면 손을 쓰는 거고. 그럼 과인은 억울하단 하소연도 못 해 보고 죽겠지. 과인의 눈깔이 삐는 바람에 내 손으로 자객을 불러들인 거나 같으니까."

"소장이 나진태와 한편이었으면 고육계는 필요 없사옵니다. 소장이 직접 나섰으면 쉽게 빠져나가지 못하셨을 테니까요."

씩씩거리던 기송일이 대뜸 환도를 뽑아 강대산을 겨누었다.

"부하들이 밑에서 무슨 짓을 꾸미는지도 모른 새끼가 감히 전하를 겁박해? 전하, 소장이 이놈 목을 치게 윤허해 주시옵소서!"

강대산도 성격이 지랄 맞았다.

"느려 터진 곰 새끼 주제에 어디 사람한테 함부로 칼을 들이미는 거냐? 정 죽고 싶으면 칼을 다오. 털가죽을 벗겨 주마."

"이게!"

기송일이 당장이라도 달려들듯 콧김을 뿜었다.

그 순간. 이상립이 환도로 바닥을 쾅 쳤다.

"둘 다 그만하지 못하겠나! 감히 어느 안전이라고 큰소리야!"

이상립은 힘쓰는 법을 알았다.

내려친 환도가 땅을 뚫고 쑥 들어갔다.

기송일은 원래 이상립에게 못 당하는 실력이고.

강대산도 이상립의 기백에 놀란 듯 시선을 돌렸다.

난 혀를 찼다.

"쯧쯧, 분명 과인이 최악의 가정이라고 하지 않았나?"

"송구하옵니다."

"가정이긴 한데 그래도 좀 껄끄러운 게 사실이야. 가정은 언제든 일어날 수 있는 일을 예상하는 거잖아? 너도 동의하지?"

강대산이 그 무슨 개소리냔 표정으로 날 보았다.

"그래서 어떻게 하시겠단 말씀입니까?"

"가까이 두고 부리자니 니가 갑자기 돌변해 과인을 찌를까 봐 무섭고. 그렇다고 이번 일의 책임을 물어 죽여 버리자니 아까운 인재를 잃을까 봐 불안하고. 그게 솔직한 심정이야."

강대산은 여전히 귀신 씻나락 까먹는 소리냔 표정이었다.

난 손가락 하나를 세워 까딱거렸다.

"이를 타개할 훌륭한 방법이 하나 있지. 니가 직접 이번 일의 배후를 추적해 잡아 오는 거야. 그럼 넌 나진태랑 아무런 연관이 없단 사실이 밝혀지는 셈이지. 어때? 쩌는 계획이지?"

"쩌는 게 무엇이옵니까?"

왕두석이 재빨리 끼어들었다.

"엄청 좋단 뜻입니다."

"흠흠, 아무튼 전하께서 명하신다면 따라야지요. 소장이 목숨을 걸고 이번 일의 배후를 잡아 전하 앞에 대령하겠사옵니다."

"아, 하는 김에 다른 일도 하나 해 줘야겠어."

"무엇이옵니까?"

"외국과 몰래 거래하는 잠상, 밀수꾼을 전부 잡아 여기로 압송해. 대가리는 다 살려서 데려와야 한다는 거 잊지 말고."

"그럼 대가리가 아닌 자들은 어찌……."

"마음대로 해. 두석아."

"예, 전하."

"그걸 줘라."

왕두석은 은이 든 보따리 두 개를 강대산에게 건넸다.

"그건 착호군 활동 자금으로 주는 거야. 필요할 때 써. 그리고 지금부턴 이름만 착호군이야. 범을 쫓아다닐 필요 없어."

"그럼 저희가 하던 업무는 어떻게……."

"훈련도감에서 할 거야."

"예에?"

"훈련도감 애들도 오늘 같은 실전을 치러 봐야지. 그렇다고 실전 경험 쌓겠다고 청나라나 왜국을 칠 순 없는 노릇이잖아?"

"그, 그건 그렇지요."

"아 참, 그걸 안 물어볼 뻔했네. 홍귀남이를 잘 알아?"

"조총을 귀신같이 잘 쏘는 아입니다."

"내력도 알아?"

"어려서 조실부모하고 조부랑 같이 살았는데, 그 조부가 함경도에서 실력이 가장 뛰어난 포수였사옵니다. 조총 쏘는 법을 조부에게 배운 덕에 착호군의 최고 명사수가 되었지요."

"홍귀남이는 과인이 쓸 테니 그리 알아."

"어떤 일을 맡겨도 잘할 아이이옵니다."

"넌 네 앞가림이나 잘해."

"예……."

"전사자는 금군이 처리할 거야. 넌 애들 데리고 나진태란 놈의 행적을 뒤져 봐. 그놈도 갑자기 하늘의 계시를 받아 이런 짓을 벌인 건 아닐 거 아냐? 쫓다 보면 꼬리가 잡히겠지."

"분부 받잡겠사옵니다."

강대산 등은 무기를 돌려받고 조용히 도성을 떠났다.

그사이, 금군은 죽은 금군과 착호군의 장례를 치렀다.

배신한 착호군도 같이 장례를 치렀다.

이미 죽은 자들인데 시체에다 화풀이할 필욘 없지. 유가족 의사에 따라 고향 선산에 묻히길 원하면 그렇게 해 줬다.

장례가 끝나고 나선 북원 안에 건물을 지었다.

이를테면 나만 쓰는 안가인 셈이다.

시간이 지나면서 사고가 있었다는 소문이 솔솔 흘러나왔다.

물론, 나나 금군이 노 코멘트한 덕분에 소문은 금세 사그라들었다. 내가 아무 말 안 하는데 지들이 뭘 어쩌겠어.

날 찾아와선 '뒈질 뻔하셨다면서요?', '그것참 아깝게 되었네요.'라고 할 것도 아니고.

홍귀남에겐 선전관을 제수했다.

글을 읽고 쓸 줄 알아 선전관을 해도 문제없었다.

그 와중에 기쁜 소식도 하나 전해졌다.

제물포 지사와 훈련용 범선이 준비되었단 소식이다.

바로 네덜란드 선원들을 파견해 수군을 훈련했다.

앞으로 제물포 지사에서 훈련받은 이 수군이 서유럽회사

와 조선 수군의 베이스가 될 거라 지원을 아끼지 않았다.

1659년 겨울.

소빙하기를 앞둔 세상은 차갑게 얼어붙었지만.

서유럽회사 본사와 지사는 열기로 인해 뜨끈뜨끈했다.

◆ ◈ ◆

안가에 사격장을 세웠다. 절묘한 타이밍에 등장한 두 번째 패시브 스킬, 신궁의 혈통이란 놈 때문이다.

신궁의 혈통! (S)

조선을 개국한 태조 이성계는 한반도를 대표하는 신궁이다.

조준 레벨: 1

거리 레벨: 0

사격 레벨: 0

사실 내 몸에 이성계의 DNA가 얼마나 있는진 모른다.

그래도 업둥이나 씨도둑을 한 게 아니라면 아예 없진 않겠지.

신궁의 혈통을 물려받은 건 팩트란 소리다.

물론, 아쉬운 면도 없잖아 있다.

이성계는 일개 저격수가 아니다.

한반도 역사 탑 5에 들 만한 대장군이었다.

그런데 패시브 효과는 달랑 사격이 전부.

지휘나 전략 같은 게 있었다면 참 좋았을 텐데.

아쉬운 마음은 굴뚝같지만, 지나간 일에 미련을 둬서 뭐 하겠나. 어쨌든 간만에 나온 스킬이란 게 중요하지.

이것을 어떻게 하면 잘 활용할지 연구하는 게 먼저다.

앞서 사격에 포인트를 투자하려던 시도는 실패로 돌아갔다.

그 말인즉슨 마르지 않는 샘과 같이 거리도 1이 되어야 사격이 오른다는 말이다.

그럼 거리는 어떻게 늘리느냐.

대략 두 가지 방법을 생각해 볼 수 있다.

하난 완력이고 다른 하나는 고성능 활이다.

고성능 활이라면 굳이 찾을 필요도 없다.

활에 진심인 나라답게 각궁은 활 세계에서 1티어니까.

그렇다면 남은 것은 완력을 키우는 것인데.

이 또한 별다른 문제가 되지 않는다.

그간 관우정 헬스클럽을 다니며 꾸준히 벌크업을 해 왔다.

덕분에 내 키에 맞는 적정 체중에 도달했는데.

그 상태에서 팔 굽혀 펴기, 턱걸이 등으로 꾸준히 근력을 길렀다. 우락부락까진 아니어도 알통이 낙타 등처럼 솟은 수준은 된다는 말이다.

이 정도면 충분하겠지.

궁술과 사격의 연마를 위한 일타 강사도 마련되어 있고.

이상립은 궁술에도 일가견이 있었다.

하루 날을 잡아 스파르타식으로 지도받았다.

"아니, 그게 아니옵니다. 하체에 힘을 딱 주고, 예, 그렇게요."

"……."

"아, 파지를 왜 자꾸 오랑캐처럼 하십니까. 조선의 궁술 파지는 이렇게, 이런 식으로 하는 거라고 누차 말씀드리지 않았습니까."

"장군, 지금 과인을 갈구는 거요?"

"하하, 갈구다니요. 그럴 리가 있겠사옵니까?"

"어색하게 웃는 거 보니 맞는 모양이네."

"하하하."

"거봐."

"좋사옵니다. 그 자세를 최대한 오래 유지하시옵소서."

"팔, 팔이 자꾸 떨리는데."

"자연스러운 현상이옵니다. 이제 과녁을 겨누시옵소서. 예, 가르쳐 드린 대로 위에서부터 천천히 내려야 조준이 잘됩니다."

"이, 이제 쏘면 되는 거요?"

"좀 더 참아 보시옵소서. 그리고 호흡을 가다듬어 보시옵소서."

"이, 이제 쏘면 되는 거요?"

"급하시옵니다."

"장군, 과인을 벌주는 거요?"

"하하하."

"정말인가 보네."

"아, 화살촉이 막 안정을 찾았사옵니다. 이제 거리를 가늠

하시고 나서 과녁의 위를 겨누시옵소서. 아실 테지만 화살은 멀수록 더 깊이 가라앉사옵니다. 궁술은 거리를 가늠해 오조준을 얼마나 세밀하게 하느냐에 따라 실력이 갈리옵니다."

"……."

"쏘시옵소서!"

난 시키는 대로 시위를 놓았다.

약간 비스듬하게 날아간 화살이 과녁으로 질주했다.

잠시 후.

과녁을 담당하는 금군이 붉은 깃발을 크게 흔들었다.

"명중이오!"

이상립이 머리를 숙였다.

"역시 전하께선 무예를 타고나신 듯하옵니다."

"태조 대왕의 피가 어디 가겠소, 하하하!"

"정말 그렇사옵니다."

며칠 동안, 손에 피멍이 들 때까지 쏘고 또 쏘았다.

조준이야 스킬 덕에 워낙 좋았고. 거리도 계속 늘어나 50보, 100보를 지나 200보를 넘어갔다.

각궁은 최대 사거리가 200보를 상회해 힘만 좋으면 다 넘긴다. 물론 넘길 수 있다고 했지, 과녁을 정확히 맞힐 수 있다곤 안 했다.

난다 긴다 하는 무신, 갑사들을 모아 시험해도 마찬가지다.

과녁이 대문짝만하게 커도 활로 맞히는 건 여간해선 쉽지 않다.

반면 난 스킬 덕에 200보를 넘기면서도 대부분을 명중시켰다.

하하하, 내가 이제부터 조선의 빌헬름 텔이다!

그렇게 궁술 훈련을 마치고 돌아가는 길.

예상대로라면 기뻤어야 정상인데.

창덕궁으로 향하는 걸음엔 아쉬움이 잔뜩 묻어 나왔다.

수련도 열심히 했고 결과도 좋았는데 빌어먹을 레벨은 왜 이렇게 안 오르는 거야?

대체 뭐가 문제인 거지? 아직 부족한 게 남았나?

원인을 되짚어 보던 중 문득 한 가지 생각이 떠올랐다.

사격(射擊).

사전적 의미는 총이나 대포, 활 따위를 쏘는 행위.

그렇다면 단순히 활만 갈고닦는 걸로는 요구치를 충족시키지 못한다는 말일까?

혹시나 싶어 다음 날 사격 훈련을 위해 홍귀남을 불러들였고, 곧 본격적인 수업이 시작되었다.

홍귀남이 두 손으로 바친 조총을 받으며 손을 떨었다.

감격스러워서가 아니다.

조총은 왜국에서 온 이름이고 정확한 명칭은 매치락 머스킷이고 조선식으로는 화승총이라고 부르는 게 맞는데.

편의상 조총으로 부르기로 하고, 중요한 건 따로 있다.

이 시대 조총은 복불복이다. 잘못 걸리면 총신이 폭발해 적이 아니라 내가 피떡이 된다는 말이다.

화약과 총알을 장전하고 화승에 불을 붙여 격발했다.

첫 사격 이후 느낀 감상은, 역시 나한텐 활보단 총이 더 편하다는 것이다.

K2 만발 사수와 조총은 별 상관없어도 어쨌든 총이 더 익숙했다. 빌어먹을 화약 연기와 복잡한 장전 방식만 빼면 말이지.

아, 한 가지 문제가 더 있군.

조총은 총신이 활강이라 명중이 잘 안된다.

과장 좀 보태면 거의 코앞에서 쏴야 맞는 수준이다.

물론, 내겐 스킬빨이 있어 금세 실력이 쑥쑥 늘었다.

그렇게 보름쯤 연습했을 때. 마침내 레벨업이 되었다.

신궁의 혈통! (S)

조선을 개국한 태조 이성계는 한반도를 대표하는 신궁이다.

조준 레벨: 1

거리 레벨: 1(↑1)

사격 레벨: 1(↑1)

예상대로다. 조준과 거리가 같이 올라야 사격 레벨이 오른다.

레벨업한 김에 조총과 활로 사격 스킬을 시험해 봤다.

실력이 는 게 확실히 느껴진다.

스나이퍼는 아니더라도 샤프슈터는 되겠네.

난 조총을 내려다보다가 군기시를 찾았다.

이젠 화기도 좀 건드려 봐야겠어.

28장. 뭐 별수 있나.

군기시의 규모는 내 예상을 아득히 뛰어넘었다.

서울 시청과 무교동 일대가 전부 군기시였다.

어휴, 이게 땅값이 다 얼마야.

여기다 건물을 세우면 갓물주는 우습겠네.

아, 이럴 때가 아니지.

부동산업자에서 왕으로 전환한 난 말의 속도를 높였다.

방계 왕자로 행세한 덕에 시선을 많이 끌진 않았다.

누가 물어보면 복창군이라고 해야지.

복창군은 현종과 나이가 비슷해 위장하기 좋았다.

수행원은 왕두석, 홍귀남에 금군 10여 명이 다였다.

북원 일이 있고 나서 금군은 당연히 경호를 강화했다.

오늘도 한 100명이 온다는 걸 간신히 이 숫자로 줄였다.

군기시 경비는 무척이나 삼엄했다.

여기서 하는 일을 생각하면 당연한 거다.

현대로 치면 이곳은 ADD, 즉 국방과학연구소다.

아니, ADD에 공장까지 붙어 있는 셈이다.

여기가 무너지면 조선 군대도 끝이나 다름없다.

핵심이나 마찬가지인 곳의 중심으로 들어서려도는 도중, 정문에서 누군가 우리를 붙잡았다.

외곽 경비를 맡은 무관과 군졸 대여섯 명이었다.

철릭을 입은 무관이 일행을 훑다가 왕두석을 찾아냈다.

"아니, 왕 선전관 아닌가?"

"유 별좌님, 오랜만입니다."

"하하, 상감마마께서 또 이상한 물건을 만들어 오라고 시키던가?"

"흠흠."

왕두석은 연신 눈짓으로 날 가리켰다.

불행히도 유 별좌는 눈치가 없어도 드럽게 없었다.

"이번엔 어떤 물건을 만들어 오라고 하시던가?"

"흠흠."

"저번에 만든 레그 프레스란 이상한 물건은 마음에 들어 하시나?"

"흠흠."

"하하, 뭘 그리 꺼리는가. 없을 땐 나라님 욕도 한다는데 고작 안부를 묻는 거 가지고. 이제 보니 왕 선전관, 생각보다 담이 작구먼."

그 나라님이 옆에 있으니까 문제지, 이 스끼야.

왕두석은 결국, 유 별좌의 옆구리를 치고 속삭였다.

"전하께서 오셨습니다."

"뭐?"

"전하께서 오셨다고요."

"좀 더 크게 말해 보게."

참다못한 기송일이 유 별좌의 귀때기를 잡고 고함을 질렀다.

"야 인마! 전하께서 오셨다고!"

그제야 나를 발견한 유 별좌는 얼굴이 허예져 머리를 조아렸다.

"죽, 죽을죄를 지었사옵니다!"

"쉿!"

"예?"

"난 오늘 임금으로 온 게 아닐세."

"그, 그럼……."

"복창군이 군기시 견학 온 거로 서로 말을 맞추자고."

"알, 알겠사옵니다."

유 별좌는 바로 군기시로 뛰어가 정문을 열었다.

"에헴."

한껏 거드름을 피우며 말에서 내린 난 여기저기 기웃거리며 안으로 들어갔다. 유 별좌가 전갈을 넣은 덕분인지 귀찮게 구는 인사는 없었다.

그럼 어디 한번 자세히 살펴봐 볼까?

"오, 장관이네."

정문 옆에는 거대한 화로와 화덕이 늘어서 있었다.

한창 작업 중인지 장인들이 화덕에 풀무질하여 쇠를 녹였다.

용암처럼 끓는 쇳물을 보는 기분이 아주 좋았다.

이어 수십 개가 넘는 대장간이 나타났다.

한쪽에선 갑옷을 만들고 다른 쪽에선 환도와 창을 제작했다.

쭉 구경해 본 결과.

장인들은 쇠로 만든 병기만 만드는 게 아니었다.

가죽, 구리, 목재 등 온갖 재료로 병기를 만들었다.

특히, 활과 화살을 만드는 장인이 무척 많았다.

여전히 주력은 활인가?

가장 안쪽에 오늘 목적지인 화기 공방이 있었다.

화기 공방에선 총통, 조총 등을 만든다.

내가 갔을 때는 철판을 불에 달궈 동그랗게 마는 중이었다.

조총 총신을 만드나 보네.

근데 분위기가 살짝 이상했다. 총신을 만드는 사람은 프레데릭 카시니와 젊은이 둘뿐이었다.

나머진 그런 둘을 보며 한가하게 노가리를 까고 있었다.

가끔 손가락질하는 모습으로 보아 저들이 마음에 안 드는 눈치다.

즉시 유 별좌를 불러 연유를 캐물었다.

"여기 분위기가 왜 이리 우중충해?"

"그게 저……."

유 별좌가 주변 눈치를 보며 말하기를 꺼렸다.

그 모습이 어이가 없어 물었다.

"지금 누구 눈치를 보는 거야? 제조? 도제조?"

"……."

"대답해 봐. 과인이랑 도제조 둘 중에서 누구의 지위가 더 높은 거 같아?"

"그야 당연히 전하께서……."

"알면서도 과인이 한 질문에 감히 대답을 안 해?"

"말, 말하겠사옵니다."

"해 봐."

"군, 군기시에 소속된 기존 장인들이 화란 장인의 실력을 인정하지 않는 바람에 화기 공방이 두 편으로 갈렸사옵니다."

"과인이 재를 스카우트하느라고 돈을 얼마나 썼는데 왕따 놀이를 하고 자빠졌어."

못마땅한 기색은 대놓고 내비치며 다시금 프레데릭 카시니에게 눈길을 돌렸는데.

미처 생각지 못한 의문이 고개를 슬며시 내밀었다.

"근데 카시니 옆에 있는 애는 누구야?"

"박영준이란 아인데, 어리지만 실력은 누구보다 뛰어나옵니다. 늙은 장인들과 달리 카시니의 실력을 인정하고 그에게

서 총통과 총신 만드는 방법을 배우고 있사옵니다."

"박영준이라……. 알았어, 이제 가 봐. 입은 계속 다물고."

"예, 전하."

유 별좌가 물러가고 나서 난 작업을 계속 구경했다.

홈이 파인 모루에 철판을 놓고 두드려 둥글게 말았다.

다 말면 다시 가열해 철판 끝을 이어 붙였다.

지루하고 고된 작업이었다.

물론, 그만큼 중요한 작업이기도 했다.

붙인 곳이 균일하지 않으면 총신이 터져 사수가 다친다.

또, 총신이 똑바르지 않으면 영원히 맞지 않은 총이 나온다.

21세기에선 정밀 기계가 행하는 일을 여기선 사람이 한다.

즉, 장인의 솜씨가 중요하단 뜻이다.

그나마 다행은 총신만 완벽하면 그 후엔 크게 어려운 작업이 없다.

질 좋은 목재를 조각해 전체적인 조총의 형태를 잡고 나서 그 속에 총신, 용두, 약실, 방아쇠 등을 넣으면 완성이다.

볼 만큼 보고 나서 시선을 구석으로 돌렸다.

늙은 장인들은 여전히 카시니와 박영준을 보며 구시렁거렸다. 도울 생각도, 배울 생각도 없었다.

박영준 같은 놈이 있으면 저런 놈들도 있는 거겠지.

그렇다고 인정 안 하겠단 꼰대들을 모아 설득할 생각도 없다.

받아들이지 않으면 도태되어야지, 뭐 별수 있나.

처지는 놈들까지 다독여 끌고 가는 건 학교에서나 하는 거고.

"두석아."

"예, 전하."

"카시니를 조용히 불러내라."

명을 받은 왕두석은 곧장 공방 안으로 들어갔다.

아, 젠장. 저놈은 조용히 움직이는 게 불가능하지.

왕두석의 등장에 모든 장인의 고개가 일제히 그쪽으로 향했다. 하긴 머리가 저렇게 큰데 누군들 안 쳐다보겠어.

난 고개를 돌려 뒤를 보았다.

홍귀남이 잔뜩 긴장한 얼굴로 주위를 두리번거렸다.

선전관이 되어 처음 나온 행차라 많이 긴장한 듯하다.

흠, 얘도 이런 일엔 못 쓰겠네.

사내놈 주제에 너무 예쁘장하게 생겨서 시선을 꽤나 끌겠어.

어쨌든 왕두석은 임무를 완수했다.

난 밖으로 나온 카시니를 데리고 골목으로 들어갔다.

군기시의 다른 장인들은 내 얼굴을 모르지만, 카시니는 안다.

카시니는 화들짝 놀라 큰절부터 올렸다.

하하, 세뇌가 제대로 된 모양이네.

난 절을 받고 나서 물었다.

"우리말은 얼마나 늘었어?"

"일상 대화는 가능합니다."

"그럼 몇 가지 물어보자."

"예, 전하."

"조총을 만들 줄 알아?"

"총신은 만들 줄 압니다."

"총신만?"

"그렇습니다. 총신도 결국 쇠를 다루는 분야니까요. 물론, 대포는 주조하고 총신은 단조한다는 차이점이 있습니다만."

"주조, 단조 같은 어려운 말도 쓰고 유식해졌네."

"과찬이십니다."

"동양식 겸양도 제대로 익혔고 아주 마음에 들어."

내가 칭찬하면 오히려 더 불안한가 보다.

카시니가 개소리 그만하란 듯이 얼른 물었다.

"궁금한 게 또 있으십니까?"

"장인들에게 캐넌 만드는 법을 가르쳐 줬어?"

"예, 이젠 제가 도와주지 않아도 만들 수 있습니다."

"박영준은 어때?"

"아주 훌륭한 친구입니다. 실력도 뛰어나고 인성도 아주 좋습니다. 무엇보다 새로운 기술을 배우려는 의지가 대단합니다."

"두석아."

눈치 빠른 왕두석은 바로 은자 주머니를 건넸다.

"이건 일을 잘해 줘서 주는 보너스야. 받아 둬."

"감사합니다."

"이럴 땐 성은이 망극하옵니다라고 해야지."

"성은이 망극하옵니다."

"좋아. 돌아가기 전에 제안 하나 하지."

"조선에 남으라는 말씀이시라면 거절하겠습니다."

제안도 넣기 전에 거절할 줄이야. 눈치 하나는 겁나 빠르네.

“그래도 생각은 해 봐. 생각해서 손해 볼 거 없잖아.”

“예, 전하.”

“수고했어. 이제 가 봐.”

“만수무강하십시오.”

큰절한 카시니는 은자 주머니를 속옷에 숨겨 돌아갔다.

난 그길로 환궁해 스킬 창을 불러냈다.

마르지 않는 샘(SSS)

유저는 특정한 수련을 통해 수명을 무한대까지 늘릴 수 있다.

※이 액티브 스킬은 발견할 확률이 제로에 가깝습니다.

호흡 레벨: 2

동작 레벨: 2

수명 레벨: 2

잠을 줄여 가며 동작을 수련한 결과.

동작이 2레벨로 오르면서도 동시에 수명도 2를 찍었다.

이렇게 수명 2를 찍은 결과는 실로 엄청났는데.

이연 (+13,005)

레벨: 2

무력: 23 지력: 46 체력: 32 매력: 25 행운: 43

휴, 괜히 SSS가 아니구만.

기억하기로 수명 1을 찍었을 때는 3천 정도 늘었다.

근데 수명 2는 더 쩔었다. 거의 6천 가까이 상승했다.

레벨업 때마다 2배로 느는 게 맞다면 정말 엄청난 스킬이 아닐 수 없었다.

곧바로 도서관 검색창을 불러왔다.

그리곤 기억해 둔 책 이름을 검색창에 적었다.

이미 어제 검색해 놔서 헤맬 이유가 없었다.

「머스킷의 구조와 제조법 총망라」

하지만 막상 검색 결과를 마주하니 망설임이 깃든다.

이름은 간단하지만 대가가 만만치 않았기 때문이다.

무려 수명 3,500일짜리.

3,000일짜리인 범선 설계도보다 비싸다.

크게 심호흡하고 나서 눈 딱 감고 질렀다.

휴, 이 지겨운 노가다를 또 한 번 해야 하는군.

"두석아."

"예, 전하."

"문방사우를 준비해라. 그리고 가서 군기시 박영준도 불러오고."

"저번과 같은 작업이옵니까?"

"그렇다."

왕두석도 이젠 선임 티가 팍팍 났다.

옆에 있는 홍귀남에게 귀찮은 일을 떠넘겼다.

"귀남이 자넨 군기시에 가서 좀 전에 본 박영준을 불러오게. 물론, 군기시 사람들 모르게 데려와야겠지. 할 수 있겠나?"

"예, 왕 선전관님."

"그럼 어서 눈썹이 휘날리도록 뛰어갔다 오게."

"예, 예."

홍귀남이 군기시로 달려가는 동안.

왕두석은 느긋하게 앉아 벼루에 먹을 갈았다.

"신참 갈구는 거냐?"

"전하께 배운 것을 고대로 가르쳐 주는 것이옵니다."

"이게 또 날 돌려 까네. 아니, 이번엔 앞에서 대놓고 깐 건가?"

"하하, 먹이 오늘따라 아주 부드럽게 잘 갈리옵니다."

딴청을 피우는 왕두석의 모습에 웃음이 나왔다.

그래, 그런 재미라도 있어야 궁 생활을 견디겠지.

난 박영준을 기다리면서 옆에 있는 장롱을 열었다.

안에는 수천 장이 넘는 종이가 산처럼 쌓여 있었다.

'17세기, 18세기 범선 설계의 총체적인 연구'를 적은 책이다.

아니, 적었다기보단 번역했단 표현이 더 맞다.

꼭 다른 나라 글자를 우리말로 바꿔야만 번역이 아니다.

미래의 책을 이 시대에 맞게 바꾸는 작업도 번역이다.

이 책은 현대인의 관점에서 범선을 다뤘다.

당연히 이 시대 목수들의 사고로는 이를 이해하는 게 불가능할 터.

하여 난 먼저 목수들을 모아 그들의 얘기부터 들었다.

그들이 쓰는 용어, 자재 준비 방법, 건조 과정 등등.

어느 정도 익숙해지고 나선 번역 작업에 들어갔다.

물론, 독해 스킬 덕에 가능한 일이었다.

그게 아니었다면 책 한 페이지 번역에 몇 달은 걸렸을 거다.

도움을 준 건 비단 독해만이 아니다.

쓰기도 번역 작업에 크게 일조했다.

자그마치 머릿속의 생각을 프린트하듯 종이에 베끼게 해주는 능력으로 말이다.

책의 반은 설계도, 그림, 도형으로 이루어져 있었다.

쓰기가 없었다면 지금도 자를 대고 선을 긋느라 진땀을 빼고 있었겠지.

다시 한번 세종대왕 만만세다!

그렇게 문자가 아닌 부분을 베끼며 얼마나 시간이 흘렀을까?

"전하, 군기시의 박영준이 부르심을 받잡고 당도했사옵니다."

기다리던 손님이 도착했다는 소식이 들려왔다.

자, 이제 본격적인 작업을 시작해 볼까?

29장. 오답 하나당 한 발이다.

박영준은 긴장한 모습으로 들어와 절을 올렸다.

"소관 박영준, 부르심을 받고 왔나이다."

"넌 거기 앉아 있다가 과인이 물어볼 때마다 대답만 하면 된다."

"알, 알겠사옵니다."

난 왕두석이 건넨 붓을 받아 책의 내용을 번역했다.

저번에 작업한 책과 마찬가지로 언문으로 적었다.

한자를 극혐하는 입장에선 당연한 선택이다.

글자는 컴퓨터 폰트처럼 전부 같은 크기로 깔끔했다.

쓰기 스킬 덕분에 한석봉이 울어도 두 번은 울고 갈 솜씨다.

난 중간에 막히는 부분이 있으면 박영준에게 물었다.

카시니의 장담대로였다.

박영준은 실력도 좋고 머리도 똑똑했다.

내가 뭘 묻는지 바로 캐치하고 상황에 맞게 대답했다.

한 페이지를 다 쓰고선 종이를 박영준에게 건넸다.

“넌 먹물이 마르기 전까지 거기에 있는 내용을 이해해야 한다.”

박영준이 떨리는 목소리로 물었다.

“이, 이해하지 못하면 어찌 되옵니까?”

“과인이 책 내용으로 시험을 볼 건데 오답이 홀수 개면 오답 하나당 저 머리 큰 놈이랑 박치기를 한 번씩 하게 될 거다.”

박영준의 고개가 왕두석 쪽으로 천천히 돌아갔다.

왕두석은 히죽 웃고 나서 자기 머리를 툭툭 쳤다.

아마 저 머리와 박치기를 하면 절구질을 당하는 느낌이겠지.

침을 꿀꺽 삼킨 박영준이 다시 물었다.

“그, 그럼 오답이 짝수 개일 때는 어떻게…….”

“거기 계집애 같은 놈이 네 머리에 사과를 올려놓고 100보 밖에서 조총을 쏘아 맞힐 거다. 오답 하나당 한 발이다.”

박영준의 고개가 이번엔 반대쪽으로 홱 돌아갔다.

조총을 두 자루나 멘 홍귀남이 그를 바라보며 썩소를 지었다.

왠지 그냥 박치기하고 기절하는 게 나을 듯한 미소다.

박영준은 필사적으로 내용을 이해하려 애썼다.

종이를 잡은 두 손이 덜덜 떨리고 눈은 박쥐처럼 충혈되었다.

그나마 다행인 점은 그가 장인, 즉 기술자란 점이다.

아예 맨땅에 헤딩하는 급은 아니었다.

10페이지쯤 적고 나서 첫 시험을 보았다.

절대 팔이 아파서가 아니다.

시험을 볼 때가 되었을 뿐이다.

"연철, 강철, 주철을 설명해 봐."

"탄소의 함유량에 따라 성질이 달라지는데……."

박영준은 머리를 쥐어짜며 열심히 대답했다.

"잘하네."

"황, 황송하옵니다."

"계속 그 상태를 유지하자고."

"예, 예, 전하."

난 한 달 보름 넘게 박영준을 앉혀 놓고 번역 작업을 이어 나갔다.

확실히 쉽지 않은 일이네.

이러다가 17세기에 손목터널증후군 생기는 거 아냐?

난 양팔을 비교해 보았다.

도중에 왼손으로 바꿔 적었음에도 오른팔이 확연히 굵다.

하하, 사람들이 야리꾸리한 쪽으로 오해하겠는데.

다시 현실로 돌아와서 난 앞에 있는 박영준을 보았다.

박영준은 10페이지짜리 시험을 보는 중이었다.

책에 있는 핵심 내용만 콕콕 집어 문제를 냈다. 고득점을 맞는다면 일단 이론적으론 준비가 되었단 뜻이겠지.

박영준은 시험 종료 1분을 남겨 놓고 답안지를 제출했다.

"여기 있사옵니다."

"어디 보자. 오! 처음부터 연속 정답이네? 야, 이건 어려운 건데 맞혔어. 으음, 이것도 정답이고. 꽤 잘하는구먼."

놀랍게도 시험 성적은 100점이었다.

역시 어디에나 인재는 있다니까.

다 흙 속에 묻혀 있어 찾지 못할 뿐이지.

"두석아."

"예, 전하."

왕두석은 바로 은이 든 주머니를 박영준에게 건넸다.

박영준은 깜짝 놀라 물었다.

"소관에게 주시는 것이옵니까?"

"100점 맞았으면 상을 줘야지. 은 싫어? 대신, 뽀뽀라도 해 줘?"

"아, 아니옵니다."

박영준은 얼른 은 주머니를 챙겼다.

난 박영준을 가까이 불렀다.

"이제부턴 영준이 네가 군기시 첨정이다."

박영준은 은을 내밀었을 때부터 더 큰 충격을 받았다.

"소관이 첨, 첨정이란 말이옵니까?"

"그래, 종 4품 실무직이지."

"성, 성은이 망극하옵니다!"

"과인이 은도 주고 벼슬도 주는 이유가 뭘 거 같아?"

박영준은 똑똑했다. 그동안 겪은 일을 토대로 즉시 대답했다.

"새로운 조총을 만드시려는 것이라 생각되옵니다."

"그래, 신형 조총을 만들 생각이야. 그리고 과인은 새로운 조총 개발을 진두지휘할 수석 장인으로 널 염두에 두고 있고."

"……."

"넌 조선에서 실무도 알고 이론도 아는 거의 유일한 장인이라 할 수 있지. 그래서 한 가지만 물어보자. 우리 조선이 현재 기술로 어느 정도 수준의 조총을 만들 수 있을 것 같냐?"

"휠락 머스킷은 만들 수 있을 것 같사옵니다."

"그럼 라이플은?"

"건 드릴은 연구가 더 필요하옵니다."

"좋아. 그럼 휠락 머스킷부터 차근차근 만들어 보자고. 화승을 쓰는 매치락 머스킷은 단점이 너무 많아서 꼴도 보기 싫어."

"예, 전하."

대답한 박영준은 뜨거운 눈빛으로 날 쳐다보았다.

눈에서 하트가 튀어나오는 것 같은데, 아무리 생각해도 기분 탓이 아니다.

뭐야? 이놈이 갑자기 왜 이래? 설마 나한테 반한 건가?

그럼 안 되는데. 난 남잔 질색이라고.

그런 터무니없는 상상이나 하고 있을 때.

박영준이 대뜸 큰절을 올리며 감격한 음성을 토해 냈다.

"소관은 카시니가 이 바닥 최고의 장인인 줄 알았사옵니다. 한데 전하께서 카시니도 모르는 조총 제조법을 알고 계실 줄은 정말 몰랐사옵니다. 이는 조선의 홍복일 것이옵니다."

마, 그게 다 내 수명 깎아 만들어 낸 거야.

물론, 박영준에게 사실을 말할 순 없다.

"하하, 과인은 하늘이 내린 천재라 모르는 게 없다."

수명만 있으면 도서관을 이용할 수 있으니까 거짓말은 아니지.

◆ ◈ ◆

난 바로 군기시를 개혁했다. 첨정 박영준 밑에 휠락 머스킷만 연구, 개발하는 부서를 두었다.

부서 이름은 치륜총 연구 개발과.

휠락 머스킷의 동양식 이름인 치륜총에서 따온 거다.

직원은 박영준을 따르는 젊은 장인들을 선발해 채웠다.

괜히 꼰대를 넣어 분위기를 망칠 이윤 없지.

휠락 머스킷은 확실히 매치락보다 만들기 어려웠다.

매치락은 화승이라 불리는 심지에 불을 붙여 화약을 점화한다.

그와 달리 휠락은 방아쇠와 용두를 연결해 점화한다.

용두에 물린 부싯돌이 부시를 긁어 스파크를 일으키는 방식.

그 스파크가 불을 붙인 화승을 대신하는 셈이다.

여기가 21세기라면 일회용 라이터만 사도 똑같은 현상을 만들 수 있다. 하지만 이곳은 17세기의 조선이다.

간단한 라이터조차 만들지 못하는 게 현실.

복잡해진 점화 방식 탓에 매치락보다 더 많은 부품이 필요해졌다는 뜻이다. 부품 자체를 만드는 것도 쉽지 않고.

그중에서 가장 골치를 썩인 놈을 꼽자면 바로 스프링이다.

장인들은 강철을 가지고 열처리를 몇십 번 반복하며 스프링 개발에 전념했다.

하지만 시도 횟수가 중요한 게 아니다.

중요한 건 옳은 방법으로 시도하느냐다.

이 말인즉슨 좋은 결과물을 이끌어 내진 못했다는 말이다.

스프링의 탄성이 좋아야만 용두를 풀고 감을 수 있으니까.

장인들의 이해력과 기술력의 한계에서 비롯된 문제였다.

이대로 내버려 뒀다간 세월아 네월아 시간이 흘러가 버릴 것 같았다.

누구 말대로 답답하면 직접 뛰는 수밖에 없었다.

하여 박영준을 틈틈이 희정당에 불러 내가 번역한 책을 공부시켰다.

마음이야 책을 줘 버리고 싶지만, 이성이 나를 말렸다.

나도 이성 한 가닥쯤은 있다고!

박영준이 아무리 관리를 잘해도 유출은 한순간이다.

수명 3,500일을 쏟아부은 책을 외국에 공짜로 퍼 줄 순 없다.

한편으론 직접 군기시에 들러 조언 같은 간섭을 하였고.

덕분에 삘은 받은 장인들은 얼마 지나지 않아 쓸 만한 스프링 시제품을 가져왔다.

이렇게 치륜총 연구 개발 부서가 시제품 개발에 한창일 때.

난 선공감을 방문했다.

선공감은 공조 소속으로 목수들이 소속되어 있다.

여기서 목수는 대목수와 소목수 두 분야로 나뉘는데.

대목수는 대궐, 사찰을 짓고.

소목수는 가구 같은 제품을 만든다.

당연히 가구는 화려한 장식이 많이 들어가기 마련이다.

더욱이 그게 왕실에서 쓰는 가구라면 장식 끝판왕에 가깝다.

선공감 소목수들이 손재주론 조선 최고인 이유다.

만대, 순구 콤비는 만대가 소목수고 순구가 대목수다.

아버지와 아들이 목수계를 양분하려는 야망을 품은 모양이다.

난 만대에게 아이엠 그루트, 아니 요스 그로트를 보냈다.

요스 그로트가 가진 진자시계 제조 방법을 배웠으면 해서다.

이제 해도 바뀐 터라, 성취가 있었는지 확인할 겸 직접 찾았다.

선공감의 문을 열고 들어가기 무섭게 큰 소리가 들렸다.

"나 화났다! 할배 때린다! 할배 관에 들어간다!"

"내가 올해 몇 살인데 새파랗게 어린놈의 자식이 반말지거리여!"

무슨 일인가 싶어 살펴보니, 그로트와 만대가 서로 멱살을 잡고 레슬링 한판을 벌이는 중이었다.

순구만 둘 사이에 껴서 죽을 맛이었다.

"아, 아버지! 그만하세요! 요스도 미안하다고 사과하고!"

난 그 모습을 보고 껄껄 웃었다.
"하하, 아주 활기찬 게 군기시보다 분위기가 훨씬 좋군."
왕두석은 이게 무슨 분위기가 좋냔 얼굴로 물었다.
"가서 알릴까요?"
"그래, 알려라. 노인네 허리 나가겠다."
"예, 전하."
왕두석이 달려가 뭐라 속삭였더니 만대, 순구가 후다닥 달려와 머리가 무릎에 닿도록 인사했다.
"오, 오셨사옵니까?"
그로트는 화가 안 풀린 듯 팔짱을 낀 채 본체만체했다.
난 그로트를 삿대질하며 혼냈다.
"야, 인마, 그로트! 넌 왜 인사 안 해!"
그로트가 터벅터벅 걸어와 머리를 까딱거렸다.
"안녕……, 하세요."
"이눔이!"
기송일이 그로트 뚝배기를 깨려고 달려들었다.
그로트도 한 성깔 하는 데다 덩치까지 커서 전혀 안 밀렸다.
하하하, 불곰과 회색곰이 싸우는 것 같네.
빡! 뭔가 깨지는 소리가 나더니 그로트가 대자로 뻗었다.
기송일은 그로트 가슴을 밟고 나서 두 팔을 들어 환호했다.
뭐야? 프로레슬링이야?
잠시 후. 난 만대, 순구 부자, 그로트와 자리를 함께했다.
그로트는 혹이 튀어나온 머리를 만지며 기송일을 노려보

았다. 물론, 기송일은 콧방귀만 뀔 뿐이었다.

난 순구를 보며 물었다.

"둘이 왜 싸운 거야?"

"진자시계를 개량하는 방법에서 생각이 달랐사옵니다."

"뭐? 진자시계를 개량하려 했다고?"

"그렇사옵니다."

이게 웬 떡이냐?

난 아직도 진자시계 제조법을 가르치고 있을 줄 알았다.

근데 제조법은 다 가르쳤고 지금은 개량하는 중이라고?

알아서 하게 내버려 뒀더니 자기들끼리 한 발 더 나갔다.

이건 그로트가 잘 가르친 거야, 아니면 만대가 뛰어난 거야?

"둘의 의견이 어떻게 달랐는데?"

"진자시계는 탈진기가 가장 중요하옵니다. 한데 아버지는 탈진기를 배에 쓰는 닻처럼 만들어야 한다고 주장하고 요스는 직진식으로 만들어야 한다고 주장해 싸움이 붙었사옵니다."

"오, 그걸 각자 생각해 냈단 말이야?"

순구는 내가 감탄하는 이유를 몰라 멍한 표정으로 대답했다.

"그, 그렇사옵니다."

"그럼 이 책이 큰 도움이 되겠는데."

난 수명 500일을 써서 번역한 얇은 책을 건넸다.

「17세기, 18세기 시계의 발전」이란 책이다.

물론, 시대를 가늠할 수 있는 용어나 단어는 모두 삭제했으나.

지금 이들에게 꼭 필요한 정보는 모두 담겨 있었다.

앵커식, 직진식 등의 탈진기 형태가 자세히 기재되어 있으니 말이다.

만대가 공손히 두 손으로 받아 읽으려는 순간.

그로트가 그 큰 손으로 재빨리 스틸하여 자기가 먼저 읽었다.

책을 빼앗긴 만대는 씩씩거렸지만, 내 앞이라 꾹 눌러 참았다.

반면, 책을 빼앗아 간 그로트는 눈을 부릅뜨고 책을 노려봤다.

그렇게 몇 초쯤 숨 막히는 시간이 지났을 때.

그로트가 적선하듯 책을 만대에게 던졌다.

"나 착한 사람. 나 양보한다. 너 노인. 조선에선 노인이 우선."

만대가 얼른 책을 펼쳐 보곤 그로트를 쏘아보았다.

"양보는 무슨! 니놈 새끼가 언문을 모르니까 그런 거 아니여!"

"아, 아버지."

화들짝 놀란 순구가 얼른 만대 옆구리를 쳤다.

만대는 그제야 정신이 돌아온 모양이었다.

얼른 머리를 조아리며 사과했다.

"전, 전하! 용서하여 주시옵소서. 소관이 흥분하여 언성이 높았사옵니다."

"괜찮아, 괜찮아. 아무튼 그 책을 이용해서 삐까뻔쩍한 놈으로 한 일곱 개만 만들어 봐. 뇌물 줄 데가 워낙 많아서 말이야."

만대가 흥분해 책에 빠져 있는 동안.

난 그로트를 한쪽으로 불러냈다.

카드를 보여 줬으니 이제 약을 칠 차례다.

30장. 단번에 10 가즈아!

난 손짓해서 그를 가까이 불렀다.

"그루트."

"난 그로트다."

"그래, 아이엠 그로트."

"왜 불렀냐?"

"너 존댓말 아는데 일부러 못하는 척하는 거지?"

"무슨 뜻이냐?"

이 새끼, 능청 떠는 것 보소.

암튼 지금은 그게 중요한 게 아니지.

"선공감에서 네가 해야 할 일은 다 끝났다. 이제 제물포 지사로 가라. 거기 가면 네 동료가 선원을 훈련하고 있을 거다."

그로트가 처음으로 당황했다.

"날, 날 쫓아내는 거냐?"

"쫓아내긴 뭘 쫓아내, 인마. 여기서 해야 할 일은 다 끝났으니까 그러지. 제물포 지사에 가더라도 월급은 나오니 걱정하지 말고."

그로트도 멍청이는 아니었다.

멍청이였다면 진자시계 제조법도 못 익혔겠지.

"내가 훔칠까 봐 그러는 거냐?"

"잘 아네. 내가 개고생해 알아낸 기술인데 니가 훔친 기술로 유럽에 공방 차리면 난 그쪽에 시계 못 팔아먹을 거 아니냐?"

그로트가 팔짱을 끼고 나서 얼굴을 찌푸렸다.

"내가 남는다. 어떻게 되냐?"

"그럼 너도 저 기술을 배울 수 있겠지. 카시니처럼."

그로트의 칡덩굴 같은 수염이 부르르 떨렸다.

"카시니는 남느냐?"

"걘 여기 남아서 새로운 머스킷을 만들어 보고 싶어 하더라고."

그로트는 한동안 말이 없었다.

카시니가 남는다니 고민되는 모양이네.

"내가 남는다. 내 공방 차릴 수 있냐?"

"당연히 안 되지. 내 기술을 훔쳐서 공방 차리는 건데 내가 보고만 있을 것 같냐? 당연히 손모가지를 싹 다 끊어 놔야지."

"넌 어마어마한 부자 된다. 난 뭐냐? 노예냐?"

"월급 주잖아, 인마."

"더 줘라."

"에잇, 좋다. 조선 하면 정이니까. 시계 팔아서 수익이 나면 만대랑 너는 1리씩 나눠 주마. 내가 많이 양보한 건 줄 알아."

"1리가 얼마냐?"

"내가 1,000을 벌면 너랑 만대는 1씩 준다고."

"너무 적다."

"그럼 관둬, 인마. 내가 뭐가 아쉽다고 매달리냐."

곰곰이 생각하던 그로트의 얼굴에 미소가 어렸다.

"내 후손까지 1씩 주면 계약한다."

"인마, 니 후손이 언제 끊길 줄 알고! 니 씨가 존나 강해 한 100대까지 간다 치면 내가 손해지. 손자까지만 해. 알았어?"

"손자?"

"그래, 네 아들의 아들. 콜?"

"콜이 뭐냐?"

"넌 딜이라고 말해. 그럼 계약이 된 거다."

"딜!"

"좋아. 계약서는 곧 보내 주마. 인주로 손바닥을 찍든, 핏물로 서명하든 해서 내게 보내라. 단, 계약하면 물릴 수 없단 거 명심하고. 또, 계약을 위반하면 좆된다는 것도 명심하고."

"좆된다! 명심한다!"

"그래, 가 봐. 돈 많이 벌고 싶으면 열심히 연구해야 할 거다."

"나 부자 된다."

"그래, 그래."

곧 만대, 그로트와 정식 계약을 맺었다.

둘 다 운빨이 터진 줄 알라고. 내가 21세기 사람이라 연구원에게 특허권을 일부 주는 거다. 나 아니면 얄짤없다.

오히려 기술 지킨다고 죽이지나 않으면 다행이지.

그들은 부자 될 생각에 책을 교본 삼아 미친 듯이 연구했다.

물론, 충분히 연구할 시간을 주고 나선 책을 회수했다.

궁금한 게 있으면 박영준처럼 희정당에 와서 열람하고 갔다.

이거 뭐 희정당이 도서관이네.

근데 희정당이 도서관이면 난 뭐야? 사서야?

"두석아."

"예, 전하."

"아니다. 귀남아."

"찾아 계시옵니까?"

"희정당 근처에 안 쓰는 전각 있나 알아봐라."

"커야 하옵니까?"

"아니, 작아도 상관없다. 단, 감시와 경비하기가 편해야 한다."

"알겠사옵니다."

홍귀남은 며칠 후에 선포전이란 전각을 찾아냈다.

전에는 왕실 곳간 중 하나였는데 지금은 안 쓰는 중이란다.

왕실 곳간답게 도끼로 찍어도 멀쩡할 만큼 튼튼하기도 했고.

난 당장 군기시에 명해 강철 금고를 만들었다.

금고는 다시 자물쇠를 여러 개 채워 선포전에 보관했다.

물론, 열람하기 편하게 책상과 의자도 들여놓았다.

경비도 철저하게 했다.

금군이 주위를 24시간 철통같이 감시했고.

정문 출입은 내가 허락한 인원만이 가능했다.

얼마 후. 만대, 순구, 그로트 등을 주축으로 한 시계 사업부가 출범했다.

그러면서 자연스럽게 선공감에서 독립했다.

궁궐 공사 등을 담당하는 공조 관청과는 더 이상 어떠한 연관성도 없게 되어 버렸으니까.

이참에 난 시계 사업부를 아예 서유럽회사 본사 산하에 예속시켰다.

정확히 말하면 서유럽회사 수출 본부 시계 사업부였다.

이렇게 해 두면 나중에 지분 문제가 일어날 일이 없다.

만일 시계 사업부를 조정 소속으로 뒀다면 분명 문제가 발생할 것이다.

자금을 횡령하려는 놈, 기밀을 빼돌리려는 놈이 반드시 생겨나겠지. 장담해도 좋다.

더 최악은 민간에 팔아먹으려는 놈이 나온단 거다.

물론, 자기랑 관련 있는 회사에다가.

난 멀리 내다보고 일찌감치 선을 그은 셈이다.

내 케이크에 숟가락 처박지 말라고.

◆ ◈ ◆

임금은 직업 특성상 퇴근이 없다.

직장인이야 정 뭐하면 주말에 핸드폰 끄고 잠수할 수 있다.

뭐 대부분 찜찜해서 전화가 오면 받겠지만 불가능한 건 아니다. 반면 임금을 포함한 통수권자는 그렇게 하기 힘들다.

새벽에 전쟁 났는데 피곤하다고 전화를 안 받는다?

그럼 만력제 같은 개쓰레기가 되는 거지.

즉, 우리 같은 직업은 알아서 휴식하는 수밖에 없다.

나는 운동이 휴식이다.

오늘도 헬창, 아니 헬스인으로 살다가 틈틈이 업무를 보았다.

"귀남아."

"예, 전하."

"군기시에 가서 프레데릭 카시니를 데려와라."

"눈썹이 휘날리도록 뛰어갔다 오겠사옵니다."

"말 타고 가는 거 다 안다."

"예, 전하……."

"머리 큰 놈하고 너무 친하게 지내지 마라. 물든다."

"명, 명심하겠사옵니다."

홍귀남이 군기시에 간 사이. 왕두석은 내 헬스를 도왔다.

중량이 늘어나면서 반드시 트레이너를 옆에 두었다.

괜히 혼자 한다고 생쇼하다가 목 나가고 싶진 않으니까.

장비가 점점 늘어나 가슴, 등, 다리를 나눠 조지는 것도 가능해졌는데. 오늘은 가슴 근육을 조지는 날이다.

벤치에 누워 바벨을 들었다.

"하나, 둘, 셋, 넷, 다섯……."

세트를 마치면 왕두석이 바벨을 받아 받침대에 걸었다.

난 수건으로 땀을 닦으며 물었다.

"너 가끔 바벨 확 놓아 버리고 싶지?"

"하하하."

"또 어색하게 웃네."

"소관이 바벨을 놓으면 그건 반역이옵니다."

"놓고는 싶은데 반역이 될까 봐 못 놓는구나."

"아니, 그걸 어떻게 아셨습니까, 하하하."

"어색하게 웃을 거면 웃지 말라니까."

"아, 귀남이가 카시니를 데려왔사옵니다."

난 피식 웃고 나서 카시니를 가까이 불렀다.

"카시니, 카시니, 카시니."

"예, 전하."

"결정했냐?"

"좀 더 시간을 주십시오."

"너 나랑 연애하냐?"

"예?"

"뭘 자꾸 시간을 달래. 기면 기고 아니면 아닌 거지."

카시니는 한참을 생각하고 나서 대꾸했다.

"전 그래도 고향에 가야겠습니다. 죽더라도 고향에서 죽고 싶고 가다가 죽는 한이 있더라도 배 위에서 죽고 싶습니다."
"너 그로트랑 같이 살던가?"
"그렇습니다."
"그럼 그로트가 슬퍼하겠네."
"예?"
"그로트는 남는다고 했거든. 걔는 5년이 지나도 안 돌아간대."
"그, 그게 정말입니까?"
"과인이 체면이 있지, 왜 너랑 농담 따먹기를 하겠냐."
"그, 그럴 수가. 그로트는 항상 고향 얘기만 했었는데……."
난 손가락을 까닥거렸다.
"얘가 끝까지 안 믿네. 그걸 보여 줘라."
홍귀남이 준비한 종이를 가져와 카시니에게 주었다.
"그로트의 고용 계약서다."
카시니는 내 말이 귀에 들리지 않는 모양이다.
종이부터 받아 재빨리 훑었다.
"계약서를 언문 한 부, 그쪽의 글자로 한 부씩 적었으니까 보는 데 별 어려움은 없을 거다. 그리고 계약서 맨 밑에 있는 이상한 그림은 그로트 서명이다. 한참을 고민하고 나서 아무도 못 알아보는 이상한 그림을 서명이랍시고 적더군."
카시니가 읽다 말고 고개를 들었다.
"협, 협박하신 겁니까?"
"협박?"
"전에 궁궐에서처럼……."

"아아, 그때! 지금은 아니야. 스스로 적었다고. 계속 읽다 보면 그로트가 왜 스스로 남겠다고 했는지 알 수 있을 거야."

카시니가 계약서를 읽고 나서 떨리는 목소리로 물었다.

"시, 시계를 팔아서 나오는 수익의 1리를 주시기로 했습니까?"

"계약서에 그렇게 적혀 있으면 그게 맞겠지. 왜?"

"고향에 돌아가지 않고 평생 일하는 대가치곤 너무 적은 듯해……."

"1리가 적어 보여? 넌 시계 장사해서 돈을 얼마나 벌 것 같냐?"

"그거야……."

카시니가 반박하려 했지만 나는 검지를 까닥이며 단호히 말허리를 끊었다.

굳이 듣지 않아도 어떻게 대답할지 눈에 훤했으니까.

"모르나 본데, 알부자는 유럽보다 아시아에 더 많아. 유럽이야 이제 좀 괜찮게 사는 거지만 아시아는 몇천 년 동안 부를 축적했다고."

"……."

"그리고 서유럽회사가 성장하면 중동과 유럽에도 팔 수 있겠지. 수익 1리가 지금은 하찮게 보여도 나중엔 어마어마해질걸. 그로트가 모양새는 곰 같아도 얼마나 약은 인간인데. 과인보단 같이 사는 니가 잘 알 거 아니냐?"

"그렇긴 합니다만."

"너도 남겠다면 그로트랑 똑같이 대우해 주지."

"그럼 치륜총 연구 개발과도 독립하는 겁니까?"

"그렇게 되겠지. 시계 사업부처럼."

이렇게까지 얘기했음에도 카시니는 끝까지 망설였다.

아직 해결되지 못한 요소가 남아 있는 듯했다.

"원하는 게 있으면 말해 봐. 괜히 혼자 끙끙 앓지 말고."

"계약하면 평생 고향으로 못 돌아가는 겁니까?"

"내가 악덕 고용주이긴 해도 악마는 아니야. 10년에 한 번쯤은 안식년을 줘서 고향에 방문할 수 있게 해 주지. 물론, 따라붙는 사람은 있겠지. 네가 내 기술을 유럽에 팔아먹으면 나는 닭 쫓던 개가 지붕 쳐다보는 꼴이 되는 거잖냐. 참, 너는 아직 이 속담을 모르려나?"

"압니다."

"다행이네."

카시니는 그 자리에서 땀을 한 바가지 흘리고 나서 대답했다.

"계약하겠습니다."

"그래, 잘 결정했다. 계약서는 바로 만들어 주지."

"그럼 제 소속은 어디가 되는 겁니까?"

"군기시에서 서유럽회사 화기 사업부로 바뀔 거다."

"화기 사업부 부장은 누가 되는 겁니까?"

"왜? 욕심 나?"

"아, 아닙니다."

"박영준이 될 거야."

카시니는 약간 안심한 기색으로 돌아갔다.

박영준이 아닌, 다른 사람이 올까 봐 걱정한 모양이네.

어쨌든 작업은 성공했군.

그때, 왕두석이 슬그머니 다가와 말을 걸었다.

"전하께선 이 일이 천직이신 것 같사옵니다."

"이 일?"

"성격이 화끈해 계약서 따윈 안중에도 없는 그로트에게는 카시니가 이미 계약했다고 말해 계약하고, 겁이 많아 돌다리도 두들겨 보고 건너는 카시니에게는 그로트의 계약서를 보여 줘 둘 다 잡지 않으셨사옵니까? 감탄을 금치 못했사옵니다."

"넌 과인의 천직이 사기꾼이란 거야?"

"하하하."

"이젠 부정도 안 하네, 자식."

그 순간. 따당!

서브 퀘스트 8

협상의 달인이 되어라!

-협상은 최적의 결과를 만들어 내는 가장 완벽한 도구입니다. 심지어 그게 협잡으로 변질해 과정은 아름답지 못하더라도 그 역시 협상에 필요한 중요한 스킬로 볼 수 있습니다.

클리어 유무: 클리어

보상: 룰렛 1회 추첨권

협잡이라……. 뭐, 틀린 말은 아니지.

협상이면 어떻고 협잡이면 어떠랴.

어쨌든 결과만 확실하면 된 것을.

지나간 일엔 의미를 두지 말고. 룰렛 가즈아아!

내 시선은 룰렛의 바늘을 따라 빙글빙글 돌았다.

아, 어지럽네. 눈을 몇 번 깜빡거렸을 때.

룰렛 속도가 줄더니 바늘이 통통 튀며 칸을 넘나들었다.

설마? 설마아아아?

오오오오오! 좀 더, 좀 더!

그렇제! 갔다!

룰렛 바늘이 처음으로 EX에 정지했다.

난 거칠어진 숨을 가라앉히고 EX를 불러냈다.

EX는 놀랍게도 슬롯머신이었다.

또 돌리라고? 무슨 도박 중독도 아니고 나 참.

어쨌든 돌려 보자고. EX 스타트!

EX는 슬롯머신이긴 한데 그림이나 숫자를 맞추는 건 아니다.

2, 4, 6, 8, 10, 이 다섯 개 숫자가 빠르게 회전했다.

뭔진 모르지만, 숫자가 높을수록 좋겠지. 단번에 10 가즈아!

난 머릿속에 생긴 가상의 버튼을 눌렀다.

10, 10, 10!

10이 안 되면 8이라도 나와라!

나왔다!

시발, 2네.

난 가상 버튼을 가상의 돌려차기로 박살 냈다.

365개 중에 세 개밖에 없는 EX인데 젤 낮은 게 나왔다.

한참을 빡쳐 하다가 가까스로 진정하고 EX를 까 보았다.

EX!

스킬, 버프, 옵션 등의 효과를 증폭시킵니다.

지속 시간, 범위 등은 탄력적으로 주어집니다.

1회 사용하면 자동 소멸됩니다.

보유 기간에 제한은 없습니다.

결과: 2배

2배라고? 버프, 옵션은 뭔지 모르겠는데 스킬을 2배로 증폭시킨다 이거지?

그럼 마르지 않는 샘을 레벨업할 때 쓰면 어떻게 되는 거야? 3레벨로 레벨업할 때 쓰면 수명이 두 배로 뻥튀기되는 거야?

맙소사! 엄청난데?

대박인 걸 알고 나니 더 배가 아팠다.

젠장, 10이 안 되면 8, 6이라도 나오든지.

EX는 일단 킵했다.

그나저나 버프, 옵션은 또 뭘까?

아직 안 나온 부분인 듯한데 뭔지 궁금하네.

31장. 어제, 오늘 누구 생일이야?

다음 날. 난 화기 사업부를 공식적으로 출범시켰다.

화기 사업부는 박영준을 필두로 카시니 등 군기시에서 일하던 장인들과 민간에서 시험을 보고 고용한 장인들로 채웠다.

지금이야 치륜총만 하지만 점차 품목을 늘릴 계획이다.

야포, 함포, 화약 같은 품목이 되겠지.

그럼 나중에는 병조도 무기를 화기 사업부에서 사게 될 거다.

군기시보다 화기 사업부 무기가 더 좋은데 꺼릴 이유가 없다.

비용도 지금보다 훨씬 저렴해질 테고.

회장이 임금인데 설마 바가지를 씌우겠나. 군기시에서 실직한 장인들이야 화기 사업부가 고용하면 된다.

내가 굳이 군기시 대신에 화기 사업부를 키우는 이유는 하나다. 아니, 생각해 보니 두 개다.

하나는 나라에 돈이 없는 게 아니라, 도둑이 많아서다.

군기시에 화기 사업부를 두면 분명 이를 악용할 놈이 나온다. 다른 건 몰라도 이건 백 퍼센트 확신한다.

군기시가 제 것인 양 권세를 부리려는 놈. 뇌물을 받고 설계도나 무기를 적국에 팔아 버리는 놈. 이놈, 저놈 삥땅치고 나면 오히려 적자 보면서 만들게 될 거다.

두 번째 이유는 국가는 기업이 아니기 때문이다.

평상시 국가 운영의 목표는 국가 부도를 막는 거다.

더욱이 조선처럼 재정이 빡빡한 나라는 더 민감하다.

몇십 년 전에 큰 전쟁을 겪은 지금이야 돈을 투자할지 몰라도 평화로운 시기가 100년, 200년이 되면 군축부터 한다.

더구나 삼정의 문란부터는 그냥 손을 놓는다.

그런 예는 현대에도 있다.

유럽은 20세기에 수백만이 죽은 전쟁을 두 번이나 치렀다.

그런데도 냉전이 종식된 직후, 유럽 국가들은 너 나 할 거 없이 군축에 환장했다.

유럽의 생각이야 뻔했다. 나토 수장인 미국이 알아서 지켜주겠지. 우린 그 돈으로 경제 살리고 복지에 쓸 거야.

이 지랄을 하다가 러시아에 명치를 세게 처맞은 거다.

그만큼 평화에 젖으면 기본을 잊는다.

여기까지가 화기 사업부를 국가 소속으로 두면 안 되는 두

가지 이유다.

그렇다면 기업체로 만들었을 때의 장점은 뭘까?

우선 기업은 지향하는 바가 다르단 점을 들 수 있겠지.

기업의 최우선 목표는 부도를 막는 게 아니다.

무슨 짓을 해서라도 이익을 내는 게 목표다.

그러기 위해선 끊임없이 연구하고 개발해야 한다.

개발에 성공하면 홍보하고 영업해서 판매하고.

화기 사업부가 기업체인 이상, 이익을 내기 위해 계속 움직일 거다. 신무기를 연구하고 개발해 납품하려 애쓰겠지.

설령 내가 죽고 없더라도.

그럼 조선 말과 같은 비극도 없을 거다.

물론, 조선 후기에도 조선군은 전부 화기로 무장했다.

개인 화기만 10만 정을 훨씬 넘겼으니 어찌 보면 괜찮다 여길지도 모른다. 하지만 그게 다 조총이란 게 문제다!

16세기에 나온 조총을 개량도 없이 19세기 말까지 쓴 거다.

당시에 적은 어땠냐고? 무려 개틀링 기관총에 크루프 야포, 강선식 라이플로 무장했다. 이게 상대가 되겠냐고!

너무 흥분했나? 머리가 약간 어지럽네.

그 순간. 따당!

퀘스트가 또 있었나? 어제, 오늘 누구 생일이야?

메인 퀘스트 5

국가 부도를 막아라!

-유저는 국가 재정을 효율적으로 관리하여 디폴트, 혹은 모라토리엄과 같은 비극적인 사태를 초래하지 말아야 합니다.

클리어 유무: 클리어

보상: 재정 스탯 및 상점 개방

이번에도 뭐가 많이 나왔네.

국가 스탯!

조선 (+96,334)

레벨: 1

정치: 45(↓2) 경제: 20(↑2) 재정: 13 국방: 40(↑2) 외교: 21(↓2) 교육: 25(↑2)

아이고, 재정이 13이네. 정상 국가로 가는 길이 참 멀다, 멀어.

우울한데 상점이나 확인하자.

상점은 대부분 잠겨 있고 액티브 스킬 쪽만 열려 있었다.

바로 액티브 스킬 상점으로 들어갔다.

여기도 막혀 있긴 마찬가지네.

액티브 스킬 중에서 수명 100짜리만 열려 있었다.

그래도 스킬 수 자체는 방대해 수십 페이지에 달했다.

난 페이지를 빠르게 넘기며 대충 훑었다.

별의별 스킬이 다 있네. 사냥, 낚시 같은 수렵 스킬부터 춤, 연기 등의 예능 스킬까지.

젠장, 스킬 이름 옆에 등급이 있으면 편할 텐데.
까 보기 전엔 이름 외엔 다른 정보를 알지 못한다.
다행인 점은 실패해도 수명 100일이란 점이다.
이건 뭐 마르지 않는 샘 때문에 간덩이가 부었구만.
전이라면 그게 어디냐면서 몇 시간을 고민했겠지.
근데 지금은 그쯤은 날아가도 상관없단 마음이다.
마르지 않는 샘은 수명뿐만 아니라 정신 건강까지 챙겨 준다.
필요한 스킬 10개를 골라 딱 1천 일 수명을 소비했다.
다이소에서 쇼핑하는 느낌이네.
스킬은 중복 구매가 불가능했다.
구매한 스킬을 최대한 잘 조합해 써야 한다는 말이다.
먼저 효과가 궁금한 스킬부터 까 보자.

초급 좀비! (D)
최대 72시간까지 잠을 안 자도 피곤하지 않다.
스킬 지속 시간: 72시간
스킬 재사용 대기시간: 240시간

이제야 좀 액티브 스킬답네.
게임에서 말하는 액티브 스킬의 전형적인 예다.
액티브 스킬은 쓰고 나면 쿨다운이 필요하다.
즉, 스킬을 다시 쓰는 데 대기시간이 있단 뜻이다.
근데 마르지 않는 샘은 특이했다.

즉시 발동이 아니라, 레벨업 때 보상이 주어졌다.

또, 쿨다운할 필요는 없지만, 호흡과 동작을 수련해야 했다.

SSS와 C의 차인가?

초급 좀비 외에도 쓸 만한 스킬이 몇 개 더 있었다.

초급 배터리! (C)

사용하는 즉시, 육체적, 정신적 피로가 사라진다.

스킬 지속 시간: 24시간

스킬 재사용 대기시간: 180시간

초급 협상가! (D)

협상할 때 60퍼센트의 확률로 원하는 결과가 나온다.

스킬 지속 시간: 1시간

스킬 재사용 대기시간: 720시간

초급 괴력! (D)

사용하는 즉시, 괴력을 발휘한다.

스킬 지속 시간: 10초

스킬 재사용 대기시간: 360시간

약간 피곤하니 초급 배터리를 써 봐야겠네. 스킬 인벤토리에서 스킬을 고르고 액티브 스킬 창에 장착했다.

액티브 스킬

1. 마르지 않는 샘

2. 초급 배터리

3. 없음

주저 없이 2번을 발동시켰다.

오오! 24시간쯤 자고 일어난 것처럼 몸이 개운하다.

잘 되네. 혹시 쓴 스킬은 바로 해제가 가능한가?

난 속으로 2번 스킬 해제를 지시했다.

빌어먹을! 해제 대신 이런 문구가 나왔다.

「액티브 스킬은 재사용 대기시간이 지나야 활성화됩니다. 그전에는 장착한 상태에서 해제하거나 교체할 수 없습니다.」

하, 이 꼼꼼한 놈들. 역시 꼼수를 못 쓰게 막아 놨구만.

교체가 가능하면 스킬을 연달아 쓰는 꼼수가 된다.

초급 배터리는 대기시간이 180시간이다.

앞으로 7, 8일이 지나야 해제든 교체든 할 수 있다.

아쉬운 건 아쉬운 거고 슬롯을 썩힐 필욘 없지.

액티브 스킬

1. 마르지 않는 샘

2. 초급 배터리

3. 초급 협상가

초급 협상가를 고른 이유가 있다.

오늘 손님이 방문할 예정이기 때문이다.

손님은 총 세 사람이었다.

네덜란드 선원 둘과 얼마 전에 이직한 순구다.

순구가 먼저 앞으로 나와 절을 하고 읍을 하는 시범을 보였다.

네덜란드 선원들은 긴장하며 보다가 얼른 똑같이 따라 했다.

"그래, 그래. 오느라 고생 많았다."

"아니옵니다, 전하."

"자, 다들 앉아라."

세 사람이 보료에 앉길 기다리고 나서 순구에게 물었다.

"과인이 대목수인 널 시계 사업부에 보낸 이유가 궁금할 테지?"

"아니옵니다. 성은을 크게 입은 몸으로 어찌 좋다, 싫다 할 수 있겠사옵니까. 소관은 그저 견마지로를 다할 뿐이옵니다."

"고맙구나. 그래서 하는 말인데, 순구 네가 이번에 서유럽회사에 새로 설립하는 조선 사업부를 책임지고 맡아 줘야겠다."

"조선 사업부가 어떤 곳이옵니까?"

"범선과 전선을 건조하는 사업부다."

순구의 얼굴이 하얗게 질렸다.

"전, 전하, 소관은 궁궐이나 사찰을 짓는 대목수이옵니다. 배를 짓는 대목수는 따로 있으니 그들에게 맡기심이 옳은……."

"아아, 좀 전에는 견마지로 어쩌구 하더니 역시 빈말이었네."

순구가 답답하다는 듯 양손을 미친 듯이 흔들었다.

"견마지로를 다하겠단 말은 진심이었사옵니다. 다만, 이건……."

"과인도 배 짓는 대목수들을 여럿 만나 보았다. 심지어 그들과 한 달 넘게 작업도 해 봤고. 근데 과인 맘에 딱 드는 목수가 없었다. 그럴 바에야 차라리 배 짓는 법은 모르더라도 재주가 비상한 데다 머리도 좋은 순구가 낫다고 본 거다."

순구는 어쩔 줄 몰라 했다.

칭찬받아 기분이 째지긴 한데 부담도 큰 모양이다.

"소관이 실수를 저질러 전하의 대업을 망칠까 두렵사옵니다."

"염려하지 마라. 배도 어찌 보면 집과 같다. 물론, 물 위에 뜨고 움직여야 하니 차이는 있겠지. 그래도 네 실력이라면 어렵지 않을 거다. 마침 옆에 범선을 잘 아는 이도 있고."

순구의 시선이 옆에 앉은 네덜란드 선원에게 향했다.

네덜란드 선원 두 명은 무척 닮았다. 실제로 둘은 부자다.

나이 많은 쪽이 아버지 호버트 데니슨이고.

어린 쪽이 아들 데니스 호버첸이다.

아, 이름 참 헷갈리네. 바이킹식인가?

뭐 어쨌든 고개를 돌려 아버지 호버트에게 물었다.

"결정은 내렸나?"

아버지 호버트가 뭐라 대답했고.

바로 아들 데니스가 통역했다.

"아버진 무슨 일이 있어도 5년 뒤에 여길 떠날 거라고 합니다."

역시 전처럼 완강하네.

호버트는 제물포에서 범선 수리법을 가르쳤다.

그는 스페르베르호에 있을 때도 수리를 도맡아 했다.

특기를 살린 셈이다.

제물포 지사 지사장이 보내온 정기 연락 중에 그런 내용이 적혀 있어 호버트를 며칠 전에 도성으로 호출했다.

순구를 도와 조선 사업부를 이끌 기술자가 필요해서다.

데니스는 통역으로 따라왔고.

근데 호버트는 제안을 일언지하에 거절했다.

죽어도 꼭 네덜란드로 돌아가야 한단다.

지분 얘기도 해 보고 더 나이 들면 보내 준다고 꼬셔도 봤다.

그래도 안 통했다.

비집고 들어갈 틈이 없기론 유형원과 막상막하였다.

생각해 보라고 며칠 시간을 주고 다시 불렀는데 변한 게 없다.

방법을 바꿔야겠어.

우선 스킬부터 켜고. 난 바로 초급 협상가를 발동했다.

수치로 나타난 건 아니지만 왠지 저번보다 느낌이 좋다.

확률을 60퍼센트로 올려 준다고 했었지?

여기에 제안이 괜찮으면 확률은 더 올라가겠지.

"그럼 이런 방법은 어떻겠나?"

아들이 아버지를 대신해 물었다.

"어떻게 말입니까?"

"대양 항해가 가능한 범선을 건조하면 그 즉시, 자네와 아들 두 사람을 그 배에 태워 고향인 네덜란드로 보내 주지. 말 그대로 자네가 만든 배에 타고 유럽식 금의환향하는 셈이지."

제안을 들은 호버트 부자가 귓속말을 나눴다.

가끔 내 눈치를 보는 걸 보면 끌리는 모양새다.

데니스가 한참 만에야 입을 뗐다.

"도장이 찍힌 증명서로 약속해 줄 수 있나요?"

"임금의 옥새가 찍힌 문서는 절대 안 된다."

"그럼 어렵겠……."

"대신, 서유럽회사 회장 도장이 찍힌 건 줄 수 있지."

"범선 건조가 완료되면 5년 기한을 안 채워도 됩니까?"

"즉시라고 했잖아. 당연히 안 채워도 되지."

"그럼 제안을 받아들이겠습니다."

"좋아. 제물포 지사에 돌아가서 기다려. 증명서를 곧 보내 주지."

"감사합니다."

호버트 부자가 잔뜩 흥분해 돌아갔다.

스킬 덕분인지 잘 끝났네.

난 이어 왕두석을 시켜 순구를 선포전으로 데려갔다.

미안하다, 순구야. 그래도 그 지옥에서 꼭 살아 돌아와라.

욕을 하려거든 나 대신에 왕두석이를 욕하고.

32장. 어이쿠, 살려 주십쇼!

순구가 선포전을 철통같이 에워싼 금군을 보고 걸음을 멈췄다.

"여, 여기는?"

열쇠로 선포전 문을 딴 왕두석이 히죽 웃었다.

"끼니때마다 물과 음식을 넣어 줄게. 걱정하지 마."

"물과 음식을 넣어 준다니요? 감, 감옥인 겁니까?"

"어라?"

"불, 불안하게 왜 그러십니까?"

"전하께 못 들었어?"

"못, 못 들었는데요."

"하여튼 장난꾸러기시라니까."

왕두석이 순구를 데리고 선포전 안에 있는 책상으로 걸어갔다.

책상에는 종이 수천 장이 쌓여 있었다.

"넌 지금부터 이 종이들의 내용을 완벽하게 암기해야 한다."

"이, 이 많은 양을 전부요?"

"당연하지. 그리고 시험 본다는 거 잊지 말고."

"시험도 봅니까?"

"외웠는지, 안 외웠는지 알아보려면 시험밖에 없잖아."

"못, 못 외우면요?"

"하나 틀릴 때마다 나랑 박치기해야 되지."

왕두석의 거대한 머리를 본 순구가 비명을 질렀다.

"어이쿠, 살려 주십쇼!"

"허허, 아직 시작도 안 했는데 겁부터 먹으면 어쩌나."

"그, 그래도 그 머리랑 소관의 머리가 부딪치면……."

"하하, 수박 깨지듯이 깨지겠지. 어휴, 갑자기 수박 먹고 싶네."

"예에?"

"그래도 나라서 다행인 줄 알아, 인마."

"그건 또 무슨 해괴한 말씀이십니까?"

"나 아니었으면 홍귀남이가 네 머리에 사과 올려놓고 100보 밖에서 조총으로 쏘아 맞히는 벌을 받았을걸. 문제를 하나 틀릴 때마다 조총 한 발인데 홍귀남이의 솜씨가 아무리 귀신 같아도 한 발은 빗나가지 않겠어? 넌 운 좋은 거지."

"어, 어떤 미친 작자가 그런 벌을 만들어 내……."

"쉿!"

"설, 설마?"

"그래, 설마가 사람 잡는다. 아무튼 열심히 외워서 시험 잘 봐라. 박영준이는 악착같이 해서 끝끝내 100점 맞았다더라."

"예에……."

풀 죽은 순구의 어깨를 두드린 왕귀남이 나가서 문을 닫았다.

순구는 한숨을 푹 쉬며 앉아 있다가 결국 종이를 집어 들었다.

처음엔 이걸 언제 다 외우나 싶었다.

근데 의외로 금방 재미가 붙었다.

"오, 범선에는 도르래를 참 많이 쓰는구나. 삼각돛을 쓰면 역풍일 때도 항해할 수 있고. 맨 아래쪽엔 무거운 짐을 실어서 균형을 맞추는 건가? 함포도 종류가 엄청나게 다양하네."

어느새 순구의 시선은 종이 속 글귀와 그림들을 파고들고 있었다.

순구가 범선을 공부하는 동안.

난 순회공연의 마지막을 향해 나아갔다.

네덜란드 프로젝트는 현재 2단계까지 진행 중이었다.

1단계는 서유럽회사에 취업시키는 거고.

2단계는 옥석을 나눠서 옥을 회사의 코어로 영입하는 거다.

그렇게 해서 그로트, 카시니, 호버트 부자를 영입했다.

마지막 행선지는 내의원이었다.

의사는 17세기에도 의산가 보다.

마테우스 에보켄이 벽에 붙여 놓은 커다란 그림을 가리키며 뭐라 말하면 의자에 앉은 다른 어의들이 열심히 붓을 놀렸다.

그림을 빔프로젝터로 바꾸고.

종이와 붓을 노트북으로 대신하면 21세기 병원 콘퍼런스다.

강의하는 에보켄은 펠로우쯤 되겠지.

에보켄은 스페르베르호에서 생존한 유일한 의사다.

정확히 말하면 하급 선의다.

처음엔 하급인 데다, 배 타는 의사라 그다지 신뢰가 가지 않았다.

실력이 좋았으면 왜 배를 탔겠어?

네덜란드에서 개업하지.

그럼에도 그를 내의원에 보낸 건 그래도 의학 지식은 있겠지 싶어서였다.

근데 내가 잘못 알았나 보다.

숨어서 강의하는 내용을 들어 보니 꽤 심도가 있었다.

아프다고 하면 무조건 침부터 놓는 어의들도 실력을 인정했는지 왕따는커녕, 오히려 질문까지 해 가며 강의를 들었다.

무엇보다 몇 달 사이에 우리말 실력이 엄청나게 늘었다.

왕두석이 물었다.

"불러올까요?"

"부르지 마. 선생이 학생을 가르치는 중인데 존중해 줘야지."

"예, 전하."

몇 시간 후.

젠장, 그냥 부를걸.

후회가 물밀듯이 밀려든다.

와, 이 사람들은 밥도 안 먹나?

오후에 시작한 강의가 저녁까지 스트레이트로 이어졌다.

심지어 중간엔 어둡다고 등불까지 밝혔다.

왕두석이 히죽 웃으며 물었다.

"지금이라도 불러올까요?"

"너 속으로 쌤통이라고 생각하는 중이지?"

"하하, 억측이시옵니다."

내가 붙잡고 한 소리 하려는 순간.

눈치만 는 왕두석이 재빨리 뛰어갔다.

"귀남이가 밥을 가져왔나 봅니다. 소관이 받아 오겠사옵니다."

"쳇, 졸지에 외식하게 생겼군."

난 앉아서 홍귀남이 수라간에 가서 받아 온 도시락을 열었다.

도시락 안에는 빵과 패티, 치즈가 든 햄버거가 있었다.

대령숙수가 된 얀 클라슨의 솜씨다.

햄버거가 19세기 작품이라지만 뭐 어떤가.

재료만 있으면 누구나 만드는 건데.

클라슨은 요리를 기막히게 했다.

치즈야 유럽에서도 먹던 거라 쉽게 만들었고.

햄버거 번도 내가 준 힌트만 듣고 거의 완벽하게 모방했다.
심지어 토마토와 상추, 오이 피클도 있었다.
구색을 제대로 갖춘 셈이다.
겨울에 웬 토마토, 상추냐 하겠지만 내 전용 온실에서 키웠다.
처음엔 채소나 키워 먹으려고 온실을 지은 게 아니다.
피치 못할 사정이 있었다.
난 대한민국 전 연령대로 보면 축복받은 세대다.
겨울엔 무조건 보일러, 여름엔 무조건 에어컨을 끼고 살았다.
심지어 군대에 있을 때도 에어컨을 썼다.
문제는 한반도 중부의 겨울이 아주 혹독하단 점이다.
시베리아보다 서울이 더 춥단 소리까지 듣는다.
거기에 소빙하기마저 끼었으면 버틸 재간이 없다.
그게 온실의 시작이다.
즉, 겨울에 웃풍 없는 곳에서 좀 따듯하게 지내보잔 의도였다.
위치는 관우정 바로 옆이었다.
온실이 있으면 겨울에도 운동할 수 있다.
근데 어느 날 문득 이런 생각이 들었다.
이걸로 하우스 재배도 가능하지 않을까?
생각난 김에 온실을 넓히고 토마토, 상추 같은 채소를 길렀다.
토마토는 의외로 일찍 들어와 조선에서도 키우는 중이었다.
물론, 먹으려고 키우는 게 아니라 감상하려고 키웠다.
토마토가 예쁘게 생기긴 했지.
덕분에 케첩도 만들고 잼도 만들고 파스타 소스도 만들었다.

지금처럼 생으로 햄버거에 넣기도 하고.

물론, 이 햄버거에도 아쉬운 점이 있긴 하다.

바로 콜라하고 프렌치프라이가 없단 점이다.

이를테면 지금은 세트가 아니라 단품인 셈이다.

근데 콜라는 코카 잎으로 만드는데 그게 되려나?

막 콜라 마시고 해롱대는 거 아니야?

햄버거를 먹으면서 쓸데없는 생각에 빠져 있을 무렵.

"강의가 끝났사옵니다."

홍귀남의 말에 정신을 번뜩 차린 난 손을 보았다.

어느새 햄버거가 내 뱃속으로 사라지고 없었다.

젠장! 21세기가 떠오르는 얼마 안 되는 맛이다.

근데 잡생각 하다가 음미를 제대로 못 했다.

홍귀남이 얼른 수건을 건넸다.

"손을 닦으시옵소서."

"그래."

홍귀남이 건넨 수건으로 손을 닦고 에보켄과 백광현을 불렀다.

잠시 후. 난 등불이 걸린 실내에서 두 사람을 만났다.

"백 어의, 내의원에선 지낼 만한가?"

"전하께서 편의를 봐주신 덕에 아주 잘 지냈사옵니다."

"과인은 편의를 봐준 적이 없는데."

"어, 어쨌든 잘 지냈사옵니다."

"그래, 그래. 에보켄은 잘 지냈나?"

"예, 전하."

"과인이 말이야. 에보켄 자네에게 조선에 남아……."

"남겠사옵니다."

"응?"

"남는다고요."

이런 패턴은 없었는데.

심히 당황스럽네.

"뭐? 왜?"

"그야 조선의 의학 발전을 위해서……."

이거 감이 딱 오네, 와.

"너 살림 차렸어?"

내가 물어본 건 에보켄인데 옆에 있는 백광현이 얼굴을 붉혔다. 뭐야, 이건?

"왜 백 어의가 얼굴을 붉히지? 둘이 살림 차린 거야?"

백광현은 대답을 못 하고 몸을 배배 꼬았다.

진짜야?

그보다 이 사람, 원래 이런 성격이었어?

그 순간. 당황한 에보켄이 팔을 강아지 꼬리처럼 마구 흔들며 부정했다.

"아, 아닙니다. 백 어의가 아니라, 백 어의 동생이랑……."

"그 동생은 여동생이겠지?"

"당, 당연하옵니다."

"어쩐지 말이 빨리 늘었다 했어. 비결은 조선 여친이었구만."

"여, 여친이요?"

"대충 넘어가."

"예……."

"백 어의는 정신 좀 차리고."

"예, 전하."

"두 사람은 서유럽회사 의료 사업부에서 일하게 될 거야."

에보켄이 눈을 크게 뜨며 물었다.

"의, 의료 사업부요?"

"그래, 의료 사업부. 의료 사업부는 크게 두 분야로 나뉠 거야. 하나는 의사를 양성하는 의과대학이고 다른 하나는 실제로 환자를 치료하는 병원이 되겠지. 두 기관이 연계해 긴밀히 협력해 나가는 건 당연한 거고. 일단, 그렇게 알고 있어."

두 사람은 서로의 얼굴을 쳐다보고 대답했다.

"예, 전하."

"이건 의과대학에서 연구할 첫 번째 주제야."

난 품에서 책 한 권을 꺼내 건넸다.

백광현이 읍을 하고 나서 두 손으로 받았다.

난 백광현을 보며 물었다.

"책이 따뜻하지?"

"예, 전하. 정말 따뜻하옵니다."

"과인이 암탉도 아닌데 그 책을 왜 품어 왔을 거 같아?"

"중, 중요한 책이어서 그렇사옵니다."

"맞아. 그 책엔 조선 백성 수십만, 아니 앞으로 나올 환자까지 계산하면 수백만 명을 살릴 수 있는 치료법이 담겨 있어."

두 사람은 어안이 벙벙한 표정으로 날 쳐다보았다.

난 돌침대 선전하듯 손가락 다섯 개를 펴 보였다.

"닷새 줄게. 그 안에 내용을 다 외우고 나서 책은 반납해."

"……."

"원래는 둘 다 선포전 안에 가둬 놓고 강제로 외우게 할 생각이었는데 선객이 있어서 말이야. 그렇다고 그게 감옥은 아니야. 물과 음식도 제때 넣어 주고 똥 싸라고 요강도 넣어 주니까. 아, 이렇게 말하니까 정말 감옥 같네."

"흠흠."

옆에서 왕두석이 헛기침했다.

삼천포로 빠져 쓸데없는 말을 하지 말라는 의미다.

난 바로 웃으면서 두 사람 어깨를 두들겼다.

"아무튼, 그럼 두 사람만 믿고 가 볼게. 명심해. 닷새야, 닷새. 이를 어기면 두 사람 머리가 수박처럼 부서지든가, 아니면 구멍이 뚫리든가 할 거야. 둘 다 그리 좋은 모습은 아닐 테지."

"흠흠흠."

"나도 아니까 고만 흠흠거려!"

"예, 전하."

내가 왕두석을 구박하며 희정당으로 돌아가는 동안.

백광현과 에보켄은 그 자리서 바로 책을 펼쳤다.

책 제목은.

「우두와 천연두, 그리고 그 치료법에 대하여」

"우두, 천연두? 앗, 이런 시발!"

백광현이 갑자기 욕을 하는 바람에 에보켄이 황당해 물었다.

"처남, 왜 욕을 하고 그래요?"

"너무 놀라서 혀를 깨물었어."

"아아."

"계속 읽어 보자고."

한동안 페이지 넘기는 소리만 나다가 에보켄이 물었다.

"처남, 이거 내가 언문을 제대로 이해한 게 맞아요?"

"뭘 어떻게 이해했는데?"

"우두와 천연두는 가까운 친척이다. 그러나 둘 사이에는 큰 차이점이 있다. 소가 걸리는 우두는 사람이 걸려도 대부분 별다른 후유증 없이 자연 치유가 된다. 고로 사람들이 천연두 대신에 우두에 걸리게 하자. 그럼 천연두가 친척인 우두의 체면을 봐서 그 사람은 그냥 못 본 척하고 지나간다."

"맞, 맞는 것 같아."

에보켄이 자기 머리를 마구 쥐어뜯었다.

"처, 처남은 이게 무슨 뜻인지 알겠어요?"

"조선에서 마마, 아니 천연두가 사라질 수 있다는 뜻이겠지."

"그게 다가 아니에요. 이건 천연두를 박멸시킬 수도 있어요."

백광현도 잔뜩 흥분해 소리쳤다.

"당, 당장 연구를 시작해야겠어!"

"근데 조선 소도 우두에 걸려요? 이 책에는 우두가 유럽 쪽 풍토병이라는데 우두 걸린 소가 없으면 헛고생하는 거잖아요."

"걱정하지 마."

"정말 걱정 안 해도 되는 거예요?"

"넌 왜 이렇게 사람 말을 못 믿냐?"

"사람 목숨이 달린 일이니까 그렇죠."

"내가 제대로 이해했다면 우두는 소가 걸리는 두창인 셈이야. 사람이 두창에 걸리면 천연두고 소가 걸리면 우두가 되는 거지. 그럼 소도 걸리면서 사람도 걸린다는 뜻이 뭐겠냐?"

"아, 다른 짐승도 걸릴 수가 있단 뜻이군요."

"그래, 꼭 우두를 고집할 필요가 없단 거지. 더구나 스승님에게 의술을 배울 때 이 책에서 말하는 우두와 같은 병세를 가진 군마를 치료한 경험이 있단 얘길 들은 기억이 있어. 우린 지금부터 같은 병에 걸린 군마를 찾아야 한단 뜻이지."

"그 스승님은 살아 계세요?"

"아니, 돌아가셨어."

"그러면 그런 말을 어떻게 찾아요? 그 말은 벌써 죽고 없을 텐데. 더구나 처남이 그동안 이런 병에 걸린 말을 치료해 본 적 없다는 건 말도 잘 걸리지 않는 희귀병이란 거잖아요?"

"내가 이래 봬도 팔도 마장에 아는 사람이 쫙 깔려 있다고. 심지어 제주도 마장에도 아는 사람이 있지. 우선 그 사람들에게 우두와 같은 병을 앓는 군마가 있는지 확인부터 해 보자."

"아, 그러고 보니 처남은 수의사였지."

"수의사가 아니라니까. 난 군마를 고치는 의사라고."

"그게 그거죠."

"에휴, 손윗사람인 내가 참아야지."

"할 말 없으면 맨날 자기가 윗사람이래."

"아이고, 우리 옥분이 불쌍해서 어쩌나. 사내를 만나도 어떻게 이런 놈을 만나서리……. 다 이 오래비가 못난 탓이로다."

"처남, 우리 이 책부터 다시 읽어 보는 게 어때요?"

처남, 제부 커플은 투덕대며 책을 다시 정독했다.

인류가 천연두를 박멸하기까지 그리 오래 걸리지 않을 듯했다.

33장. 아, 이러면 다 나가린데

종두법 책은 수명 500일짜리다.

물론, 파급력을 생각하면 500일은 거저 주는 거나 마찬가지다.

천연두는 흑사병이나 스페인 독감보다 더 지독했다.

1천 년 동안 수억 명의 인간을 학살했다.

더구나 학살에서 끝나지도 않는다.

운 좋게 살아남더라도 수포 흔적이 남아 심적 고통을 준다.

얼굴이 얽었다, 곰보 자국, 다 거기서 유래한 말이다.

내 수명을 희생해 인류를 구원한 셈이지.

내가 메시다!

잘못 말했다. 축구 할 것도 아니고.

내가 인류의 메시아고 미륵보살이다!

물론, 메시아 콤플렉스에 빠지진 않았다.

조선도 건사하기 바쁜데 내가 인류를 왜 챙기냐.

◆ ◈ ◆

며칠 후. 난 그날 오후부터 흥분해 제정신이 아니었다.

희정당 앞뜰로 뛰어나가 홍귀남을 붙잡고 물었다.

"지금 가져온다고 했느냐?"

홍귀남이 살짝 귀찮은 표정으로 대답했다.

"아직 멀었다고 하옵니다."

"그래? 그럼 기다리지 뭐."

다시 몇 분 후.

"지금 가져온다고?"

홍귀남은 한숨을 살짝 내쉬었다.

"궁녀가 와서 말해 줬는데 좀 더 기다리셔야 할 것 같사옵니다."

"기다리지 뭐. 몇 달도 참았는데 고작 몇 시간쯤이야."

"날이 차옵니다. 들어가서 기다리시는 게……."

"지금 추운 게 문제야?"

"아니, 그게 저……. 누가 오나 보옵니다."

시선을 돌리는 홍귀남을 보며 혀를 찼다.

"흥, 머리 큰 놈이 가르쳐 준 수법이냐? 감히 과인이 묻는데 딴청을 피우다니……. 어, 정말 누가 오네. 이경석 대감인가?"

진짜 이경석 대감이다.

난 급한 나머지 신발을 신고 희정당으로 뛰어 들어갔다.

"상선, 이경석 대감이 오면 과인이 없다고 하시오."

"체통을 차리시옵소서."

그러면서 상선이 손수 내 신발을 벗겨 주었다.

"이쪽 발 드십시오."

난 시키는 대로 다리를 들며 고개를 저었다.

"지금은 체통 따질 때가 아니오, 상선."

"나라에 큰일이 생겼을 수도 있사옵니다. 이쪽 발 드십시오."

난 다시 시키는 대로 다리를 들며 또 고개를 저었다.

"아니, 이번에도 돈 달라고 오는 걸 거요."

"그래도 만나 보시옵소서."

"이번은 절대……."

젠장, 상선이 시간을 끄는 바람에 못 숨었다.

오늘은 꼼짝없이 할배와 데이트를 해야 할 판이다.

상황을 오해한 이경석이 흐뭇한 미소를 지었다.

"신을 기다리신 것이옵니까?"

"아, 그렇소. 오늘은 왠지 대감이 올 것 같아서 눈이 빠지라 기다리고 있었지. 날이 춥소. 어서 들어가 몸을 녹입시다."

그 순간.

이경석 뒤에서 처음 보는 젊은이가 얼굴을 내밀었다.

코가 얼굴의 반을 차지하는 순박한 청년이다.

"누구요?"

이경석이 청년을 데려와 인사시켰다.

"집의 윤선거의 아들 윤증이옵니다."

"윤증? 아무튼 들어갑시다. 날이 오늘따라 더 춥네."

이경석과 윤증을 데리고 들어가는데 상선이 미소를 지었다.

주름이 진 얼굴이 어렸을 때 본 하회탈 판박이다.

아오, 저 하회탈을 박살 내든지 해야지.

자리에 앉기 무섭게 뜨거운 차를 따라 주며 이경석에게 물었다.

"이번엔 또 어디에 돈이 필요한 거요?"

"허허, 오늘은 손 벌리러 온 게 아니옵니다."

"그럼? 아, 윤증 때문에 온 거요? 윤선거가 부탁했소?"

"작년 여름에 하신 말씀 기억하시옵니까?"

"실력 있는 젊은 관원을 천거해 달란 말 말이오?"

"그렇사옵니다."

"그럼 윤증이 그중 한 명이란 거요?"

"젊은 유생 중에선 가히 군계일학이라 할 만하지요."

이경석은 한참 윤증의 얼굴에 금칠해 주고 일어섰다.

"노인은 이만 빠질 터이니 젊은이들끼리 대화를 나누시지요."

이경석은 읍을 하고 나서 먼저 돌아갔다.

주선자가 알아서 빠져 주는 건가?

이러니까 진짜 소개팅 같네.

난 윤중의 커다란 코를 여러 각도에서 살펴보다가 감탄했다.

왕두석은 머리가 크고 윤중은 코가 우라지게 크구나.

코가 크면 혹시 그것도 큰가?

속설이긴 하지만 갑자기 궁금해지네.

그렇다고 보여 달라고 하는 건 좀 부적절하겠지?

아니, 아니, 지금은 코가 중요한 게 아니지.

중요한 건 지금은 윤중이 나올 타이밍이 아니란 거다.

윤중은 전형적인 산림이었다.

산림은 좋게 말하면 벼슬에 욕심 없는 정통 학자다.

나쁘게 말하면 조상 잘 만난 덕분에 책이나 파먹는 백수고.

거창한 이름의 정자를 지어 놓고 공자가 어땠느니, 주자가 어땠느니 하며 도움도 안 되는 책이나 쓰고 있는 게 산림이다.

가끔 심심풀이 삼아 상소로 임금과 조정을 디스하기도 하면서.

나야 산림은 살든지 죽든지 알아서 하란 주의다.

문제는 이경석처럼 조정이 산림을 자꾸 천거한단 거다.

그리고 여기서부터는 코미디다.

임금은 대신들의 말을 들어 산림에게 벼슬을 제수한다.

그럼 산림은 어떻게 하냐고?

재주가 부족하다, 몸이 아프다, 벼슬에 뜻이 없다며 거절한다.

여기선 아, 그렇구나 하고 신경 끄는 게 맞다.

근데 대신들이 옆에서 자꾸 갈궈 댄다. 산림이 벼슬을 거절하는 이유는 임금의 정성이 부족해서라고.

임금은 등이 떠밀려 또 벼슬을 내리고 산림은 또 거절한다.

이걸 몇 년마다 한 번, 심하면 절기마다 한 번 한다.

무슨 제갈량도 아니고 말이야.

아니, 제갈량은 스카우트에 응하기라도 했지.

역사에서 손에 꼽는 행정가도 세 번 가면 받아들이는데 지들은 무슨 용가리 통뼈라고 밀고 당기기를 하는지 모르겠다.

그렇다고 산림이 벼슬을 넙죽 받으면 그건 내가 더 곤란하다.

평생 주자대전이나 달달 외던 인사들이 뭘 알겠나.

실무를 모르고 관심도 없으니 편 갈라 정치질이나 하는 거다.

아니면 같잖은 이상에 빠져 훈계질이나 하든가.

그런 점에선 차라리 멸족한 관학파나 훈구파가 낫다.

그들은 부패했어도 일단 행정이 뭔진 알았으니까.

뭐 잠시 삼천포로 빠졌지만 다시 본론으로 돌아와서.

윤증이 그 대표적인 용가리 통뼈 산림인데 왜 왔을까?

우의정을 제수해도 꿈쩍 안 했단 글을 읽었는데.

지금 가장 큰 문제는 윤증이 나중에 쓸 카드란 점이다.

장기 플랜에서 꼭 필요한 장기 말이라 지금 나오면 안 된다.

일단 빡돌게 해서 빨리 고향으로 리턴시키자.

"누구에게 수학했는가?"

"가친과 김집, 송시열 대감에게 사사했사옵니다."

"김장생, 김집, 송시열이 조선의 예학을 그야말로 집대성한 뼈대 있는 학통이라고 들었는데 그럼 자네도 그쪽에 밝겠구만."

"스승에겐 아직 미치지 못하옵니다."

"그럼 예학의 대가를 만난 김에 하나 물어보세."

"하문하시옵소서."

"공자가 논어에서 부모가 돌아가시면 삼년상을 치르라고 했는데, 사대부라면 마땅히 이를 따라 삼년상을 해야 하는 건가?"

"인간은 태어나면 부모의 도움 없인 스스로 할 수 있는 일이 거의 없사옵니다. 아무리 자식과 부모의 관계라 해도 엄청난 희생이 따르는 일이지요. 부모가 돌아가셨을 때, 삼년상을 한다면 이때의 은혜를 조금이라도 갚는 일일 것이옵니다."

"……."

"더욱이 충과 효를 배우고 이를 백성에게 가르칠 의무가 있는 사대부라면 모범을 보이기 위해서라도 해야 할 것이옵니다."

"삼년상 동안엔 상복을 입고 술과 고기를 금해야 하는 건가?"

"그렇사옵니다. 하늘 같은 부모가 돌아가셨는데 자식으로서 어찌 비단옷이 편하겠으며 술과 고기가 맛이 있겠사옵니까."

"그럼 여색도 멀리해야겠군."

"당연하옵니다. 가장 금해야 할 일이지요."

"군왕은 사대부의 으뜸이겠지?"

"그렇사옵니다."

"그렇다면 과인은 불효자가 아닌가? 상복만 입고 있을 뿐, 평소대로 일하고 먹고 자고 있지 않은가? 심지어 과인은 몸이 약하다고 주변에서 고기를 먹으라고 권하기까지 하는데."

"전하는 사대부의 으뜸이면서 군왕이기도 하옵니다. 일반 사대부와는 처지가 다를 수밖에 없지요. 설령 그렇다고 해서 전하께서 불효자가 되는 것은 아니옵니다. 마음속으로 선왕의 넋을 기리고 부모의 은혜를 잊지만 않으시면 되옵니다."

"자네 말대로 과인이야 특수한 신분이라서 평소처럼 대궐에 들어와 산다지만 삼년상을 치르는 다른 자식들은 잘 먹지 못해 죽거나, 큰 병을 앓는다던데 그래도 해야 하는 건가?"

"부모에게 받은 목숨을 부모에게 다시 바치면 그보다 큰 효가 어디 있겠사옵니까? 이는 만고에 남을 효자일 것이옵니다."

"과인이 아직 죽어 보질 않아 잘 모르지만, 만약 정말로 이 세상에 혼이 있다고 치세. 자식이 시묘살이하다가 죽으면 부모는 좋아할까? 그거야말로 세상에서 제일 큰 불효 아닌가?"

"소생은 불효라고 생각지 않사옵니다."

"좋아. 그럼 조금 다른 걸 물어보지. 사대부가 삼년상을 치른다고 시묘살이하면 남은 가족은 무슨 돈으로 뒷바라지하는 건가? 그리고 가족은 무엇을 먹고 그 기간을 버티는 건가?"

"대부분 가문의 재산으로 뒷바라지하고 생활도 할 것이옵니다. 재산이 부족하다면 아끼고 또 아껴서 치르는 거겠지요."

"그럼 재산이 없어 삼년상을 못 하는 자식들은 불효를 저지르는 건가? 그렇다면 그건 삼년상을 치르지 못해 불효를 저지르는 건가? 아니면 삼년상을 치를 돈을 벌지 못해서 불효를 저지른 건가? 혹시 가난해도 가문이 망하거나, 굶어 죽을 각오를 하고 삼년상을 치러야지만 효자가 되는 건가?"

"각자의 처지에 달린 일일 것이옵니다. 그리고 앞서 말씀드렸다시피 삼년상을 치를 형편이 아니라면 낳아 주고 길러 준

부모의 은혜에 감사하는 마음만 가져도 충분할 것이옵니다."

"아까 그대가 자기 입으로 직접 사대부는 충과 효를 백성에게 가르칠 의무가 있다고 했었지. 그럼 최대한 많은 백성이 삼년상을 치러야만 효를 제대로 가르친 것이 되는 건가?"

"훌륭한 풍습을 이어 가는 백성이 많다면 그건 좋은 일일 테지요."

"사대부에게 효를 제대로 배운 농부들이 삼년상을 치른다고 농사를 안 지으면 어떻게 되는 건가? 많은 백성이 굶어 죽고 조정은 세금이 들어오지 않아 망해도 훌륭한 풍습을 이어 갔으니 칭찬해 줘야 하는 건가? 그리고 외적이 쳐들어왔음에도 사대부에게 효를 배운 병사들이 삼년상 치른다고 군적에서 빠져 버려 나라가 외적의 손에 넘어갔을 때도 훌륭한 풍습을 이어 간 거니 효자문이라도 세워 줘야 하는 건가?"

"그건 극단적인 예시일 뿐이옵니다."

"아아, 과인도 아네. 너무 극단적인 예지. 누군가와 토론할 때 반드시 피해야 하는 방법이고. 한데 아무리 침착하려 해도 사대부란 계급을 다룰 때는 비아냥이 절로 나오는구만."

"……."

"왜인지 아는가?"

"경청하겠사옵니다."

와, 참을성 하난 죽이네.

이 정도로 갈궈도 표정 하나 안 바뀌다니.

다른 이였으면 앉은뱅이책상으로 내 면상을 깠을 텐데.

어쨌든 내 생각을 계속 말로 풀어 갔다.

"사대부가 말로는 백성들을 가르쳐 옳은 길로 인도한다고 주절대면서 실제로는 은밀히 협박하는 족속들이기 때문이지."

"사대부를 싫어하시옵니까?"

"당연히 싫어하고말고."

"전하께서도 사대부이시지 않사옵니까?"

"그래서 내 얼굴에 침 뱉는 더러운 기분이네."

"계속하시옵소서."

"고을마다 있는 효자문 좀 보게나. 부모 따라 죽었다고 효자문 세워 주고 삼년상 치르다가 병들어 죽었다고 효자문 세워 주고. 그걸 누가 세웠겠나? 그 고을에서 한가락 하는 사대부들이 세웠겠지. 백성들은 그걸 보며 무슨 생각을 하겠나? 아, 효자가 되려면 저렇게 해야 하는 거구나 생각지 않겠나?"

"……."

"열녀문도 마찬가지일세. 그 여자들이라고 남편 따라 죽고 싶었겠나? 뭐 정말로 사랑해서 그랬을 수도 있겠지. 하지만 대부분이 시가나 친정 어른들이 교묘히 부추겨 자살하도록 유도한 것이 아닌가? 가문에서 열녀가 나오면 사대부들이 칭송하고 조정에선 그 집 사내놈에게 벼슬도 주고 하니까."

"……."

"이런 행태가 주로 어디서 벌어지는 아는가?"

"모르옵니다."

"종교일세, 종교. 더욱이 아주 극단적인 근본주의자들이

판치는 곳에서 주로 벌어지지. 종교 지도자나 가문의 웃어른들이 젊은이를 교묘히 부추겨 종교를 위해 순교하게 만든단 말일세. 지금 조선 사대부가 하는 짓이 비슷하지 않은가? 정작 지들은 경전에 나온 대로 살지도 않으면서 말이야."

윤중이 머리를 깊이 숙였다.

"훌륭한 통찰이시옵니다."

엉? 여기서 당신이 왜 감탄해?

이게 이렇게 되면 안 되는 건데.

아, 이러면 다 나가린데.

그냥 날 미친놈이라 여기고 빨리 고향으로 가라고!

아직 등장할 타이밍이 아니라니까!

34장. 소생은 감수할 각오가 되어 있사옵니다.

지금 벌어지는 서인, 남인의 당쟁은 애들 싸움이다.

나중에 가면 서로 대가리부터 깨고 본다.

그나마 현종 때까지만 해도 허벅지 같은 데를 찌르는 것에 그쳤다. 불구로 만드는 건 괜찮아도 죽이는 건 좀 그러니까.

근데 숙종대에 접어들면서 점차 과열되더니, 어느 순간 다시는 되돌아올 수 없는 강을 건너 버린다.

숙종이 남인과 협력해 송시열을 죽인 것이 시작이다.

노론의 입장에선, 남인이 자신들의 종주를 죽여 버린 원수가 되는 거다. 숙종의 갈라치기가 화근이란 뜻이다.

그게 경종, 영조를 거치면서 심해져 대가리부터 노리게 된다.

즉, 패하면 삭탈관직이나 유배가 아니라 뒈지는 거다.

내 생각에 이를 해결할 유일한 방안은 서인을 쪼개는 거다.

특히, 서인 중에서도 노론을 미리 쪼개고 또 쪼개 놔야 한다.

노론은 쪽수가 워낙 많아 패해도 별 타격이 없다.

죽으면 다른 대신을 링에 세우면 된다.

노론 사대신이 죽어 나가도 별 타격 없던 게 그 예다.

반면, 서인 소론과 남인은 쪽수가 적어 그렇게 못한다.

한번 대가리가 갈려 나가면 재기 불능이다.

그 서인을 쪼개는 핵심 카드가 바로 이 윤증이다.

근데 윤선거가 죽고 나서 등장하는 윤증이 갑자기 튀어나왔다.

이건 확실히 역사에 없던 일이다.

"과인을 찾아온 걸 보면 벼슬할 마음이 있는 것 같은데. 맞는가?"

"그전에 우선 전하의 생각에 동의하지 않는단 말부터 드려야겠사옵니다. 양란이 벌어졌을 때, 가산을 아낌없이 털어 의병을 일으킨 자들도 사대부였사옵니다. 나라가 사대부를 대우해 주지 않았다면 어찌 그들이 분연히 떨쳐 일어났겠사옵니까. 또한, 조정의 힘이 미치지 않는 향촌에서 향약, 두레 등으로 질서를 유지하는 계층 또한 사대부이옵니다. 사대부가 없었으면 민란이 터졌어도 여러 번 터졌을 테지요."

물론, 난 이에 대해 반박할 말이 있었다.

의병은 사대부가 주도했지만, 목숨을 바친 건 일반 백성이었다.

향약은 오히려 사대부가 백성을 지배하는 수단으로 변질했다.

그래도 무슨 얘기를 하나 싶어 계속 들어 주었다.

"그렇지만 지금의 조선을 개혁, 혁파하지 않고서는 나라와 백성이 반석 위에 설 수 없단 점에선 전하와 뜻이 같사옵니다. 소생이 옆에서 전하를 도울 수 있게 윤허해 주시옵소서."

이야기가 점점 이상한 쪽으로 흘러가는데.

"개혁, 혁파? 누구에게 무슨 얘길 들은 건가?"

"반계 유형원에게 들었사옵니다."

아니, 유형원은 나 몰래 무슨 짓을 하고 다니는 거야?

"유형원? 그는 북인의 후손이고 자넨 진짜배기 서인이잖은가. 유형원과 어울리면 서인 윗전들에게 밉보이는 거 아닌가?"

"소생의 가친은 지금도 남인 영수인 윤휴, 허적 등과 교류하옵니다. 그런 가친을 보며 성장한 소생이 북인 유형원과 교류한다고 해서 그리 펄쩍 뛸 만한 사안은 아닐 것이옵니다."

하, 넌 미래를 모르니까 그렇게 말하지.

윤선거는 남인과 친하게 지내다가 송시열 눈 밖에 난다.

훗날 그게 계기가 되어 회니시비가 터지고 서인이 쪼개진다.

회니시비의 한쪽 당사자가 바로 이 윤선거의 아들 윤증이다.

다른 쪽은 당연히 송시열이고.

스승과 제자가 한판 세게 붙은 거다.

아무래도 윤증은 개혁, 혁파를 너무 쉽게 생각하는 것 같은데.

내가 생각하는 개혁은 개조가 아니라 재조립이다.

개조는 잘못된 부분을 고치는 거다.

그리고 잘되는 부분은 더 잘되게 업글하는 거고.

반면, 재조립은 부품을 해체해 처음부터 다시 조립한다.

물론, 부품 몇 개는 전과 완전히 다른 부품을 쓴다.

"유형원이 자네에게 정확히 무슨 말을 했는지는 모르겠지만 너무 쉽게 보는 것 같군. 유형원은 균전론을 주장하면서 양반이 가지는 기득권을 어느 정도 내려놓을 각오를 했네. 자네는 그게 되겠는가? 유형원보다 가진 게 훨씬 많은데."

윤증이 눈을 빛내며 상체를 당겼다.

"어느 정도까지 포기해야 하는 것이옵니까?"

뭐지? 함정 카드인가? 아니면 서인이 보낸 스파이?

어떻게 할지 고민하다가 상점에서 이런 때 쓸 만한 스킬을 하나 봐 둔 게 떠올랐다. 가격도 얼마 안 해 바로 질렀다.

초급 심문관! (C)

60퍼센트의 확률로 상대가 진실을 말하는지 알려 줍니다.

스킬 지속 시간: 12시간

스킬 재사용 대기시간: 720시간

괜찮은 스킬이다. 단점 두 개만 빼면.

뭐 C급 스킬인데 완벽하길 바라면 도둑놈 심보겠지.

하나는 100퍼센트가 아니라 60퍼센트란 점이고.

다른 하나는 쿨다운이 720시간이란 점이다.

한 번 쓰면 슬롯 하나를 720시간 동안 못 쓴다.

윤증한테 쓰기엔 왠지 아까운데.

그래도 여기까지 왔으니 시험 삼아 써 보자.

액티브 스킬

1. 마르지 않는 샘

2. 초급 심문관

3. 초급 협상가

쿨다운이 끝난 다른 스킬을 교체하고 바로 발동했다.

결과는 좋게 나왔다.

윤증 얼굴에 대문짝만하게 O라고 적혀 있어 모르기도 어렵다. 그가 진실을 말하고 있단 뜻이다.

그럼 어디까지 공개해야 하지? 다?

아니야, 다는 너무 위험해.

"많은 걸 포기해야 하겠지. 특히 재산 쪽에서."

"재산이라 하시면?"

"땅과 노비."

"땅만 해도 벅찬데 노비도 염두에 두고 계시옵니까?"

"그렇다네. 우리 조선 정도 되는 문명국에서 자국 백성을 이 정도 규모의 노비로 부리는 나라가 세상에 얼마나 있겠나?"

윤증은 말없이 한참 동안 가만있다가 머리를 다시 조아렸다.

"소생은 감수할 각오가 되어 있사옵니다."
"그럼 과인도 조건이 있네."
"무엇이옵니까?"
"서인과 철저하게 거리를 두게. 예학에 밝은 정치꾼은 이미 조정에 너무 많네. 그리고 실무를 착실히 배우게. 개혁을 실행할 때, 실무 행정에 밝지 못하면 혼선이 빚어질 걸세."
"……."
"민간 사업체를 개혁하는 일이라면 상관없지만, 이건 우리가 사는 나라일세. 잘못해 혼선이 빚어지면 나라가 망한다네."
"문제없사옵니다."
난 윤증과 심도 있는 의견을 나누었다.
근데 의외로 윤증이 마음에 들었다.
그는 내 예상보다 훨씬 깨어 있었다.
사실, 텍스트로 읽은 그에 대한 인상은 효자에 꼰대 교수였다.
회니시비, 거창한 삼년상, 출사 극구 거부 등등.
역시 사람은 직접 만나 겪어 봐야 안단 말이 맞았다.
의외로 신분제의 폐단, 상업의 퇴보 등에서 나와 생각이 비슷했고 불교나 도교 쪽의 지식도 풍부했다.
무엇보다 가장 놀란 건 따로 있었다.
그는 조선 성리학이 예학에 너무 치중되어 있다고 꼬집었다.
김집, 송시열의 제자가 고백하기엔 꽤 문제가 되는 발언이다.
회니시비 훨씬 전부터 둘 사이에 금이 가 있었나?
그 순간. 상선이 밖에서 조용히 아뢰었다.

"마마, 수라간에서 밤참을 보내왔사옵니다."

윤증은 바로 일어섰다.

"그럼 소생은 이만 가 보겠사옵니다."

"아아, 그냥 앉아 있게."

"하오나……."

"밤참은 혼자 먹으면 맛없지."

"그러시다면 말동무라도 해 드리겠사옵니다."

난 상선에게 지시했다.

"가져오시오."

곧 궁녀들이 들어와 상을 차린다고 법석을 떨었다.

오오, 드디어 먹는 건가?

난 책상 위에 펼쳐진 황홀한 광경에서 눈을 못 뗐다.

그건 바로 후라이드 치킨이었다.

거기에 치킨 무는 보너스고.

무엇보다 치킨 먹는 데 빠지면 섭섭한 생맥주마저 곁들였다.

하하하, 여기가 파라다이스가 아니면 대체 어디가 천국이겠어?

난 입맛을 다시다가 상선에게 소리쳤다.

"남은 치킨은 궁인들끼리 나눠 먹으시오!"

"성은이 망극하옵니다."

김이 뜨끈뜨끈 올라오는 닭 다리부터 집어 한입 찰지게 뜯었다.

"캬, 역시 치킨은 이래야지."

쫄깃한 식감과 바삭한 튀김옷이 찰떡궁합이다.

순식간에 다리 하나를 다 뜯고 나서 고개를 옆으로 돌렸다.

피처에 담긴 생맥주가 보였다.

겉면에 맺힌 거품을 보기만 했는데도 아드레날린이 폭발했다.

꿀꺽! 두 손으로 피처를 조심히 감싸고 나서 맥주를 벌컥벌컥 마셨다.

겨울이라 냉장고 없이도 시리도록 차가웠다.

맥주가 쌉쌀한 향을 남기며 목울대를 힘차게 넘어가는 순간.

머리카락이 쭈뼛 서며 쾌감이 몰아쳤다.

단숨에 반을 비운 피처를 책상에 쾅 내려놓고 입을 쓱 닦았다.

"캬아, 쥑이는구만."

바로 두 번째 닭 다리를 집어 소금에 찍으려는 순간.

"꿀꺽!"

이건 내가 낸 소리가 아닌데.

난 고개를 들었다. 치킨과 맥주에 고정된 시선이 점차 넓어지며 누군가가 보였다.

아, 윤증이 아직 안 가고 있었지.

윤증은 숨을 거칠게 내쉬면서 코를 계속 벌렁거렸다.

코가 워낙 커 벌렁거리는 모습을 숨기지도 못했다.

내 시선을 받은 윤증이 어색하게 웃었다.

"그건 술이옵니까?"

"아니, 이건 음료지. 서양에선 이걸 물처럼 마시니까."

"예에?"

"내 대령숙수가 화란인인 건 알고 있나?"

"그런 소문을 들은 적이 있사옵니다."

"그 화란인이 자길 고용해 줘서 고맙다고 작년 가을부터 우리 보리로 맥주를 만들었어. 근데 오늘 처음으로 유럽 맥주와 비슷한 맛을 내는 맥주를 만들어서 시음하라고 보내왔지."

"그, 그렇사옵니까?"

"그리고 이건 치킨이란 거네."

"닭튀김이 아니었사옵니까?"

"닭튀김이나 통닭보단 치킨이라고 해야 맛이 살아. 과인도 정확한 이유를 잘 모르겠는데 하여튼 그래. 왜? 먹고 싶나?"

"하하, 아니옵니다."

"그래도 먹어 봐. 엄청 맛있어."

"소생은 전하께서 하도 맛있게 드셔서 감탄했을 따름이옵니다."

"정말 먹고 싶지 않은가 보네. 알았어. 이건 과인이 다 먹지."

"세 번은 물어보셔야 하지 않겠사옵니까?"

"먹어 보……."

내 말이 다 끝나기도 전에 윤증이 닭 다리부터 집었다.

하, 다리는 두 개뿐인데.

윤증은 정말 숨도 안 쉬고 닭 다리를 먹어 치웠다.

난 치킨 가슴살을 찰지게 뜯으면서 물었다.

"맥주도 마셔 볼 테야?"

"하하, 국상 중인데 소생이 어찌 감히……."

"이것도 세 번 물어봐야 해? 귀찮게?"

윤중이 내 말이 끝나기 무섭게 피처를 가져가 맥주를 마셨다.

아니, 입에 쏟아부었다.

난 문 쪽으로 고개를 돌렸다.

"웨이, 아니 상선, 맥주 더 있소?"

상선이 들어와 아뢰었다.

"두 개 더 있사옵니다."

"엥? 클라슨은 분명 네 개를 보낸다고 했는데……. 과인이랑 윤중이 하나 먹었으니 세 개가 남아 있어야 하는 거 아니오?"

상선이 하회탈 같은 미소를 또 지었다.

"하나는 아랫것들이 실수로 땅에 쏟았사옵니다."

"상선 입에 맥주 거품 묻었소."

상선은 자연스럽게 소매로 입가를 닦으며 물었다.

"하나 더 가져다 드릴까요?"

"두 개 다 가져오시오. 또 땅에 쏟아 버릴 것 같으니."

상선이 입맛을 다시며 돌아갔다.

윤중은 그날 맥주와 치킨으로 포식하고 돌아갔다.

다음 날. 난 상참에 나가 기습적으로 집현전을 부활시켰다.

물론, 그냥 멋있어서 이름을 따온 거뿐이다.

집현전이 세종대왕 시절과 같은 기능을 하진 않는다.

과거를 보지 않은 윤중은 일단 집현전에 소속되었다.

거기서 파견 가는 식으로 육조를 비롯한 각종 관청을 돌며

정부가 어찌 돌아가는지 배우고 실무에 대한 감각을 익혔다.

일종의 인턴사원이다.

이후에도 유형원은 남구만, 박세채, 박세당 등을 보냈다.

다 이제 막 뜻을 펴는 30대 초반 청년이란 공통점이 있었다.

훗날에는 윤증과 소론을 이끄는 정승급 영수들이기도 하고.

왜 왔냐고 물어보면 대답이 하나같이 똑같았다.

다들 침을 튀겨 가며 유형원의 균전론을 설파했다.

불가능해 보이는 개혁을 추진한다는 데 감명받은 모양이다.

난 그들을 집현전에 보내서 윤증과 같은 코스를 돌게 했다.

뺑뺑이 몇 번 돌면 그런대로 쓸 만한 행정가가 되겠지.

그건 그렇고. 유형원 이 양반은 왜 시키지도 않은 세객 노릇을 하고 그래.

자긴 끝끝내 거부하더니 다른 사람들은 잘도 설득했네.

이러니까 유형원이 꼭 순욱 같은데.

조조군의 모사 순욱은 헤드헌터로 유명하지.

뚝배기를 깨고 다녔다는 게 아니다.

인재 보는 눈이 뛰어났단 의미다.

그럼 난 조조가 되는 건가?

아, 생각해 보니 조조는 별로 같네.

조씨는 결국 다 차린 밥상을 사마씨한테 뺏기잖아.

난 내 입에 들어온 게 뭐든 다른 이에게 빼앗기지 않을 거다.

절대로. 네버!

35장. 배가 너무 고파요.

가끔은 현실을 직시해야 한다. 지금 내가 그렇다.

우리 조선은 안으론 독립국이고 밖에선 제후국이다.

내가 이 빌어먹도록 추운 날에 모화관에 나온 것도 그래서고.

모화관에서 뭐 하냐고?

뭐긴 뭐야, 청나라 칙사 기다리는 중이지.

개새끼들, 오려면 좀 일찍 오든가.

아니면 아예 날이 따뜻해지는 춘삼월쯤에 올 일이지.

미쳤다고 한겨울에 칙사를 보내고 지랄이야, 지랄은.

만주에서 살던 놈들이라 피부에 열선이 자동으로 깔려 있나.

그런데 한참을 기다려도 칙사는 코빼기도 보이지 않았다.

내가 신입이라고 칙사 새끼가 군기 잡는 건가?

그게 아니면 우리 관원들이 일머리가 없어서?

귀빈은 보통 타이밍 딱 맞춰 부르는 게 매넌데 말이야.

난 고개를 돌려 예조판서 윤강을 보았다.

당황한 윤강이 관원을 보내 칙사가 어디쯤 왔나 알아보려는데.

"저기 옵니다."

청나라 칙사가 한껏 거드름을 피우며 나타났다.

사신이라기보단 점령군 총독 같은 행차였다.

무장한 병사 수백 명에 둘러싸여 얼굴도 안 보인다.

빨리 좀 와라, 새끼야.

얼른 실내에 들어가 얼어붙은 귀하고 발 좀 녹이자.

간절한 희망을 짓밟듯 느릿느릿 다가온 칙사가 씨부렁거렸다. 역관이 재빨리 통역했다.

"전하께서 이번에 즉위한 조선의 새 임금이냐고 물었습니다."

"그렇소. 과인이 조선의 새 임금이오."

"황상 폐하께서 선왕을 잃을 것을 위로한다고 했습니다."

"위로 잘 받았다고 전해 주시오."

"황상 폐하의 칙서를 가져왔으니 예를 갖추라고 합니다."

"환영 행사하고 나서 예법을 지켜 칙서를 맞겠소."

곧이어 칙서를 맞는 요란한 환영 행사가 펼쳐졌다.

칙사는 굳은 표정으로 답례하고 칙서를 하사했다.

"조선의 왕은 예를 갖춰 대청제국 황상 폐하의 칙서를 받들라!"

이를 악문 난 칙사 앞에 엎드려 절을 올렸다.

바로 만주족이 환장하는 삼배구고두였다.

절 한 번 하고 속으로 욕하고 머리 세 번 숙이고 또 욕했다.

절차는 지루할 정도로 길었다.

절을 마쳤을 땐 아는 욕마저 다 떨어졌다.

칙사는 심드렁한 얼굴로 칙서를 하사하고 바로 숙소로 내뺐다.

지도 추운 모양이네. 한겨울에 행사 준비하느라 고생했단 말 한마디 없이 튀다니.

하, 예의라곤 개미 눈곱만큼도 없는 새끼들.

다음부턴 주로 영의정 정태화 등이 칙사를 상대했다.

역시 짬에서 오는 바이브 덕분인지 가면서 칙사를 살살 달랬다. 굳어 있던 칙사 표정이 살짝 풀렸다.

한편, 난 칙서를 들고 경희궁으로 향하며 이를 바드득 갈았다.

칙서는 곧 청나라 황제를 의미한다.

그런 칙서를 지닌 칙사는 황제의 대리인쯤 되겠지.

당연히 그 앞에선 최대한 몸을 낮추는 게 최선이다.

국체도 상하고 내 자존심도 상하지만 우리가 살아남으려면 그 수밖에 없다. 괜히 젊은 혈기에 자존심 좀 챙기자고 나섰다간 무슨 일이 생길지 알 수 없다.

칙사가 나를 건방진 놈이라고 생각만 하면 괜찮다.

청에 돌아가 황제에게 꼰지를 게 뻔해 문제지.

그럼 조선 처지에선 별로 좋지 않다.

지금도 조선이 남명을 도울까 봐 의심하는 놈들인데.

이걸 빌미로 수작질을 부릴 거란 건 불을 보듯 뻔했다.

대여가 아닌 소여를 타고 가는 것도 그 때문이다.

청나라 눈치 보기의 일환.

칙사를 여러 번 접대한 대신들에 따르면, 내가 대여를 타고 모화관에 나타나면 칙사가 나를 건방진 놈으로 오해한단다.

그래서 하는 수 없이 소여를 택한 것이다.

소여는 자동차로 치면 뚜껑 열린 2인승 경차다.

머리에선 삭풍이 불고 발밑에선 한기가 올라온다는 말이다.

상중이라 겉옷도 제대로 못 걸쳤는데 시발.

그야말로 죽을 맛이다.

경희궁에 도착해선 얼은 입을 억지로 풀고 칙서를 반포했다.

뭐 대충 요약하면 효종이 죽어 안타깝고 앞으로도 계속 청에 대적할 생각일랑 말고 남명이랑은 거리 두란 얘기다.

현재 남명 황제는 미얀마 산골에 처박혀 있었다.

역사대로라면 미얀마가 곧 남명 황제를 잡아 청에 바칠 거다.

그럼 남명은 진짜 멸망하는 거다.

물론, 청 입장에서는 정성공이 골칫덩어리로 남아 있긴 하지만.

내가 알 게 뭔가? 그건 그들의 사정인데.

하여 얼은 몸이나 좀 녹이려 했는데 이마저도 뜻대로 할 수 없었다.

곧바로 창덕궁으로 가야 한다나 뭐라나.

인정전에 가 보니 잔칫상이 차려져 있었다.

현대로 치면 국빈 환영 만찬 같은 거다.

내가 호스트라 빠질 수도 없다.

의자에 앉아 지루하게 기다리길 1시간쯤 했을 때.

칙사가 한껏 거드름을 피우며 나타났다.

정태화, 조경 등이 얼마나 구워삶았는지 칙사 표정이 밝았다.

정승들이 혀로 마사지를 기가 막히게 해 줬나 보네.

아주 뼈까지 다 녹아 부렀어.

난 일어나서 예를 표하고 자리를 권했다.

처음엔 덕담 몇 마디 나누고 돌아갈 생각이었다.

이런 접대는 노련한 정승들이 하는 게 국룰이니까.

근데 칙사가 뭘 잘못 처먹었는지 계속 날 붙잡았다.

심지어 상중이라 못 먹는다는 술까지 먹였다.

이 새끼가 왜 이렇게 들러붙는 거지?

꼭 임금에게 접대받아야만 기분이 좋아지는 변태 새끼인가?

술을 잔뜩 처먹고 꼭지가 돈 칙사 놈이 급기야 주정을 부렸다.

대놓고 궁녀를 희롱하고 이를 말리는 대신들의 뺨을 갈겨 댔다.

당장 금군이 가진 운검을 뽑아 베어 버리고 싶었지만 참았다.

청나라를 쳐도 지금은 아니다. 아직 때가 무르익지 않았다.

물론, 조선도 그럴 실력을 갖추지 못했긴 마찬가지고.

몇 시간 동안 강제로 붙잡혀 있는데 뭔가가 자꾸 눈에 밟혔다.

취기를 억지로 쫓으며 눈을 크게 떴다.

왕두석의 머리였다.

하긴 저 정도 크기면 눈에 안 밟히는 게 이상하지.

왕두석은 똥 마려운 강아지처럼 초조해 보였다.

잰 또 왜 저래?

난 소피보고 온단 핑계를 대고 왕두석을 불러 물었다.

"뭐야?"

"청나라 놈들이 명동 주위를 얼쩡거립니다."

"명동? 서유럽회사 본사 말이야?"

"그렇사옵니다. 그리고 우리 관원들을 붙잡고 제물포 쪽 일을 자꾸 캐묻고 있사옵니다. 분명 우리 정보를 캐려는 겁니다."

"어떤 빌어먹을 새끼가 청나라에 꼰지른 모양이군."

"소관도 그렇게 생각하옵니다."

난 여전히 궁녀들을 쫓아다니는 칙사를 보며 이를 바득 갈았다.

"저 새끼가 날 억지로 붙잡은 게 다 시간을 벌려던 꼼수였구만."

"어찌할까요?"

"일단 칙사 새끼부터 처리해야겠다."

"죽, 죽이시려고요?"

"인마, 칙사를 죽이면 우리가 좆되는데 어떻게 죽여."

"하오면?"

"일단, 설득해 봐야지."

"저 주정꾼 놈이 설득될까요?"

"설득되게 하는 게 기술이지."

"소관은 어찌해야 하옵니까?"

"넌 명동을 기웃거리는 청나라 놈들을 계속 감시해라. 담을 넘을 것 같으면 먼저 후려 패고 도둑인 줄 알았다고 보고해."

"흠씬 두들겨 패 놓겠습니다."

왕두석을 돌려보내고 곧바로 홍귀남을 불렀다.

"찾으셨사옵니까?"

"넌 제물포 지사를 캐묻고 다니는 놈들을 감시해라."

"예, 전하."

홍귀남이 궐내각사로 가는 모습을 뒤로한 채 연회장으로 향했다. 일단 칙사 새끼부터 숙소로 돌려보내는 게 급선무다.

난 상선 쪽을 보며 고개를 두 번 끄덕였다.

상선은 007 스파이처럼 슬그머니 자리를 비웠다.

어찌나 은밀한지 주변 사람 아무도 눈치 못 챘다.

거의 프로토스 클로킹급이네.

잠시 후. 술과 안주를 든 사내 10여 명이 대전으로 들어왔다.

그들이 들어오는 순간. 연회장의 모든 이들이 입을 다물었다.

웨이터들의 얼굴이 심하게 얽은 곰보인 탓이다.

그래도 조선인들은 괜찮았다.

천연두에 걸리면 다시 걸리지 않는단 사실을 알아서다.

근데 청나라 놈들은 기겁하며 자리에서 일어나 욕을 해 댔다.

원래 만주에는 천연두가 없었다.

있더라도 크게 번지진 않았던 모양이다.

그런 만주족이 중원을 먹으면서 중원인에게 천연두가 옮았다.

즉시 황자고 장군이고 상관없이 무수히 죽어 나갔다.

이는 결국 만주족에게 노이로제로 남았다.

심지어 태자를 고를 때도 천연두에서 회복했단 이유로 고른다. 그럼 재위하면서는 천연두에 안 걸릴 테니.

청나라 놈들이 지금 같은 반응을 보이는 게 당연하단 뜻이다.

술이 확 깬 칙사 놈은 지랄발광하다가 겨우 돌아갔다.

여기까지는 영락없는 외교 참사다.

칙사가 이 일을 위에 꼰지르면 사태가 걷잡을 수 없이 커진다.

물론, 난 이미 대비책을 세워 두었다.

홍제원에 있는 칙사 놈을 직접 찾아가 역관을 통해 사과했다.

"이는 아랫것이 저지른 실책이오. 과인의 뜻이 아니었소. 과인이 조선을 대표해 사과하겠소. 칙사께서도 이만 화를 푸시오."

칙사 놈은 내가 사과하는데도 삿대질까지 하며 고함을 쳤다.

역관이 통역을 망설이는 걸 보면 욕이 분명했다.

하, 어쩔 수 없지.

이럴 때를 대비해 준비해 둔 비장의 카드를 꺼내야겠어.

액티브 스킬!

액티브 스킬

1. 마르지 않는 샘

2. 초급 심문관

3. 초급 멘탈리스트

초급 멘탈리스트! (D)

60퍼센트 확률로 기억을 조작해 호감도를 일정 부분 높입니다.

스킬 지속 시간: 영구

스킬 재사용 대기시간: 1,000시간

제발 돼라! 속으로 외치며 스킬을 발동했다.

처음엔 안 된 줄 알았다.

칙사 놈이 계속 지랄발광한 탓이다.

근데 1, 2분쯤 지났을 때 눈에 띄게 고분고분해졌다.

심지어 은근한 미소까지 보이며 나를 칭찬했다.

알고 보니 내가 효자였네, 성군이 될 자질이 있네 등등.

이거 효과가 좋아도 너무 좋은데.

무슨 잃어버린 동생이라도 다시 만날 줄 알겠어.

어쨌든 스킬이 통해 다행이군.

칙사 놈은 그다음부터 명동이나 제물포에 관심을 두지 않았다. 놈의 관심은 오롯이 나였다.

이 정도면 스킬 부작용 아니야?

그 바람에 해 본 적도 없는 영업 접대까지 해야 했다.

한 며칠 진탕 먹고 마시며 신나게 놀아 제낀 칙사가 말했다.

"내 황성으로 돌아가는 대로 황상 폐하를 알현하여 조선의 젊은 임금이 아주 훌륭해 친구로 사귈 만하다고 보고하겠소."

"그래 주면 과인이 양 칙사를 형제로 대우하겠소."

난 홍제원까지 가서 칙사 일행을 배웅하고 환궁했다.

암튼 칙사가 돌아가서 일을 제대로 했나 보다.

얼마 후, 우리가 반대로 청에 사신을 보냈을 때였다.

청에서 오히려 전보다 조선 사신을 열렬히 환대했다.

당연히 서유럽회사나 제물포에 대한 얘긴 전혀 없었고.

난 그 소식을 듣고 나서야 한숨 돌렸다.

앞으론 어떻게 될지 모르는 거지만.

청은 아직 조선이 상대할 만한 상대가 아니었다.

조금만 기다려라. 이번 치욕은 열 배로 갚아 줄 테니까.

난 개새끼라서 은혜는 가끔 잊어도 원한은 절대 안 잊는다.

◆ ◈ ◆

난 한밤중에 등불 하나만 켜 놓고 미친 듯이 수련했다.

칙사 놈 때문에 스킬의 중요성을 다시 한번 실감한 탓이다.

물론, 지금도 스킬을 살 수명은 충분했다.

하지만 앞으로 나올 스킬은 수명이 더 필요할 거란 점이 문제다.

지금이야 100이지만 1,000, 10,000으로 늘어날 게 확실하다.

그때를 위해 수명을 미리 팍팍 늘려 놔야 한다는 말이다.

마르지 않는 샘 수련은 호흡과 동작으로 나뉜다.

호흡, 동작 수련 모두 일정한 패턴이 있다.

패턴이 있으면 마치는 데 걸리는 시간이 계속 줄기 마련이다. 익숙해지기 때문.

근데 마르지 않는 샘 수련은 그런 거와 상관없었다.

매번 호흡 1시간, 동작 1시간에서 변화가 없었다. 한 번 클리어하려면 2시간이 필요하단 거다.

그런 이유로 일이 많은 낮엔 웬만해선 할 수 없다.

잠도 안 자고 이렇게 생쇼하는 이유는 밤엔 일이 없어서고.

2회 클리어하고 나서 바닥을 보았다.

또 바닥이 한강 물이 되었네.

호흡과 동작 수련을 마치면 이상하게 땀이 비처럼 쏟아진다.

처음엔 땀을 많이 흘리는 병이 있는 줄 알았다. 다한증 같은.

근데 동작 수련할 때만 이랬다.

스킬 수련 후유증이 분명했다.

물론, 나쁜 후유증은 아니다.

한번 하고 나면 몸이 개운하고 머리가 맑아진다. 스탯상으로만 수명이 느는 게 아니라, 진짜 체감이 되는 기분이다.

EHS란 게 참 신기하단 말이야.

도대체 어떤 메커니즘으로 이런 일이 가능하지?

이게 진짜 게임이라면 확실히 지구 기술은 아닌데.

아무튼 지금은 다 잊고 수련이나 하자.

막 3회차를 시작하려는데.

쾅쾅쾅!

갑자기 들려온 소리에 움찔해 문 쪽으로 걸어갔다.

뭐야? 쿠데타야?

숙직을 서는 내관이 횃불을 켠 듯 곧 희정당 전체가 밝아졌다.

난 밖으로 나가 내관에게 물었다.

"무슨 일이냐?"

"선포전 방향에서 들려온 소리 같사옵니다."

"선포전? 아, 젠장. 그놈을 까먹고 있었네."

난 내관들을 데리고 급히 선포전으로 달려가 문부터 열었다.

선포전 안쪽의 짙은 어둠 속에서 시커먼 무언가가 기어 나왔다.

링의 우물귀신 같네.

난 급히 다가가 시커먼 무언가를 일으켰다.

시커먼 무언가는 젊은 사내였고 나도 아는 자였다.

바로 순구였다.

순구가 다 죽어 가는 목소리로 힘없이 속삭였다.

"배, 배가 너무 고파요."

그 말에 나도 울고 내관도 울고 순구도 울었다.

하늘도 슬픈 듯 갑자기 눈을 쏟아부었다.

36장. 이건 또 생각 못 한 전개인데

우리 불쌍한 순구. 꼬박 며칠은 굶은 모양새다.

아니, 그러고 보니 진짜 며칠 굶었겠는데.

칙사가 온단 소식에 선포전을 지키는 금군부터 철수시켰다.

칙사가 저긴 뭔데 경비가 삼엄하냐 물으면 곤란해서다.

물론, 당시엔 그냥 일반적인 절차였다.

칙사 놈이 미치지 않고서야 내전에 들어올 리 있겠냐?

근데 그것이 실제로 일어났습니다!

여기저기 다 캐고 다니는 놈들이 내전이라고 그냥 지나치겠나. 칙사 놈이 미친놈이었단 게 드러나며 선견지명이 되었다.

그에 따른 문제가 하나 발생했는데. 금군이 철수하면서 순구에게 밥 주는 사람이 없어져 버렸다는 것이다.

그 결과가 이 꼴이고.

이러니까 꼭 강아지 같네.

첫날은 상선이 챙겨 줬다는데 그날 하루뿐이었다. 상선이 바빠지면서 챙길 사람이 없어 무려 사흘이나 굶었단다.

아이고, 불쌍해라.

난 대령숙수를 깨워 거나하게 한 상 차려 주는 걸로 사과했다.

배가 터지기 직전까지 먹은 순구가 애처로운 눈빛으로 물었다.

"전, 전하, 시, 시험은 꼭 봐야 하옵니까?"

"시험을 봐야 선포전에서 공부했는지, 낮잠을 잤는지 알지. 걱정하지 마. 왕두석이 머리로 박는다고 설마 죽기야 하겠냐."

왕두석이 졸린 눈을 비비다가 그 말을 듣고 순구를 보았다.

흠칫한 순구가 비장한 표정으로 머리를 조아렸다.

"반, 반드시 100점을 맞겠사옵니다."

"그래 주면 나야 좋지."

다음 날.

푹 쉰 순구는 시험을 봤고. 소원하던 대로 100점을 맞았다.

역시 왕두석 머리로 협박하면 안 되는 게 없다니까.

어휴, 나라도 100점 맞겠네.

난 순구를 불러 칭찬했다.

"잘했다. 이젠 제물포 지사로 가서 범선을 건조할 준비를 시작해라. 범선에 쓰는 목재는 준비하는 데 시간이 오래 걸린다.

미리미리 준비해 둬야 편하다. 그 외에도 돛, 도르래, 수동식 펌프 같은 필수 장비도 미리 연구 개발해 두고. 그래야 자금이 들어오는 대로 바로 범선 건조에 들어가지."

"호버트 부자에겐 정보를 어느 정도나 줘야 하옵니까?"

"핵심만 네가 꽉 쥐고 있으면 돼. 물론, 싹수가 보이는 젊은 목수들이 보이면 네가 도제식으로 가르치고."

"예, 전하."

순구는 바로 처자를 데리고 제물포로 이사했다.

본인이 맡은 일이 중요하단 걸 아는 듯 표정이 사뭇 비장했다.

따당! 이젠 왠지 반가운 소리와 함께 퀘스트 창이 열렸다.

사실 말은 안 했는데 그동안 서브 퀘스트를 몇 개 완료했다.

서브 퀘스트 9

생과 사의 갈림길!

-유저는 의학에 투자해 귀중한 생명이 허무하게 스러지는 일을 최대한 막아야 합니다. 특히, 막대한 희생자를 낳는 전염병 퇴치야말로 사회와 인류에 크게 공헌하는 일일 겁니다.

클리어 유무: 클리어

보상: 룰렛 1회 추첨권

서브 퀘스트 10

작은 고추도 매운 법!

-늙은 생강만 매운 건 아닙니다. 작은 고추도 어떤 자질을

타고났느냐에 따라 놀라운 성과를 낼 수 있습니다. 말이 통하는 젊은 관원을 채용해 조직에 활기를 불어넣으십시오.

클리어 유무: 클리어

보상: 룰렛 1회 추첨권

서브 퀘스트 11

사신 응대는 외교의 기본!

-사신이 본국에 돌아가 어떤 말을 하느냐에 따라 국제 정세가 나빠질 수도, 좋아질 수도 있습니다. 번거롭더라도 사신을 잘 응대해 외교 참사가 벌어지는 상황을 막아야 합니다.

클리어 유무: 클리어

보상: 룰렛 1회 추첨권

여기까지가 지금까지 완료한 퀘스트 목록이다.

이젠 막 완료한 따끈따끈한 퀘스트를 살펴보자.

서브 퀘스트 12

엔지니어를 육성하라!

-전문성을 가진 엔지니어를 육성하십시오. 산업을 발전시키기 위해서는 공학과 자원, 그리고 엔지니어가 필요합니다.

클리어 유무: 클리어

보상: 룰렛 1회 추첨권

서브 퀘스트 네 개에 룰렛 추첨권 네 장을 모았다.

룰렛 추첨권을 모으는 이유는 하나다.

스킬 레벨 포인트를 얻어 마르지 않는 샘을 올리기 위해서다.

마르지 않는 샘을 3레벨로 맞추고 EX로 뻥튀기할 계획이다.

원래는 추첨권이 다섯 장 모일 때까지 버틸 생각이었다.

하나 돌려 보고 실망하고 하나 돌려 보고 실망하기보단 아예 추첨권을 모아서 한 번에 돌리는 게 낫지 않을까란 생각에서였는데.

막상 4장을 모아 놓고 보니 조급함이 발목을 잡는다.

아끼면 똥 된다고도 하지 않던가.

게다가 지금까지 스킬 레벨 포인트가 잘 나왔으니 두 개 정도는 나오겠지.

가즈아!

꽝

휴, 꽝은 처음인가?

짐에게는 아직 추첨권이 세 장 남아 있사옵니다.

실망하지 말고 바로 두 번째 가즈아!

개인 기본 스탯 5포인트를 지정해서 추가 가능

빌어먹을!

세 번째 간다아아!

개인 기본 스탯 5포인트를 지정해서 추가 가능

제기랄, 염병할, 육시랄!
김석주에게 배운 욕이 폐부에서부터 올라온다.
마지막인가? 이것도 돌려?
아니면 운때가 나쁜 것 같으니 킵해?
에라, 모르겠다! 가즈아아!

수명 365일 증가

아오! 강원랜드보다 더한 새끼들이네.
개인 스탯 포인트 나오라고 할 땐 스킬 레벨 포인트로 주고.
스킬 레벨 포인트 달라니까 개인 스탯 포인트로 주고 앉았네.
개인 스탯!

이연 (+5,394)
레벨: 2
무력: 25(↑2) 지력: 47(↑1) 체력: 36(↑6) 매력: 30(↑5) 행운: 51(↑8)
잔여 스탯 포인트: 10

미친 듯이 쇼핑했더니 수명이 반도 더 날아갔구나.

호미, 거의 처음으로 되돌아온 것 같네.

그나마 다행인 점은 스탯 증가 폭이 크단 거다.

무력, 체력이야 헬스, 조깅, 수련을 병행하니 그런 거일 테고.

매력은 스카우트한 인재가 많아서 오른 거 같네.

행운은 확률형 액티브 스킬 두 개가 다 통해서 그런 거 같고.

이왕 이렇게 된 거 레벨이나 올리자.

바로 무력과 매력에 5씩 투자했다.

마침내 3레벨에 도달한 거다.

빠바바밤!

흥겨운 삼바 리듬이 들리더니 바로 스탯 창이 바뀌었다.

보상으로 어떤 패시브를 주려나?

스탯 창 밑에 금빛 글씨가 아로새겨지고 나서.

레벨 3 달성 특전

패시브 스킬 1개 획득

바로 패시브 스킬 인벤토리로 들어가 보았다.

뭐, 뭐야, 이건?

풍악을 울려라! (A)

조선 9대 국왕 성종은 시서화에 뛰어난 풍류남아였으며 38세 나이로 요절하기 전까지 무려 30명에 가까운 자식을 볼 정도로 정력이 절륜했다. 물론, 무엇이든 과하면 좋지 않다.

시문 레벨: 0

그림 레벨: 0

글씨 레벨: 0

매력 보너스: 0

별 희한한 스킬이 다 있네.

시문, 그림, 글씨를 올리면 매력 보너스가 생기는 건가?

매력이야 높으면 당연히 좋지.

인재 등용이 훨씬 쉬워진다는 건데.

물론, 성종은 그 매력을 여자 후리는 데 쓴 거 같지만.

그나저나 자식이 서른 명이라니 대단하구만.

전에 얻은 스킬보단 좀 약해도 쓸 만해 보였다.

더욱이 지금은 패시브 스킬이 세 개였다.

슬롯을 놀리지 않으려면 있는 스킬을 다 써야 했다.

스킬 레벨업은 의외로 쉬웠다.

세종대왕을 경배하라 스킬 덕에 그림, 글씨는 이미 수준급이다.

서체와 화풍을 바꿔 가며 몇백 장 썼더니 금방 레벨이 올랐다.

문제는 시문이었다.

시를 쓰고 문장을 적으려면 창작이 필요했다. 그림이나 글씨처럼 레퍼런스를 참조하는 방법이 안 통했다.

그래도 읽은 시가 몇 개고 통달한 문장이 몇 개던가.

얼마 후, 이태백은 못 되어도 시와 문장에 제법 운치가 서렸다.

풍악을 울려라! (A)

조선 9대 국왕 성종은 시서화에 뛰어난 풍류남아였으며 38세 나이로 요절하기 전까지 무려 30명에 가까운 자식을 볼 정도로 정력이 절륜했다. 물론, 무엇이든 과하면 좋지 않다.

시문 레벨: 1(↑1)

그림 레벨: 1

글씨 레벨: 1

매력 보너스: 5

매력이 고작 5 오르네. 다음 레벨업 때 또다시 5가 오르면 계속 쓸지 고민해 봐야겠어.

다음은 4레벨인가? 무력과 체력을 집중적으로 올려야겠군.

희정당에 앉아 계획을 검토하고 있을 때.

궁녀들이 들어와 어지럽게 널린 그림과 글씨 등을 정리했다.

임금이 만든 작품은 모아서 봉모당에 보관한다.

왕실의 기록 유산인 셈이다.

그 순간. 나인 하나가 그림을 정리하며 엉덩이를 슬쩍슬쩍 흔들었다.

뭐야? 나이트라도 온 거야?

신기해서 얼굴을 좀 더 자세히 살펴보았다.

턱이 갸름하고 눈도 커서 얼굴이 아주 예뻤다.

궁녀 중에 미녀가 많긴 해도 지금껏 본 궁녀 중에 제일 예뻤다.

거기다 살결도 곱고 다른 나인보다 키도 컸다.

21세기에 가도 충분히 연예인을 할 외모였다.

무엇보다 몸매가 죽여줬다.

한복을 입었는데 무슨 몸매냐 하겠지만 노력하면 다 보인다.

흔히 말하는 쭉쭉빵빵 몸매다.

그리고 그게 내가 좋아하는 스타일이지.

정신없이 감상하다가 고개를 흔들었다.

이거 패시브 스킬 때문에 이러는 건가?

애를 30명 낳으려면 정력보다는 오히려 성욕이 더 중요하니까.

근데 스킬 때문이 그런 게 아니라면? 그냥 자연스러운 현상?

내용물은 그렇지 않더라도 몸 자체는 이제 겨우 십 대 후반이니까.

성욕이 폭발해도 이상하지 않을 나이지.

고민하는 동안, 궁녀들은 자리를 정리하고 방을 나갔다.

그러지 말고 이름이라도 물어볼 걸 잘못했네.

다음 날 저녁.

"방을 정리하거라."

"예, 전하."

곧 문이 열리고 궁녀들이 들어와 그림 등을 치웠다.

난 그중에 어제 본 궁녀가 있나 슬쩍 훑었다.

근데 안 보였다.

젠장. 무슨 하루 만에 그만둔 편의점 알바생도 아니고 어디 간겨?

그 순간. 이번엔 눈이 번쩍 뜨이는 미녀가 두 명이나 있었다.

스타일은 달라 한 명은 청순했고 다른 한 명은 육감적이었다.

둘 다 내 쪽을 힐끔거리는 모습이 뭔가 심상치 않았다.

흠, 이거 뭔가 있는데.

다음 날. 이번엔 미녀가 한 명이었는데 무쟈게 예뻐 탄성이 절로 나왔다.

난 고개를 슬쩍 저었다. 미녀는 내가 끝까지 말을 걸지 않자 약간 실망해 돌아갔다.

한 번은 그렇다 쳐. 그리고 두 번도 그럴 수 있다고 쳐.

근데 세 번은 너무한 거 아니냐고!

이건 나를 여색에 미친놈으로 보는 것도 아니고.

"왕두석!"

상선과 뭔가 얘길 나누던 왕두석이 헐레벌떡 뛰어 들어왔다.

"찾아 계시옵니까?"

"솔직히 말하면 한 대만 때리지."

"예에?"

"싫은 모양이네. 그럼 거짓말할 때마다 한 대씩 처맞는 거다."

"왜, 왜 그러시옵니까?"

"궁녀들 물이 갑자기 좋아졌던데 이유가 뭐야?"

"그, 그건……."

"오냐, 맞고 시작하겠다 이거냐?"

내가 소매를 걷어붙이며 일어서는 순간.

왕두석이 급히 머리를 조아렸다.

"소, 소관은 명을 따른 죄밖에 없사옵니다."

"명? 내가 임금인데 넌 대체 누구에게 명을 받고 다니는 거냐?"

문득, 장희빈이 떠올랐다.

이놈들이 여색으로 날 조종하려고 수를 쓴 건가?

남인은 인현왕후 대신 장희빈을 지지해 집권했고.

서인 노론의 경우엔 아예 당론 중 하나가 국혼물실이다.

국혼물실이 뭐냐고?

왕비는 반드시 서인 노론에서 나와야 한단 뜻이다.

외척을 노론이 장악해 정권을 공고히 하겠단 거다.

왕두석이 대가리를, 아니 눈알을 이리저리 돌렸다.

난 심리학 전공이 아니다.

그래도 저게 거짓말을 할 때의 시그널이란 정돈 안다.

"너 이 새끼, 과인이랑 계속 장난칠 거야?"

"용, 용서해 주시옵소서."

"그래서 누구한테 명을 받았어?"

"왕, 왕대비마마의 명을 받았사옵니다."

"엥, 어마마마가?"

"그렇사옵니다."

이건 또 생각 못 한 전개인데.

37장. 이거 점점 더 구린 냄새가 나는데

어마마마가 왜 그런 일을 하신 거지?

"뭐라 하시면서 여자들을 들여보내라더냐?"

"국혼을 서두를 수 없다면 일단 후궁을 몇 들여서라도 원자를 봐야 전하의 옥좌가 반석 위에 설 수 있다고 하셨사옵니다."

"아!"

뭔지 알 것 같네.

난 십 대 후반인 데다 중전이 없어 독수공방 신세다.

거기다 병약하단 이미지까지 있다.

여기서 내가 후사 없이 또 중병에 걸리면 큰일이다.

분명 서인은 복 시리즈 중 하날 골라 왕세제로 추대할 거다.

복 시리즈는 인평대군이 낳은 아들 네 명이다.

복녕군, 복창군, 복선군, 복평군.

인평대군이 현종 동생이니 나완 사촌지간이다.

문제는 복녕군을 제외한 셋이 나보다 어리단 점이다.

많이 어린 것도 아니고 다 몇 살 차이다.

내가 후사를 못 본 상태에서 병으로 빌빌댄다면?

분명 서인은 그중 하날 왕세제로 삼으라고 압박을 가할 거다.

왜 그렇게 확신하냐고?

서인 노론이 실제로 그렇게 한 역사가 있어서다.

경종이 약하다고 판단한 노론은 한밤중에 기습공격하듯 입궐해 경종을 포위하고 연잉군을 왕세제로 삼으라고 위협했다.

숙종과 달리 대가 약한 경종은 결국 이를 승낙했다.

그래도 마음이 안 놓인 노론은 대비를 찾아가 확답을 요구했다.

겁에 질린 대비는 확답을 주었고 연잉군은 왕세제가 되었다.

그 연잉군이 바로 영조다.

뒤늦게 안 남인이 노발대발했지만 상황은 이미 끝나 있었다.

이를테면 국회 날치기 같은 거다.

물론, 예가 완벽히 같진 않다.

연잉군은 숙종의 서자고 경종과는 이복형제다.

반면, 복창군 등은 인평대군의 정실 소생이며 나완 사촌지간이다. 오히려 연잉군보다 옥좌에 더 가까운 자들이다.

이를 걱정한 왕대비가 수를 쓴 거다.

솔직히 말하면 복 시리즈는 아웃 오브 안중이었다.

내가 건강한데 무슨 상관이냐 싶었다.

근데 왕대비가 보기엔 그렇지 않은 모양이다.

아랫도리를 주체 못 한 내가 나인을 덮쳐 검열 삭제를 치르고 그 나인이 왕자를 낳으면 왕대비의 계획은 성공한 게 된다.

물론, 내가 너무 빨리 눈치채는 바람에 틀어졌다.

차라리 못 이기는 척 나인 하나를 덮쳤어야 했나?

그건 좀 너무 성급한 것 같기도 하고.

그 나인에 대해 아는 것도 없는데 일부터 치르자니 좀 그렇네.

이건 나한테 아직 현대인의 감성이 어느 정도 남아 있단 뜻이겠지.

별로 좋은 일은 아니야. 지금은 오히려 방해만 될 뿐이니까.

이 문젠 좀 더 생각해 보고 처리하자.

난 다시 과녁을 왕두석 쪽으로 잡았다.

"나인들이야 왕대비전에서 골랐을 테고. 그럼 넌 뭐 했는데?"

"소, 소관은……."

다시 소매를 걷어붙이고 일어나려 하니 왕두석이 얼른 말렸다.

"전하께서 좋아하는 여인의 특징을 대비전에 알려 드렸사옵니다."

"뭐? 내가 좋아하는 여인의 특징? 그게 뭔데?"

"늘씬하고 살결이 곱고 젖가슴이 큰 여인을 좋아하시옵니다."

"누가? 내가?"

"그렇사옵니다."

"인마, 내가 언제 그런 여인들을……."

"그런 궁녀가 지나가면 매번 안 보는 척하시면서 훔쳐보셨사옵니다. 궐 밖으로 외유 가셨을 때도 갓을 내려 안 보는 척하시면서 보시는 모습을 소관이 몇 번이나 목격했사옵니다."

"흠, 그러니까 내가 좋아하는 특징이 뭐라고?"

"늘씬하고 살결이 곱고 젖가슴이 큰 여인을 좋아하시옵니다."

"아, 자꾸 젖가슴이라고 하니 이상하네. 그냥 음, 마음이 넓다는 걸로 하자."

"예, 전하."

"뭐 내가 좋아하는 타입이랑 꽤 비슷하긴 하네."

"소관의 눈이 이래 봬도 꽤 매섭사옵니다."

"자화자찬은 그만하고 왕대비전에서 진행 상황을 물으면 내가 요즘 하는 일이 많아서 여색을 밝힐 때가 아니라고 말해."

"그럼 걱정이 지나치셔서 더 적극적으로 나오지 않겠사옵니까?"

"대신 이경석 대감에게 연통을 넣어. 간택 얘기를 꺼내 보라고."

"새장가 가시게요?"

"인마, 임금한테 새장가가 뭐냐?"

"국혼을 하시게요?"

"그냥 불만 지피라는 거야. 아직은 솔로가 편해."

"솔로는 또 무슨 뜻이옵니까?"

"싱글이랑 같은 말이야. 넌 이경석 대감에게 연통이나 넣어."

"알겠사옵니다."

왕두석이 가고 나서.

따당!

서브 퀘스트 13

주색잡기는 망국의 징조!

-유저도 군왕이기 전에 인간입니다. 본능을 따랐을 때 오는 쾌락을 거부하긴 힘들겠죠. 그래도 과하면 좋지 않습니다.

클리어 유무: 클리어

보상: 룰렛 1회 추첨권

그래, 그래, 과하면 좋지 않지.

근데 난 아직 시작도 안 했다고!

어후, 내가 추첨권 땜에 참는다.

이경석은 시킨 대로 슬며시 간택 얘기를 꺼냈고.

조정은 바로 이를 놓고 갑론을박하기 시작했다.

중전이 승하한 지 1년도 채 안 됐다며 반대하는 이들도 있고.

상황이 급하니 간택령을 내리잔 이도 있었다.

다행히 왕대비전에선 내 공작에 넘어가 미인계를 단념했다.

난 그사이 경복궁 북원을 뻔질나게 드나들었다.

무력하고 체력만 올리면 4레벨이라 마음이 급했다.

원래 왕실 대부분은 왕실 전용 사냥터를 가지고 있고.

대부분의 나라에서 신하들은 왕실 사냥터를 못마땅해한다.

왕실 사냥터가 워낙 넓을 뿐만 아니라, 완전 면세지여서 그렇다.

조선도 마찬가지다. 왕실 전용 사냥터가 몇 군데 있었다.

물론, 지금은 다 처분했다.

사냥터가 내수사 토지여서 저번에 처분할 때 같이 처분했다.

그 바람에 북원에 숨어 몰래 사냥하는 중이다.

굳이 사냥하는 이유는 무력, 체력을 빠르게 올릴 수 있어서다.

한참 안 오르던 무력이 적에게 화살 한 방 쐈다고 바로 올랐다.

그렇다고 사람을 사냥할 순 없으니 짐승이라도 잡잔 거다.

사냥하는 김에 고기랑 가죽도 얻고.

흰 털옷을 덮어쓰고 눈 쌓인 숲을 조용히 걸었다.

주변에 완벽히 동화된 게 꼭 어쌔신 게임 같네.

맞바람을 뚫고 바위를 살짝 도는 순간.

새끼 노루를 잡아먹고 있는 늑대 무리가 보였다.

여섯 마리네. 난 고개를 돌려 주위를 확인했다.

왕두석, 홍귀남 등이 내 신호를 기다리고 있었다.

난 손가락으로 그들이 쏴야 하는 늑대를 지정해 주었다.

늑대의 반격이 두려워선 아니었다.

내가 찍은 늑대를 다른 놈이 쏠까 봐 그런 거다.

각궁에 화살을 재어 하늘로 올렸다가 천천히 내리며 조준했다. 곧 커다란 수컷 늑대의 머리가 조준점에 들어왔다.

놈이 불쌍하진 않다.

놈들을 살려 두면 도성이 세렝게티가 된다.

성채에 둘러싸인 도성에 맹수가 있으면 얼마나 있겠나 싶지만 매해 물려 죽는 도성 백성만 해도 대여섯 명이 넘는단다.

신궁의 혈통 스킬 덕에 조준은 완벽했다.

시위를 힘껏 당겼다가 놓는 순간.

쉭!

공기를 찢으며 날아간 화살이 늑대의 뒷머리에 박혔다.

이어 활시위 놓는 소리와 조총 총성이 연달아 울려 퍼졌다.

눈 깜짝할 사이에 늑대 여섯 마리가 피를 뿌리며 쓰러졌다.

창!

환도를 뽑아 든 왕두석, 홍귀남 등이 늑대 쪽으로 달려갔다.

숨통을 끊어 고통을 덜어 주고 불상사도 막기 위해서다.

환도가 눈에 반사된 빛을 받아 은갈치처럼 반짝였다.

하, 환도도 할 말이 많지.

조선의 기본 전략은 산성에서 하는 수성이다.

즉, 풋맨보단 아처가 더 필요했다.

그 바람에 창, 칼과 같은 냉병기 쪽은 쇠퇴를 거듭했다.

특히, 칼 쪽은 심각해 시간이 지날수록 날 길이가 짧아졌다.

칼이 있으면 좋긴 한데 활 쏠 때 자꾸 걸리적거린단 이유였다.

더군다나 기병은 공간이 좁아 안 그래도 짧은 칼을 더 줄였다.
그런 상황에서 터진 전쟁이 임진왜란이다.
칼싸움에 능한 왜군이 긴 칼로 덤벼든다고 한번 상상해 봐라.
그게 싸움이 되겠나.
과장 좀 보태면 단도로 창을 상대하는 셈이다.
수많은 피를 흘려 가며 배운 교훈 덕에 환도는 날이 길어졌다.
지금은 거의 1미터쯤 늘어나 백병전에서 안 밀린다.
환도를 좀 더 개량해 보는 건 어떨까 한창 생각 중인데.
"어?"
늑대의 숨통을 끊던 홍귀남이 갑자기 멈칫했다.
왕두석이 걸어가 물었다.
"왜 그래?"
"새끼가 있습니다."
"늑대 새끼?"
"예."
"그냥 죽여. 어차피 늑대는 길들이지도 못한다."
"새끼라서 그런 게 아닙니다."
"그럼 왜?"
"색깔이 다른 놈입니다. 혹시 상서로운 짐승을 죽이는……."
"못 하겠으면 내가 하지."
왕두석은 환도로 늑대 시체를 치웠다.
곧 털이 눈처럼 하얀 새끼 늑대가 보였다.
새끼는 늑대 시체 옆에서 발톱을 세우고 카르릉거렸다.

근데 그 모습이 무섭기보단 앙증맞았다.

"제기랄."

왕두석이 눈을 질끈 감고 환도를 내려치려는 순간.

"동작 그만."

내가 그를 말리면서 새끼 뒷덜미를 잡아 들어 올렸다.

알비노인가? 어른 늑대들은 회색인데 이놈만 하얗다.

눈동자도 갈색이나 푸른색이 아니라 붉은색이고.

성깔 또한 대단했다. 목덜미가 잡혀서도 이빨을 내밀고 발톱을 세워 할퀴려 들었다.

왕두석이 환도를 집어넣으며 물었다.

"어쩌시려고요?"

"우리 동양에선 털이 흰 짐승을 신성시하는 풍습이 있잖아. 함부로 죽였다가 앞으로 재수가 없어지면 네가 책임질 거야?"

"그래도 대궐에 데려가서 키울 거란 말씀은 절대 하지 마시옵소서. 아마 조정에서 맹수를 들여놨다고 뭐라 할 겁니다."

홍귀남이 슬쩍 끼어들었다.

"늑대는 개랑 달라서 길들이기가 무척 어렵사옵니다. 데려가서 키우시려거든 우리에 가둬 놓고 키우셔야 할 것이옵니다."

"가만있어 봐. 과인에게 방법이 있으니까."

난 머릿속으로 액티브 스킬 창을 띄워 스킬 하나를 교체했다.

액티브 스킬

1. 마르지 않는 샘

2. 초급 사육사

3. 초급 멘탈리스트

스킬 창에서 스킬 정보를 확인했다.

초급 사육사! (D)

60퍼센트의 확률로 야생 짐승을 길들일 수 있게 해 준다.

스킬 지속 시간: 영구

스킬 재사용 대기시간: 240시간

원래는 북원에서 호랑이를 만났을 때 쓰려고 구매한 스킬이다.

호랑이를 만나면 두석이가 몸빵을, 아니 두석이가 막고 있을 때, 난 재빨리 도망가기로 했는데 그래도 왠지 불안했다. 호랑이가 좋아하는 타입이 꼭 미리 큰 놈이란 법은 없으니까.

나 같은 야들야들한 먹이를 좋아할지 누가 알겠어.

그래서 보험 삼아 구매한 건데 이걸 여기서 쓸 줄은 몰랐다.

바로 스킬을 발동했다.

이빨을 드러내며 카르릉거리던 새끼 늑대가 곧 잠잠해졌다.

오, 또 통했나 보네.

60퍼센트가 실제론 99퍼센트 정도 되는 건가?

난 머리를 쓰다듬으려고 손을 뻗었다.

"고놈 참, 예쁘기도 하네."

그 순간.

갑자기 눈을 치켜뜬 새끼 늑대가 내 손가락을 물었다.

가죽 장갑을 끼지 않았으면 피가 퐁퐁 솟았을 거다.

"하하."

누가 웃어서 고개를 돌려 봤다.

왕두석이 웃다가 갑자기 멈추는 바람에 사레가 들려 컥컥 댔다.

"웃어?"

"……."

"웃었다 이거지? 앞으로 이놈 양육은 네가 전담한다. 열흘 후에 다시 볼 테니 그때까지 젖도 먹이고 대소변도 받아 내라."

"이, 이러실 순 없사옵니다!"

난 새끼 늑대를 왕두석에게 던져 주고 안가로 향했다.

뒤에서 왕두석이 새끼 늑대에게 물린 듯 비명이 들렸다.

"아악, 아프잖아, 인마!"

쌤통이다.

"너도 물리면 아프다는 걸 가르쳐 주지."

이번엔 왕두석이 문 듯 새끼 늑대가 깽깽거렸다.

저 미친놈, 새끼 늑대랑 뭐 하는 거야?

"저리 가, 저리 가라고. 난 엄마가 아니야. 네 엄만 그러니까……."

미국 갔지.

아무튼 안가에 돌아와선 착호군 대장 강대산을 만났다.

강대산 옆에는 웬 곤죽이 된 영감 하나가 누워 있었다.

"이 영감은 뭐야?"

"나진태에게 명령을 내린 자이옵니다."

"말을 할 순 있는 상태야?"

"조금 전까지는 했사옵니다."

"그럼 지금은 모른단 거네. 김 좌별장!"

"하명하시옵소서."

바로 김준익이 한쪽 무릎을 꿇었다.

"이 영감 데려가서 정보 좀 캐내 보시오."

"예, 전하."

김준익은 부하들을 시켜 영감을 다른 안가로 데려갔다.

난 영감의 뒷모습을 좇다가 강대산에게 물었다.

"뭐 하는 영감이야?"

"평양에서 제일 유명한 거간꾼이옵니다."

"땅 소개해 주는 사람?"

"그렇사옵니다."

복덕방 영감이 날 찔렀다고?

이거 점점 더 구린 냄새가 나는데.

38장. 이건 좀 미묘한데

그건 그렇고.

“밀수꾼은 얼마나 잡아들였어?”

“반 정도 잡아들였사옵니다.”

“어디서 잡았어?”

“의주, 경흥, 평양, 개성, 동래, 기장, 여수, 태안 등지이옵니다.”

“많기도 하다. 바퀴벌레 새끼들도 아니고.”

“남은 반도 잡아들이옵니까?”

“싹 다 잡아들여서 씨를 말려 놔. 우리 경쟁자가 되면 안 되니까. 그리고 잡은 놈들은 일단 정보부터 캐내고 밀수로 벌어들인 자산은 몰수해서 착호군 활동 자금으로 사용해. 밀수꾼

서너 명 정도는 얼굴마담으로 써야 하니까 잘 타일러 두고."

"얼굴마담이 무슨 뜻……."

홍귀남이 재빨리 끼어들었다.

"거래를 틀 때 내세우는 허수아비 같은 겁니다, 대장."

"아, 알겠사옵니다."

난 고개를 돌려 홍귀남에게 물었다.

"니가 얼굴마담을 어떻게 알어?"

"왕 선전관이 인수인계해 주었사옵니다."

"쓸데없는 일은 열심히 하네. 아무튼 강대산 빼고 다들 나가 봐."

"예, 전하."

금군 등이 안가를 나가고 나랑 강대산 둘만 남았다.

지금부터 하는 얘기는 은밀히 해야 할 이유가 있었다.

"일전에 알아보란 건 어찌 됐어?"

"그게 저……."

"왜?"

"의심 가는 놈들이 너무 많아서 찾아내기가 쉽지 않사옵니다."

"그 정도야?"

"사은사, 동지사, 성절사, 진하사 등에 따라가는 수행원만 수백이옵니다. 그들 중에 누가 전하의 신상에 관한 정보를 청나라에 꼰지른, 아니 일렀는지 알아내기가 어렵사옵니다."

"알았어. 그래도 조사는 계속해. 내 정보를 청나라에 팔아먹은 새끼를 그냥 둘 순 없지. 나진태보다 더 나쁜 새끼들이야."

"물론이옵니다."

강대산마저 돌려보내고 나서 난 방 안을 돌아다니며 생각했다.

분명 서유럽회사 정보를 팔아먹은 새끼가 있을 텐데.

청나라 놈들이 천리통도 아니고 우리 사정을 어찌 알았겠어?

다 꼰지른 놈이 있었겠지.

그렇다면 유력 후보는 사신 행렬에 따라간 수행원이 분명하다.

조선은 명나라에 했던 것처럼 청나라에도 사신을 파견했다.

근데 생각보다 빈도가 잦았다.

우선 우리 쪽이 원해 가는 경우가 몇 개 있다.

임금이나 세자, 세손 등이 즉위했을 때 가는 게 대표적이다.

또, 문서에 잘못 적힌 내용을 수정해 달라고 가기도 한다.

외교 관계에선 글자 하나 틀려도 문제가 생기는 경우가 있다.

그럴 때마다 사신단을 보내 수정을 요구한다.

반대로 청에 일이 생겨 가야 하는 경우가 있다.

새해 인사는 기본 옵션이다.

황제, 황비, 태자 등이 즉위하거나 사망하면 사신단을 보낸다.

심지어 황족 생일이면 생일 파티에 참석하러 가는 때도 있다.

물론, 빈손으로 가진 않는다.

예물이랍시고 바리바리 싸서 간다.

청도 답례랍시고 뭘 바리바리 싸 준다.

이게 우리와 중국 사이에서 행해진 공무역이다.

사신단 수행원이 인삼을 가져가서 팔면 그건 사무역이 되고.
이 두 루트가 아닌 방법으로 무역하면 그건 다 밀무역이다.
이렇듯 교역 루트가 빡빡하다 보니 사신단은 수가 계속 늘었다. 심지어 500명으로 정해 놨는데 700명씩 가기도 한다.
강대산 말처럼 수행원 수가 너무 많아 특정하기가 여간 쉽지 않다.
근데 차라리 수행원이 첩자인 게 낫다.
그게 아니라면 고정 간첩이 있단 소리니까.
고정 간첩은 다른 간첩을 포섭도 하지만 직접 잠입도 한다.
내 곁의 누군가가 청의 고정 간첩일 수 있단 거다.
생각만 해도 끔찍하네.
따당!

서브 퀘스트 14
밀무역을 금하라!
-밀무역은 세금이 줄줄 새는 구멍과 같습니다. 밀무역을 양지로 끌어올려 정당한 방법으로 외국과 교역하게 하십시오.
클리어 유무: 클리어
보상: 룰렛 1회 추첨권

양지로 끌어올리기보단 내가 하는 게 훨씬 편하지.
양지로 끌어올린다고 세금 제대로 내겠어?
목마른 놈이 우물 판다고 내가 벌어 세금 내는 게 백배 낫다.

추첨권은 또 킵했다.

저번엔 못 참고 네 장째에 질렀는데 이번에 더 참을 생각이다.

요즘은 참으면 호구 된다지만 그래도 참아 봐야지.

얼마 후. 안가에 설치한 난로를 쬐며 불멍하는데.

"전하."

문밖에서 김준익의 나지막한 목소리가 들려왔다.

"들어오시오."

김준익은 들어오기 무섭게 군례부터 취했다.

그는 다 좋은데 너무 예의를 차려 살짝 귀찮다.

예의를 너무 안 차리는 기송일과는 정반대다.

둘을 섞으면 엄청난 무인이 될 거 같다.

물론, 내겐 그 중간쯤인 이상립이 있다.

"뭔가 알아냈소?"

"역시 점조직이었사옵니다."

"그럼 그 영감도 아는 게 별로 없었겠군."

"그렇사옵니다. 그는 자기도 위에서 내려오는 명령을 착호군에 소속된 나진태에게 전달하는 임무만 맡았다고 하옵니다."

"그에게 명령을 내린 자는 누구요?"

"매번 죽립을 깊이 써서 알 수 있는 게 많이 없었다고 하옵니다. 40대로 보이는 중년 사내였고 목소리는 점잖았다고 하옵니다. 거의 흰 두루마기를 입고 나타났고 동작은 날렵했으며 손엔 칼을 숨긴 대나무 지팡이가 있었다고 하옵니다."

"그럼 이름도 모르겠군."

“자기를 주 씨로 불러 달라고 했답니다.”

“주로 어디서 만났다고 했소?”

“대중없었사옵니다. 그쪽에서 장소를 정했는데 어떨 땐 개성, 어떨 땐 연주 등에서 보잔 말을 했다고 하옵니다. 그래도 황해도가 많아서 그쪽이 본거지라고 생각하는 듯하옵니다.”

“일부러 그렇게 생각하게 만들었을 수도 있겠지.”

“소장도 같은 생각이옵니다.”

황해도는 위로는 평양이 있고 아래는 도성이다.

그만큼 움직이기에 좀 더 용의하다는 말이다.

“그럼 주 씨를 추적할 방법이 없소?”

“하나 있사옵니다.”

“뭐요?”

“주 씨는 매번 엄청난 양의 은덩이를 가져왔다고 하옵니다. 나진태는 그 은을 써서 착호군 부하들을 포섭했던 것이고요.”

“사람은 추적할 수 없지만, 은덩이는 그렇지 않다?”

“그렇사옵니다.”

“강대산에게 결과를 알려 주고 은덩이를 추적하라고 지시하시오.”

“예, 전하.”

“그리고 이건 수고비요.”

난 은이 든 주머니 두 개를 건넸다.

김준익은 사양하는 법 없이 바로 챙기며 물었다.

“어째서 두 개이옵니까?”

"두 개가 똑같소. 하난 가져가서 부하의 인심을 사는 데 쓰시오. 그리고 다른 하나는 좌별장에게 주는 거니 알아서 하고."

"성은이 망극하옵니다."

다시 쿵 소리가 나게 군례한 김준익이 밖으로 나갔다.

돈으로 충성을 살 순 없단 소린 개소리다.

돈이야말로 충성을 사는 가장 확실한 수단이지.

그래도 배신한다면 그건 돈이 부족해서고.

물론, 내가 거지면 할 수 없는 일이다.

아, 그러고 보니 상점에 그게 있었네.

난 바로 상점을 개방했다.

요즘은 할 일이 정말 없을 땐 상점을 돌며 아이쇼핑을 했다.

스킬이 워낙 많아 평소에 봐 두지 않으면 찾기가 쉽지 않다.

그러다가 '베네딕트 아널드의 명예'란 스킬을 보았다.

처음엔 서양 사람 이름만 적혀 있어 뭔가 싶었다.

근데 관우정 화장실에서 큰일을 보던 어느 날.

배에 힘을 꽉 주는데 베네딕트 아널드가 누구인지 떠올랐다.

기쁜 나머지 난 자신도 모르는 사이에 일어나 이렇게 외쳤다.

유레카!

그 바람에 놀란 왕두석이 들어왔다가 어색한 상황이 펼쳐졌다.

난 다시 변기에 주저앉았고, 왕두석은 그런 나를 보며 엄지를 올려 보이고 다시 나갔다.

아무튼 그래서 베네딕트 아널드가 누구냐고?

미국 독립전쟁 때 조국을 배신한 매국노다.

이완용이나 브루투스, 유다였다면 좀 더 직관적이었을 텐데.

배신자의 대명사니 배신자를 찾는 스킬이겠지.

난 바로 구매해서 살펴보았다.

베네딕트 아널드의 명예! (C)

부하의 충성도를 볼 수 있다. 수치가 너무 낮으면 배신할 가능성이 크므로 충성도를 높이든지, 아니면 처리해야 한다.

스킬 지속 시간: 1시간

스킬 재사용 대기시간: 800시간

오, 확률이 아니네.

C급치곤 정말 좋은데?

바로 시험해 보고 싶어 장착했다.

액티브 스킬

1. 마르지 않는 샘

2. 초급 사육사

3. 베네딕트 아널드의 명예

밖으로 나가 테스트할 대상을 물색했다.

처음엔 왕두석에게 해 볼 생각이었다.

근데 왠지 수치가 낮게 나오면 그를 볼 때 이상할 것 같았다.

그래서 대상을 강대산으로 변경했다.
지금 제일 중요한 임무를 수행 중인데 충성도를 알아 둬야지.
강대산을 보며 스킬을 발동했다.

50%-100%

뭐야, 나랑 장난해?
50에서 100까지면 50일 수도 있고 100일 수도 있단 거잖아.
확률이 없다고 좋아했더니 이상한 데서 확률이 나오네.
수명이 100짜리여서 그런가.
그래도 50 아래는 아니니 당장 배신하지 않겠네.
따당!

히든 퀘스트 3
간이 배 밖으로 나온 사나이!
-유저는 현재 과도할 정도로 수명을 소모하고 있습니다. 급사하고 싶지 않다면 좀 더 현명하게 소비하길 권장합니다.
클리어 유무: 클리어
보상: 수명 3,650일

무슨 개평 같은 건가?
아니면 많이 사 줘서 고맙다고 주는 포인트?
어쨌든 수명 10년이 보상이라니 엄청나네.

개인 스탯!

이연 (+10,032)

레벨: 3

무력: 32(↑1) 지력: 46(↓1) 체력: 37(↑1) 매력: 41(↑1) 행운: 51

스탯 창을 보고 있는데 왕두석이 쭈뼛거리며 다가왔다.

"전, 전하."

"왜?"

"이, 이놈이 젖을 안 먹사옵니다."

왕두석이 그러면서 카르릉거리는 새끼 늑대를 들어 보였다.

이미 둘이 또 한 차례 전쟁을 치른 모양이었다.

왕두석은 얼굴과 팔에 스크래치가 가득하고.

새끼 늑대는 틈만 나면 왕두석의 팔을 물려 들었다.

"누구 젖을 먹였는데?"

"금군이 데리고 다니는 사냥개 젖을 먹였사옵니다."

"그럼 니 걸 먹여 봐."

"소, 소관은 수놈, 아니 사내이옵니다."

"우유를 줘 봐. 그건 먹겠지."

"그 귀한 것을요?"

"일단 살려 놓고 봐야지. 참, 그놈 이름 정했다."

"설마, 진짜 키우시려고요?"

"설마가 맞아. 백두라고 부를 거다."

"백, 백두라고요?"

"두 자 돌림이니까 너에겐 형제가 되는 거지."

"안, 안 됩니다요!"

난 무시하고 백두를 보며 혀를 찼다.

"넌 누굴 닮아 이렇게 앙칼진 거냐?"

왕두석이 고개를 돌리며 중얼거렸다.

"그야 전하를 닮아서 그런 거 아니겠……."

"너 방금 뭐랬어?"

"얼른 우유를 구해다 먹이겠사옵니다. 귀남아, 가자."

"예, 선전관님."

왕두석은 홍귀남을 데리고 얼른 내뺐다.

열흘 후. 난 백두를 불러 다시 스킬을 발동했다.

좀 전까지 카르릉거리던 놈이 또 얌전해졌다.

흥, 내가 한 번 속지, 두 번 속냐?

"두석아, 네가 한번 백두 머리를 쓰다듬어 봐라."

"소, 소관이요?"

"네가 업어 키운 놈인데 그 정돈 가능하겠지."

어떻게 할까 고민하던 왕두석이 홍귀남 옆구리를 슬쩍 찔렀다.

홍귀남도 눈치는 귀신같았다.

바로 먼 산을 보며 중얼거렸다.

"날이 우중충한 게 오늘은 눈이 올 것 같지 않습니까?"

난 피식 웃고 나서 재촉했다.

"얼른 해 보래도."

"알, 알겠사옵니다."

왕두석은 슬며시 백두의 머리를 쓰다듬었다.

그 순간. 백두가 앙칼진 눈빛으로 왕두석의 손을 콱 물었다.

"오냐, 어디 한번 끝까지 해보자!"

눈을 희번덕거린 왕두석이 냅다 백두의 발을 물었다.

곧 왕두석과 새끼 늑대의 일진일퇴 공방이 벌어졌다.

난 가라고 손짓하며 희정당으로 향했다.

"열흘 후에 다시 데려와."

"예……."

왕두석이 백두의 목덜미를 잡고 터덜터덜 걸어갈 때.

반대편에서 이경석이 걸어와 읍을 하고 물었다.

"오늘도 신을 기다리고 계셨던 것이옵니까?"

"하하. 그건 아니지만, 얼굴을 봐서 좋군. 들어갑시다."

빙그레 웃은 이경석이 내 뒤를 따라 희정당 안으로 들어왔다.

이경석은 짧으면 사흘, 길면 열흘마다 한 번씩 희정당을 찾았다.

그동안 처리한 일의 결과를 알려 주기도 하고.

윤허가 필요한 일들을 따로 여쭈기도 하였다.

이경석은 행정의 신이었다.

현대로 치면 실무를 빠삭하게 잘 아는 총리였다.

이를테면 능력 있는 책임 총리랄까.

시킨 대로 서인과의 거리도 적당히 유지 중이었고.

덕분에 자질구레한 일들까지 내가 전부 챙길 필요가 없어졌다.

이경석이 면담 마지막에 은근히 권했다.

"전하, 왕인이 서인에 치우쳐 있사옵니다. 남인 쪽에서도 인재들을 포섭하여 진정한 왕인이 되게 하시옵소서."

왕인은 전에 이경석을 만나 했던 얘기다.

서인, 남인처럼 임금을 종주로 삼는 당파를 만들잔 거다.

이를테면 유럽의 왕당파쯤 될 거다.

"남인 쪽엔 쓸 만한 인재가 누가 있소?"

"위에 지방엔 허적이 있고 아래 지방엔 이현일이 있사옵니다."

허적과 이현일이라…….

음, 이건 좀 미묘한데.

39장. 웃기고 자빠졌네

남인은 현재 계파가 세 개다.

첫 번째는 서인 산림이 대거 출사할 때 같이 올라온 남인이다.

윤휴, 허목, 윤선도가 대표적이다.

두 번째는 선조, 광해군 때에 일찍 출사해 자리 잡은 남인이다.

이들의 후예는 당파성은 약하고 관료적이다.

대표적 인물은 허적이다.

마지막은 이황을 종주로 보는 영남 남인의 후예다.

그들은 시간이 지나면서 다른 당파에 치여 멸족 직전이었다.

특히, 이황 제자 류성룡이 임진왜란으로 탄핵당하고 김성

일이 당파적으로 행동하다가 실수를 범해 세가 크게 꺾였다.

이곳의 대표적인 인사를 꼽자면 이현일이 있다.

남인은 이러한 세 계파가 느슨한 연맹 형태로 서인에게 대항했다.

허적과 이현일을 듣고 고민할 수밖에 없는 이유가 여기서 드러나는데.

두 사람을 빼면 남인의 세는 걷잡을 수 없이 약해진다.

그렇지 않아도 밀리던 남인이 고사 직전까지 추락할 위험이 있다는 뜻이다.

지금까지 왕인으로 영입한 자들이 서인인 이유도 그래서다.

서인은 소론 쪽을 미리 갈라 놔 힘을 빼 놓고.

남인은 전력을 보존해 두 당이 균형을 이루게 한단 게 내가 세운 계획.

이경석의 천거는 그 계획을 망가트릴 수 있었다.

"그 둘을 빼 오면 남인이 약해지지 않겠소?"

"허목, 윤휴 계파가 급격히 세를 불리고 있사옵니다. 오히려 그 둘을 빼내지 않으면 허목 계파에 잡아먹힐 것이옵니다."

역사대로라면 남인이 정권을 잡는 건 숙종이 즉위하고 나서다.

근데 내가 영조가 쓴 쌍거호대로 남인을 주류로 끌어올렸다.

그 바람에 남인이 역사보다 일찍 기지개를 켠 모양이다.

"좋소. 일단, 얼굴이라도 봅시다."

"예, 전하."

그로부터 며칠 후.

허적과 이현일 두 명이 희정당에 입실했다.

허적은 점잖게 생긴 중년 아저씨고, 이현일은 뭔가 사회에 불만 많은 아싸 같은 분위기를 풍겼다.

"이경석 대감이 입에 침이 마르게 칭찬하더군."

"황공하옵……."

허적이 예의 바르게 답례하려는 순간.

이현일이 갑자기 끼어들었다.

"둘 중 누구를 칭찬했사옵니까?"

"둘 다. 한 명은 행정의 달인이고 다른 한 명은 경세가로서 뛰어난 자질을 갖췄다더군. 그래서 과인도 보자 한 거고."

"이경석 대감이 그 얘긴 안 했사옵니까?"

"무슨 얘기?"

"소관은 해 놓은 건 쥐뿔도 없는 놈이 말만 앞서고 허적은 술에 물 탄 듯, 물에 술 탄 듯 줏대가 없는 자라고 말입니다."

갑자기 디스당한 허적은 당황할 법도 한데 전혀 동요가 없었다.

저건 줏대가 없는 게 아니라, 줏대가 센 거 아냐?

거침없이 동료를 디스한 이현일은 내 반응을 살폈다.

지금 내 앞에서 주도권을 잡고 싶은 건가?

그렇다면 너무 멍청한 생각인데.

난 고개를 저었다.

"그런 얘긴 없었네."

"하하, 이경석 대감은 심성이 너그러운 분이시지요."

"이경석 대감은 그럴지 몰라도 과인은 너그럽지 않네."

"그, 그렇사옵니까?"

"더구나 과인은 사람 보는 눈이 아주 뛰어난 편이지."

"전하께서 사람을 잘 보신다니 왕실에 큰 복이옵니다."

"그런 과인이 생각하는 자네 인상이 궁금하지 않나?"

"소관의 인상이 어떻사옵니까?"

"조금 전에 자네가 자기 비하한 그대로네."

"예에?"

"경세가? 웃기고 자빠졌네. 자넨 힘은 없는데 성질은 드러운 싸움닭 같은 놈이지. 자기 생각만 옳다는 착각에 빠져 여기저기 시비를 걸다가 결국 사방에 적을 만들겠지. 그리고 그로 인해 사약 먹고 죽거나, 목이 잘려 죽든지 하겠지. 운이 좋아 천수를 누려도 말년은 아마 무척 비참할 거야."

"……."

"왜? 아닐 것 같아?"

"……."

"오늘 과인을 만나지 않았으면 십중팔구는 그랬을 거야. 그러니까 좀 닥치고 가만히 있어. 자네만 면접 보는 게 아니야."

흠칫한 이현일은 시키는 대로 입을 다물었다.

난 고개를 돌려 허적을 보았다.

"그대도 궁금한가?"

"전하께서 소관을 어떻게 보셨는지 말이옵니까?"

"그렇네."

허적은 이현일을 힐끔 보고 나서 대답했다.

"고언을 내려 주신다면 금언으로 삼겠사옵니다."

"과인이 보기에도 자넨 행정 쪽으론 재능이 있어. 아마 그 능력 덕에 시기만 잘 타면 영의정까지 승승장구하겠지. 은퇴하면 기로소에도 들고 궤장도 받고 죽으면 시호도 받겠지."

"……."

"근데 그게 꼭 자네나 자네 가문에 좋은 일일까? 자넨 그래도 남인이지 않은가? 사림이면 사림답게 개혁을 주도하는 패기도 있어야지. 명종, 선조 대왕 때 훈구파처럼 썩으면 안 되는 거야. 물론, 다른 산림 출신 사림처럼 현실은 쫓도 모르면서 입만 나불대는 놈들은 과인도 질색이지만 말이야."

"……."

"과인이 보기엔 자네도 이현일처럼 말년이 썩 좋지 않을 거야."

지금까지 조용히 듣던 허적이 처음으로 반응했다.

"그렇사옵니까?"

"오히려 이현일보다 더 심할 테지. 고일 대로 고여서 천지 분간을 못 할 테니까. 구름을 밟고 다니다 보니 지가 임금인 줄 착각하는 거야. 더구나 본인이 천지 분간을 제대로 못 하는데 자식 교육이라고 제대로 했겠어? 웬 왈패 같은 자식새끼랑 엮어서 가문 전체가 도륙 나도 이상하지 않지."

두 사람은 압도당한 듯 잠시 아무 말이 없었다.

그럴 수밖에 없다.

내가 지금까지 말한 건 그들의 미래다.

그들도 내 말이 영 허무맹랑한 소리가 아님을 알 거다.

어린애라면 아직 자아가 형성 중이다.

근데 이 둘은 이제 50대 초반, 30대 중반이다.

자기가 어떤 사람인지 알 수밖에 없다.

그리고 내가 말한 내용이 현실성 있다는 것도.

이것도 팩트 폭력에 속하려나? 아무튼.

허적은 머리를 조아렸다.

"전하의 고언을 평생의 금언으로 여기고 살겠사옵니다."

난 고개를 끄덕이고 나서 이현일을 보았다.

"자넨?"

"방금 하신 말씀은 잘 들었사옵니다. 허 영감처럼 금언으로 여기진 못해도 전하께서 말씀하신 힘을 길러 보겠사옵니다."

"한 사람의 장점은 다른 사람의 단점이 될 수도 있고, 다른 사람의 장점은 한 사람의 단점이 될 수도 있는 법이지. 두 사람의 장단점이 적당히 어우러진다면 과인의 조선에 꼭 필요한 인재가 될 걸세. 과인 쪽엔 노련한 대신들도 있고 패기 넘치는 젊은이들도 있지만 중진 쪽은 아직 약하니까."

허적과 이현일은 내 충고를 따랐다.

허적은 무사안일주의에서 벗어나 좀 더 진취적으로 변했다.

이현일도 행정 실무를 익혀 기초를 다졌다.

허적과 이현일이 서로의 장점을 흡수한 셈이다.

이젠 왕인도 질적, 양적으로 모양새를 갖춰 가는군.

왕인의 수뇌는 이경석, 이시백, 이시방, 조경, 권시 등이었다.

중진은 허적, 이현일, 권대운 등이 담당했다.

권대운은 허적의 친구로 며칠 전에 들어왔다.

물론, 권대운도 허적처럼 남인이다.

마지막으로 윤증, 박세채, 남구만 등이 신진 관료층을 이뤘다.

따당!

서브 퀘스트 15

인재를 골고루 등용하라!

-혈연, 학통, 지연 등을 따져 인재를 등용하는 일은 조직을 경직시킵니다. 유저는 인재를 골고루 등용해 국정에 도움이 되는 여러 의견을 청취할 수 있는 시스템을 갖추십시오.

클리어 유무: 클리어

보상: 룰렛 1회 추첨권

이제 세 개째인가? 좀만 더 참자. 킵.

왕인을 정비하며 바쁘게 지내는 동안. 어느새 그날이 되었다.

바로 왕두석이 물리는, 아니 백두가 길이 들었는지 확인하는.

저번과 마찬가지로 스킬을 발동하고 나서.

"두석아, 지금이다."

"예에, 전하."

손에 두꺼운 장갑을 낀 왕두석이 백두의 머리를 쓰다듬었다.

백두는 기분이 좋은 듯 고양이처럼 갸르릉거렸다. 됐네.

왕두석도 그동안 고생해서인지 뿌듯한 표정을 감추지 못했다.

“하하, 백두 놈이 소관을 아비라 생각하나 보옵니다.”

“새엄마겠지.”

“암튼 백두가 이제 사람을 물지 않아 다행이옵니다.”

“그래도 혹시 모르니 관우정 안에 데려다 놔. 지나가는 궁인이라도 물면 깽값 물어 줘야 한다. 밥은 꼬박꼬박 챙겨 주고.”

“늑대 밥 주는 일에 쓰기엔 소관의 능력이 아깝지 않사옵니까?”

“그럼 그 뛰어난 능력으로 똥오줌도 받아 내든가.”

“하하, 매끼 꼬박꼬박 밥을 챙겨 주겠사옵니다.”

왕두석은 백두를 뺨에 비비며 관우정으로 뛰어갔다.

초급 사육사 스킬이 어느 정도 효과인진 몰랐다.

다만, 새끼 늑대가 기특하게도 똥오줌도 알아서 가렸다.

심지어 하울링도 자제해 명견을 보는 듯했다.

자라면 왕좌의 게임에 나오는 다이어 울프처럼 되는 거 아냐?

따당!

연계 퀘스트 1

주토피아를 만들어라! 1

-희귀한 야생동물을 보호해 멸종 위기종을 최대한 줄여 주세요.

이름: 늑대

보상: 매력 1

처음엔 이게 뭔가 싶었다.

보상도 형편없고. 거기다 연계 퀘스트면 계속하란 거잖아?

바빠 죽겠는데 나보고 사냥하러 다니라고?

근데 가만 생각해 보니 아주 쓸데없는 짓은 아니다.

방금 길들인 늑대만 해도 21세기 한국에선 보기 힘든 종이다.

나중에 개마고원 같은 곳을 국립공원으로 만들어 키워야겠네.

개인 스탯!

이연 (+10,195)

레벨: 3

무력: 33(↑1) 지력: 46 체력: 38(↑1) 매력: 42(↑1) 행운: 51

체력은 어떻게든 될 것 같은데 무력이 문제네.

그 후로도 사냥을 나갔지만, 고작 1포인트 올랐다.

다행인 점은 무력을 크게 올릴 기회가 있단 사실이었다.

며칠 후. 선정전에 이상립을 포함한 금군 수뇌부와 이완을 포함한 훈련도감 수뇌부 10여 명이 집결해 치열한 논의를 이어 갔다.

논의 주제는 무예도보통지였다.

웬 무예도보통지인가 하겠지만 좀 일찍 만들면 어떤가?

무예가 실전되기 전에 만들면 더 좋지.

난 일전에 무예 비급을 모아 진상하란 어명을 내렸다.

그 결과 30권이 넘는 비급이 대궐에 도착했다.

그중 10권은 군에서 쓰던 거고 나머지는 모두 민간용이었다.

지금은 무예도보통지의 성격을 놓고 두 파로 나뉘어 싸웠다.

"무예도보통지를 만드는 이유가 뭡니까? 조선, 아니 한반도에 전해 내려오는 무예를 보존하자고 하는 사업 아닙니까? 근데 조총 사격술을 집어넣다니요? 그게 말이나 됩니까?"

보수파가 주장하면 바로 개혁파가 반박했다.

"무예도보통지를 그냥 보존용으로만 만든다면 너무 아깝지 않습니까? 차라리 이 기회에 실용성을 살려 장병들에게 보급하고 가르치는 쪽으로 가야 합니다. 지금 추진 중인 군제 개혁과 조합하면 조선군은 괄목할 만한 성장을 이룰 겁니다."

여기에 극우파도 참전했다.

"실용성을 살린단 의견엔 찬성이오. 하지만 조총이 대체 웬 말이오? 어린애가 하루만 배워도 쏠 수 있는 걸 무슨 그림까지 그려 가며 가르친단 말이오. 조총 사격술을 빼야 하오. 대신에 통달하기 어려운 궁술, 기마 궁술에 집중해야 하오."

극우파가 있으면 극좌파도 있기 마련이다.

"어허, 그런 큰일 날 소리는 절대 하지 마시오. 조총은 창, 활을 대신해 전장의 주 무기로 떠 오른 지 오래요. 왜놈들에게 당한 지 백 년도 안 됐건만 어찌 조총 사격술을 빼겠소. 오히려 궁술 같은 시대에 뒤떨어진 분야를 줄여야 하오."

"조선에서 궁술을 줄이자니! 자네 지금 제정신이야?"

"그런 당신은 제정신이오?"

"어허, 이놈 봐라! 너 언제 임관했어?"

"경진년이오. 그런 당신은 언제 임관했는데!"

"병란 맛도 못 본 어린놈이 어서 소리를 질러!"

이완이 벌떡 일어나 발을 굴렀다.

무예 고수가 진각을 밟은 것처럼 선정전 바닥이 웅웅 울렸다.

"이놈들이 상감마마 앞에서 감히 언성을 높여! 묏자리 아직 안 정한 놈들은 빨리 정해라! 바로 관에 싸서 넣어 줄 테니!"

그제야 정신이 돌아온 장수들이 일제히 머리를 깊이 조아렸다.

"불찰을 범한 소장들에게 벌을 내려 주시옵소서!"

난 웃으면서 손을 흔들었다.

"하하, 괜찮소. 괜찮아. 이견이 있는 건 좋은 징조요. 오히려 모든 사람이 같은 주장을 펼치면 그건 좋지 않다는 징조고."

이완이 껄껄 웃었다.

"하하, 전하께선 역시 배포가 크시옵니다."

"하하, 이완 장군은 항상 씩씩해서 좋소!"

"그게 소장의 특기 아니겠사옵니까!"

그때, 이상립이 조용히 물었다.

"둘 다 일장일단이 있는 주장 같은데 어떻게 생각하시옵니까?"

"그게 무슨 고민거리나 되겠소?"

이완이 고개를 갸웃거리며 물었다.

"방법이 있사옵니까?"

"둘 다 만들도록 하시오. 하나는 전통을 보존하는 쪽으로 가고 다른 하나는 실용성을 갖추면 문제가 없는 거 아니오."

이완이 손뼉을 치며 감탄했다.

"역시 전하의 혜안은 누구도 따라올 수 없사옵니다!"

최선임인 이완이 손뼉 치니 장수들이 다 일어나서 손뼉 쳤다.

짜장면, 짬뽕 중에 못 고르겠으면 둘 다 시켜라.

아니면 짬짜면을 시키든지.

이거 솔로몬도 울고 가겠는데.

40장. 바로 그겁니다!

진짜 세종대왕님 만만세다!

세종대왕을 경배하라 스킬은 내 목숨과 같다.

이 스킬 덕에 마르지 않는 샘을 얻었고.

지금은 시스템이 너 미친 거 아냐? 할 정도로 마구 쇼핑했다.

세종대왕을 경배하라 스킬이 없었으면?

지금도 관우정에 거의 살다시피 했겠지.

하루라도 더 살아 보겠다고 징징대면서.

세종대왕을 경배하라 스킬은 그동안 변화가 많았다.

세종대왕을 경배하라! (SSS)

한글을 만든 세종대왕의 피가 흐르는 조선 왕실만의 특성이다.

※스킬 첫 개방 특전으로 모든 하부 스킬이 레벨 1로 시작함.

읽기 레벨: 3(↑1)

독해 레벨: 3(↑2)

쓰기 레벨: 2(↑1)

어때? 엄청나지? 그동안 스탯을 무려 네 개나 올렸다.

어떻게 올렸냐고? 게임의 왕도를 따랐지.

노가다야말로 게임의 난이도를 떨어트리는 왕도 아니겠어!

그렇다고 도움도 안 되는 노가다만 반복한 건 아니다.

도서관에서 빌린 책을 읽고 이해하고 쓰다 보니 이렇게 됐다.

빌린 책 중에 두 권은 수천 페이지를 넘겼다.

당연히 팔이 부러지라 읽고 써야 했다.

근데 오늘 또 한 번 세종대왕님 신세를 크게 졌다.

"조금 전 동작은 넣고 전의 동작은 없애서 다시 시연해 보시오."

이상립이 내가 즉석에서 고친 동작대로 시연했다.

"이렇게 말이옵니까?"

"아, 좋군. 장군은 어떻소?"

"소장도 아주 마음에 드옵니다. 이렇게만 가르쳐도 백병전이 벌어졌을 때, 손쉽게 적의 기선을 제압할 수 있을 것이옵니다."

이상립은 또 뜨거운 눈빛으로 날 쳐다보았다.

내가 임금만 아니었으면 벌써 제자로 삼았을 거다.

그는 나를 하늘이 내린 무예의 화신으로 여기니까.

물론, 오해다.

이 모두 세종대왕을 경배하라의 독해 스킬 덕이다.

독해가 3레벨에 이르면서 이해하는 수준이 한 차원 높아졌다.

이젠 원작자보다 더 뛰어난 결과를 도출한다.

말 그대로 사기 스킬이다. 하도 원성이 자자해 다음 패치에서 너프를 꼭 처먹어야 하는.

사실 지금 하는 백병전 대비는 비상용이다.

최전선에서 백병전이 벌어진단 말은 패하기 직전이란 뜻이니까. 보급이 원활히 이루어지지 않으니까 총, 대포 다 놔두고 쇠붙이로 싸우는 거다.

그런 점에서 앞으로의 전쟁은 쪽수나 백병전이 아니라, 보급 빵빵하게 받으면서 총과 대포로 싸우는 군대가 이기게 되어 있다. 마치 미군처럼.

뭐 개네야 육군보단 해군, 공군이 사기긴 하지만.

다음엔 조총을 잘 아는 장병을 모아 사격술을 개선했다.

당연히 홍귀남도 한 자릴 차지했다.

현재 조선에서 홍귀남만큼 조총을 잘 쏘는 사수는 드물다.

구린 조총으로 눈깔만 터트리고 다니는데 당연하지.

자기 의견을 잘 내세우지 않던 홍귀남이 흥분해 달려들었다.

"총은 장전 시간을 줄이지 않으면 활을 압도할 수 없사옵니다! 장전 시간을 줄이거나, 총 자체를 개량해야 하옵니다!"

홍귀남의 말이 옳다. 백번 옳다.

총과 활은 현재 장단점이 너무 명확하다.

우선 활은 배우는 데 시간이 걸린단 단점이 있다.

심지어 오래 배워도 재능이 없으면 지지부진하다.

대신, 재장전이 빠르고 숙련자는 명중률도 높단 장점이 있다.

그와 달리 총은 배우는 데 시간이 많이 필요 없다.

관통력도 훨씬 좋다.

어린애가 하루만 배워도 갑옷 입은 어른을 죽인다.

물론, 조총에 장점만 있다면 애초에 고민할 이유가 없다.

조총은 구린 명중률과 한세월인 재장전이 치명적인 약점이다.

더구나 약점은 그게 전부가 아니다.

지나치게 짧은 사거리. 비싼 제조 단가. 조선에서 초석을 구하기 힘들어 발생한 화약 수급 문제 등등.

이러한 약점에도 조총은 포기할 수 없다.

역사가 증명해 준다.

활도 과학 기술 덕에 발전하긴 하지만 총만큼은 아니다.

21세기에도 총은 여전히 개인 화기의 왕좌를 놓치지 않는다.

그 순간. 개발팀 대표로 참석한 박영준이 손을 들었다.

난 피식 웃었다.

"여긴 학교가 아니야. 하고 싶은 말이 있으면 그냥 해."

"황송하옵니다."

목소리를 가다듬은 박영준이 개발팀을 대표해 말했다.

"현재 치륜총 연구는 순조로운 편이옵니다. 다만 양산까진 시간이 좀 더 걸릴 거라, 몇 가지 제안할 사안이 있사옵니다."

"해 보게."

"일전에 전하께서 주신 책에 카트리지란 게 있었사옵니다. 종이봉투에 총알과 화약을 같이 넣는 방식이지요. 이 카트리지를 정식으로 도입해 보면 어떻겠사옵니까?"

카트리지는 도서관에서 빌린 책에 나온 내용이고 난 그걸 다시 책에 적어 박영준에게 가르쳐 주었다.

이름도 페이퍼 카트리지고 금속 탄피가 나오기 전까지 쓰였다.

특히, 영국의 레드 코트가 이걸로 유명했다.

속사로 적을 조져 버린 거다.

그럼 조선은 백의민족이니 화이트 코트가 되는 건가?

아서라. 그건 여기에 적 있다고 광고하는 거나 같다.

곧 다들 카트리지에 관심을 보였다.

개발팀이 만든 신제품에 관심을 보이는 영업팀 같았다.

이에 힘을 얻은 박영준이 설명했다.

"현재 조총 사격술은 항왜가 가르쳐 준 방식을 고대로 쓰고 있습니다. 조총 총구에 추진용 화약, 총알, 헝겊을 차례로 넣고 나서 약실 접시에 점화용 화약을 부어 쏘는 방식이죠."

홍귀남을 비롯한 장병들이 일제히 고개를 끄덕였다.

잘 알 수밖에 없다. 그들이 지금 쓰는 방식이니까.

박영준은 신이 나서 프레젠테이션했다.

“이 방법은 단점이 너무 많습니다. 매번 두 종류나 되는 화약의 무게를 재서 장전하기가 쉽겠습니까? 그렇다고 눈대중으로 하자니 화약이 너무 많으면 총신이 터져 사수가 다치고 적으면 총알이 추진력을 제대로 받지 못하는데요.”

이름난 스나이퍼인 수어청 수어부사 한도철이 물었다.

“그럼 카트리지는 그 문젤 해결할 수 있는가?”

“그렇습니다. 먼저 제가 그린 그림을 보십시오.”

박영준은 종이에 그림을 쓱쓱 그려 들어 올렸다.

“그림처럼 종이봉투에 칸을 나누고 한쪽엔 점화 화약, 다른 한쪽엔 추진용 화약을 미리 무게를 재서 각각 넣는 겁니다.”

홍귀남이 실적 급한 영업사원처럼 물었다.

“그럼 총알은 따로 장전하는 겁니까?”

“아닙니다. 추진용 화약에 같이 넣는 겁니다.”

“그럼 장전은 어떤 식으로 합니까?”

“사수는 보관통에서 카트리지를 꺼내 치아로 점화 화약이 든 부분을 찢습니다. 그리고 점화 화약을 약실에 붓는 거죠.”

박영준은 팬터마임 하듯 동작을 시연했다.

개발팀 설명을 이해한 듯 영업팀이 일제히 고개를 끄덕였다.

만족한 개발팀 사원은 프레젠테이션을 이어 갔다.

“이번엔 카트리지 반대쪽을 치아로 뜯습니다.”

“하하, 이가 나쁜 사람은 이젠 총도 못 쏘겠구만.”

이완이 눈치 없는 사장처럼 나대는 바람에 분위기가 싸게 식었다.

헛기침한 이완이 얼른 손짓했다.

"내 말은 신경 쓰지 말고 어서 계속하게."

"예, 장군. 치아로 카트리지를 뜯고 나서 총구에 대고 안에 든 화약과 총알을 집어넣습니다. 마지막엔 남은 카트리지도 집어넣고 꽂을대로 장전합니다."

한도철이 영업 상무 같은 표정으로 감탄했다.

"그럼 확실히 재장전이 빨라지겠군!"

영업상무에게 인정받은 박영준이 환하게 웃었다.

"바로 그겁니다!"

한도철이 바로 내 쪽으로 몸을 돌렸다.

"전하, 이 친구가 제안한 방법이 아주 좋사옵니다. 당장 시험 생산해 실전에서 쓸 수 있는지 알아보는 게 좋겠사옵니다."

"그리하게."

"성은이 망극하옵니다."

그 외에도 박영준은 여러 가질 제안했다.

화승이 비나 습기에 젖지 않게 막아 주는 우산.

약실이 제대로 닫힐 수 있게 해 주는 뚜껑 등등.

이런 개조는 몇 가지 부품만 새로 달면 된다.

치륜총처럼 처음부터 다시 만들 필요가 없단 뜻이다.

카트리지는 당연히 시험 운용에서 합격점을 받았다.

물론, 과정이 쉽다곤 안 했다.

종이가 두꺼워 불이 안 붙는다든지 하는 시행착오를 겪었다.

그래도 기술적으로 어렵진 않아 바로 개량되었다.

사격술에 개선이 이루어지고 나선 조총 전술 쪽으로 넘어갔다.

뭐 거창한 건 아니다.

짧은 시간에 최대한 많은 총알을 쏟아붓는 법을 찾자는 거다.

여러 의견이 나왔다.

2인 1조, 3인 1조로 팀을 짜자는 의견이 많았다.

실력이 좋은 병사가 사수를 맡고 나머진 장전만 하는 거다.

아예 거기서 더 나아가 장전 병과를 만들자는 의견도 나왔다.

장전에 특화된 병력을 육성하는 거다.

물론, 이런 토의는 항상 결말이 뻔했다.

숙련도를 높여 적보다 더 많이 쏘게 하잔 쪽으로.

병사 수가 같다고 가정했을 때.

적이 두 발 쏠 동안, 이쪽이 세 발 쏘면 당연히 이긴다.

지금까지 나온 내용은 고스란히 무예도보통지에 수록되었다.

얼마 후. 무예도보통지는 두 종류로 인쇄되어 발간되었다.

하나는 기록 보관용이고 다른 하나는 실전용이었다.

실전용 무예도보통지는 바로 각 군영에 비치되었고.

실력이 뛰어난 장수들이 교관이 되어 부하에게 이를 가르쳤다.

조총 사격술이 포함된 무예도보통지는 의외의 효과를 냈다.

내가 조총을 조선군의 주 무기로 채택했음을 직감한 군영의 지휘관들이 조총을 베이스로 한 전술을 앞다투어 내놓았다.

예전엔 전술 베이스가 활이었다면 지금은 조총이 된 셈이다.

조선판 레드 코트가 마침내 궤도에 오르는 순간이다.

◆ ◈ ◆

겨울이 끝나 가는 시점에 난 온실에 앉아 머리를 열심히 굴렸다.

안 돌아가는 머리를 억지로 굴리진 않았다.

나에겐 무지막지한 성능을 자랑하는 독해 스킬이 있으니까.

아무도 없는 온실에서 이런 짓을 하는 데는 다 이유가 있다.

얼마 전에 박영준과 카시니가 합작한 치륜총 설계도가 나왔다.

난 독해 스킬로 그 설계도를 보완했다.

간단히 말해 싸고 튼튼하고 성능 좋은 놈으로 개조 중이다.

머릿속에선 지금 소리 없는 전투가 한창이다.

치륜총 부품 수십 개가 조립되었다가 다시 해체되길 반복했다.

조립하다가 마음에 안 들면 해체하고 부품을 바꿔 진행했다.

그런 식으로 서너 시간쯤 했을 때.

CPU가 과열된 컴퓨터처럼 머릿속이 뜨거웠다.

난 고통을 참고 더 빠르게 조립과 해체를 반복했다.

다 왔으니까 좀 만 더 해 보자고. 거의 마지막이야.

아니, 아니 그거 말고. 이보다 더 좋은 건 없나?

음, 됐나? 됐다!

난 온실을 박차고 뛰어나가 팔을 벌렸다.

즉시, 찬바람이 사방에서 매섭게 달려들었다.

다행히 공랭 쿨러의 효과가 좋아 온도가 금세 내려갔다.

흐미, 뇌가 녹는 줄 알고 식겁했네. 이게 과부하인가?

근데 사람 뇌도 이런 식으로 과부하가 걸리나?

이럴 줄 알았으면 뇌도 오버클럭 해 놓을걸.

뇌가 적정 온도를 유지 중임을 깨닫고 얼른 온실로 돌아갔다.

잊어먹기 전에 빨리 기록해 놔야지.

난 머릿속에서 완성한 설계도를 종이에 그렸다.

설계도는 한 장으로 끝나지 않았다.

치륜총 자체를 다룬 설계도만 수십 장이고.

규격이 적힌 부품 설계도는 그 열 배가 넘는다.

먹을 갈라고 부른 왕두석이 손목이 아프다며 엄살떨 정도다.

완성한 설계도는 바로 선포전 금고에 보관했다.

그리고 관계자 외엔 아무도 열람하지 못하게 했다.

때마침 화기 사업부에 만든 공방도 완성되는 운빨이 터졌다.

설계도와 공방이 있단 소리는 시험 생산이 가능하단 뜻이다.

독자 설계한 총의 프로토타입 생산이 멀지 않았다.

온실로 박영준, 카시니를 불러 계획을 설명했다.

"박 부장은 치륜총 생산 공정 전체를 지휘, 감독하게."

"공정 전체를 말이옵니까?"

"명색이 부장인데 당연히 그래야지. 물론, 그러려면 공정 전체를 손바닥 보듯이 꿰뚫고 있어야겠지. 그리고 각 부품을 독자 제조할 만한 기술도 있어야 할 거고. 부장이 부품 규격도 제대로 모르는데 밑에 있는 장인들이 진심으로 따르겠어?"

"따르지 않겠지요. 아니, 무시하겠지요."

"잘 아네. 할 수 있겠지?"

박영준은 비장한 표정으로 머리를 조아렸다.

"이번 일에 목숨을 걸어 보겠사옵니다."

"말만 하지 말고 진짜 걸어 보는 건 어때?"

"최, 최선을 다해 보겠사옵니다."

난 고개를 돌려 카시니를 보았다.

"카시니 과장은 총신 생산 공정을 책임져 주게."

"총신만입니까?"

"총신이 결국 핵심이잖아. 카시니 과장은 거기에만 전념하라고."

"알겠습니다."

카시니는 불만이 있어 보였지만, 일단 수긍했다.

이봐, 나도 이건 어쩔 수 없다고.

물론, 박영준도 날 배신할 수 있겠지. 청과 왜국에 스카우트되어 기술을 팔아먹지 말란 법은 없으니.

그래도 왠지 카시니보단 박영준이 더 믿음이 갔다.

카시니를 지금보다 더 믿기 위해선 시간이 필요했다.

그건 그렇고.

이제 전에 없던 산업 시스템을 적용할 순간이다.

내가 생각한 대로만 되면 난 엄청난 힘을 얻게 된다.

41장. 자본주의가 이래서 무서운 거라고

난 넌지시 암시했다.

"생산 공정에도 큰 변화가 있을 거야."

긴장한 박영준이 목소리를 낮춰 물었다.

"어떤 변화이옵니까?"

"무슨 간첩 지령이라도 받는 거야?"

"예?"

"목소리는 왜 낮춰?"

"그냥 그래야 할 것 같아서……."

"평소대로 해."

"예, 전하."

"전에는 장인 몇 명이 조총을 처음부터 끝까지 다 만들었지. 카시니, 자네가 있던 유럽에서도 이런 식으로 만들었겠지?"

"거의 그렇습니다."

난 손가락을 까딱거렸다.

"근데 우리 화기 사업부는 이런 고전적인 방식에서 탈피할 거야. 각 장인이 치륜총에 들어가는 부품 하나, 혹은 두 개 정도만 생산하는 거지. 출근해서 퇴근할 때까지 계속 말이야."

"……."

뭐야? 이해가 안 가나?

어쨌든 계속하자고.

"그렇게 하면 하루에 생산하는 부품의 개수가 크게 늘겠지. 손에 완전히 익어 숙련되면 개수야 당연히 더 늘어날 테고."

박영준은 처음 들어 보는 생경한 방식에 많이 놀란 모양이다.

"그럼 조립은 누가 하는 것이옵니까?"

"포인트를 잘 짚었어."

"예?"

"사소한 건 넘어가자고."

"예, 전하."

"조립, 후처리, 성능 검사는 아예 생산 공정에서 떼어 낼 거야."

"……."

"사실, 부품을 만들기가 어려운 거지, 조립이나 옻칠하는 작업이 그렇게 어려운 일은 아니잖아. 장인은 부품 제조에 전부 투입하고 조립 등은 민간 직원을 고용해서 하는 거야."

카시니의 입이 왕파리가 들어갈 정도로 벌어졌다.

"그럼 확실히 생산량이 엄청나게 늘겠군요."

난 카시니의 어깨를 툭 치며 칭찬했다.

"그게 바로 신공정의 핵심이지! 뛰어난 품질을 지닌 화기를 신공정으로 대량 양산해 경쟁 기업을 압도하는 거라고! 그러면 세계의 화기 시장을 우리 화기 사업부가 독점할 수 있겠지! 하하, 부자가 된다고 생각하니까 벌써 떨리지 않나?"

너무 광기에 차서 말했나?

움찔한 두 사람이 상체를 살짝 뒤로 젖혔다.

아무튼. 포드가 자동차 시장을 먹었듯이 난 화기 시장을 집어삼키는 거다.

전쟁이 끊이지 않는 난세임을 생각하면 정말 돈 되는 장사다.

나중에 죽음의 무기 상인이라고 불려도 상관없다.

역사만 봐도 안다. 돈 많고 강한 놈이 장땡이란 걸.

그런 상황에서 위선을 떨어 봐야 꼴만 우스워지지.

난 미리 생각해 둔 공정을 설명했고.

박영준과 카시니는 주의 깊게 듣고 돌아갔다.

얼마 후. 정비를 마친 화기 사업소는 신공정을 적용해 생산에 들어갔다.

물론, 첫술부터 배부를 순 없다.

여기저기서 삐걱대는 소리가 들렸다.

만들기 쉬운 부품은 재고가 쌓이고.

만들기 어려운 부품은 재고가 항상 부족했다.

장인들도 고충을 토로했다.

전엔 장인들이 일종의 무기 아티스트였다.

쇠를 두드려 총신을 만들고 호두나무를 조각해 총 틀을 짰다.

당연히 조립도, 옻칠 같은 후처리도 장인이 했다.

근데 지금은 부품 하나만 달랑 생산하는 단순 근로자 신세다.

여기서 오는 괴리가 장인들을 괴롭혔다.

다행인 점은 내가 그 치료법을 안단 거다.

바로 금융 치료다!

금융 치료는 두 가지로 이루어진다. 하나는 넉넉한 기본금이고. 다른 하나는 실적에 따라 지급되는 인센티브다.

즉, 많이 만들면 월급도 많이 받는 시스템이다.

인센티브에 대해 들은 장인들은 미친 듯이 생산에 열중했다.

흐흐, 자본주의가 이래서 무서운 거라고.

오너는 직원에게 주인 의식을 좀 가지라고 지랄할 게 아니다.

지분, 성과급, 각종 복지 혜택으로 이익을 분배해라.

그럼 없던 주인 의식이 1퍼센트 정돈 생길지 모르니까.

며칠 후. 박영준과 카시니는 프로토타입 세 정을 들고 북원을 찾았다. 나야 이미 소식을 듣고 북원에 와 있었고.

박영준이 떨리는 손길로 치륜총 시제품을 바쳤다.

“책에서 본 대로 만든 프로토타입 1형이옵니다.”

난 시제품을 받아 빠르게 훑었다.

일단, 무겁고 마감이 투박하단 인상이 강했다.

뭐 그거야 어쩔 수 없는 부분이지. 무게를 줄인다고 총신을 줄이면 그건 무기가 아니라 룰렛이다.

총알이 어디 가서 맞을지 사수도 모른단 뜻이다.

카빈 같은 기병용 소총이 주목받는 건 강선이 나오고 나서다.

마감도 차차 나아지겠지.

17세기 기술로 만든 총에 예술적인 디자인을 바라는 건 사치다. 오히려 감성적인 것보다 사용자 편의에 집중해야 한다.

이건 벽에 걸어 놓고 자랑하는 윈체스터 같은 골동품이 아니다. 적을 쏘는 무기다.

정확히 말하면 적을 죽이는 병기다.

치륜총의 핵심은 휠이 불꽃을 피워 점화할 수 있느냐에 있다.

외관을 확인한 난 빈총으로 직접 시험했다.

네모난 구멍이 뚫린 소형 스패너로 휠 액슬을 감았다.

휠 액슬에는 스프링 장치가 있었다.

그래서 스패너로 돌리면 스프링이 늘어나 인장력이 생긴다.

그리고 이 인장력이 휠락 머스킷의 핵심이다.

모든 준비를 마치고 방아쇠를 당겼다.

그 순간. 휠 액슬이 회전하며 용두에 물린 황철석을 긁었다.

파팟!

다섯 번의 시험에서 세 번은 완벽했고 두 번은 불안정했다.

뭐 프로토타입 1형이니까 이해해야지.

일단 책에 나온 대로 휠이 작동한단 점이 중요하니까.

난 남은 두 자루를 왕두석과 홍귀남에게 주었다.

"너희 두 명이 실탄으로 시험해 봐라."

홍귀남은 탐욕스러운 아귀처럼 얼른 총을 받았다.

반대로 왕두석은 머뭇거리다가 억지로 총을 받으며 물었다.

"폭, 폭발하진 않겠지요?"

"그럼 과인이 쏠까?"

왕두석이 얼른 손사래를 쳤다.

"아, 아니옵니다. 전하보다는 소관이 다치는 게 낫지요."

"잘 아는구나."

"역, 역시 폭발할 수도 있는 거군요?"

"해 떨어진다."

얼른 사대로 간 두 사람은 재빨리 장전했다.

난 멀찍이 떨어져 소리쳤다.

"다섯 발 쏴서 많이 맞히는 쪽이 이기는 거다!"

왕두석이 고개를 돌리며 물었다.

"혹시나 해서 드리는 말씀인데 지는 쪽에 벌칙이 있사옵니까?"

"원래는 없었는데, 네 말을 들으니 갑자기 벌칙이 있어야겠단 생각이 드는군. 지는 놈은 창덕궁까지 오리걸음으로 간다."

"그, 그건 소관에게 너무 불리하지 않사옵니까?"

"포기하면 포복으로 기어서 간다."

"어, 어서 시작하시지요."

사격 실력은 확실히 홍귀남이 월등했다.

첫발부터 표적을 정확히 맞혔다. 재장전도 훨씬 빨랐다.

프로토타입 1형이라 재장전은 책에 나온 교본을 철저히 지켰다.

용두를 젖히고 스패너로 휠 액슬을 돌렸다.

이어 총구에 화약, 총알, 헝겊을 넣고 꽂을대로 쑤셨다.

끝으로 점화용 화약을 약실에 붓고 마무리해 표적을 조준했다.

그런 상태에서 방아쇠를 당기는 순간.

약실이 열리고 휠 액슬이 회전하며 불꽃이 튀었다.

타앙! 곧 적당한 거리에 놓인 표적에 구멍이 뚫렸다.

홍귀남은 불발탄 하나를 뺀 네 발을 표적에 맞혔다.

심지어 다 표적 정중앙이었다.

반면 왕두석은 홍귀남보다 거의 2분 늦게 사격을 완료했다.

거기다 명중탄은 한 발이었다.

두 발은 불발탄이고 두 발은 표적을 한참 벗어났다.

왕두석이 터벅터벅 걸어와 풀 죽은 목소리로 말했다.

"소, 소관이 졌사옵니다."

"왕 선전관은 오리걸음으로 돌아오고 나머진 돌아가자."

그때, 홍귀남이 급히 나와 머리를 조아렸다.

"소관도 왕 선전관과 오리걸음으로 가겠사옵니다."

"뭐야? 동정이야?"

"아니옵니다."

"굳이 하겠다는데 말릴 순 없지. 좋아. 그렇게 해."

왕두석과 홍귀남은 오리걸음으로 환궁했고, 나머진 춘당대에서 열린 연회에 참석해 성공의 기쁨을 나눴다.

◆ ◈ ◆

왕두석과 홍귀남이 환궁했을 땐 이미 연회가 다 끝난 뒤였다.

왕두석이 홍귀남 어깨를 툭 치며 웃었다.

"홍 선전관, 이번에는 네 신세 크게 졌다."

"신세는요. 선배님이 벌을 받으시는데 후배가 어찌 춘당대에 앉아 편히 먹고 마실 수 있겠습니까. 너무 그러지 마십시오."

왕두석이 입맛을 다셨다.

"그래도 오늘 연회에 맛있는 음식이 많이 나왔을 텐데 그걸 못 먹어서 아쉽네. 다음엔 나도 입방정을 덜 떨어야겠어."

그 순간. 그 말을 들은 것처럼 상선이 유령처럼 나타났다.

"이보게들!"

"아오, 깜짝이야."

왕두석이 놀라 뒤로 넘어가는 모습을 보고 상선이 낄낄거렸다.

"왜? 놀랐어?"

"상선 나으리는 고양이처럼 목에 방울이라도 걸어 드려야겠습니다. 그래야 사람 놀래키는 악취미가 없어질 거 아닙니까?"

"늙은이의 유일한 낙인데 너무 매몰차게 그러지 말게."

"허허, 그렇게 말씀하시면 제가 또 할 말이 없지 않습니까."

"그보다 늙은이 팔 빠지기 전에 이것들부터 하나씩 가져가게."

상선이 양손에 든 바구니를 하나씩 건넸다.

왕두석과 홍귀남이 바구니를 받아 들며 물었다.

"뭡니까?"

"전하께서 자네들이 오면 주라고 하신 잔치 음식일세."

"우, 우리한테요?"

"심지어 잔치하고 남은 음식도 아니네. 다 새로 한 것들이지."

히죽 웃은 상선은 두 사람 어깨를 두드려 주고 돌아갔다.

왕두석이 나오지도 않는 눈물을 억지로 짜냈다.

"역시 전하께선 츤데레시라니까."

바구니 안을 살펴보던 홍귀남이 물었다.

"츤데레가 무슨 말입니까?"

"너도 알잖아?"

"뭐를요?"

"전하께서 가끔 이상한 말을 쓰신다는 거."

"아, 알다마다요. 정말 그럴 때마다 등골이 서늘하죠. 무슨 뜻인지 정확히 알아맞혀야 전하의 기분을 알 수 있으니까요. 한데 츤데레는 정말 무슨 뜻인가요? 유추가 전혀 안 되는데."

왕두석은 피식 웃고 나서 대답했다.

"츤데레는 아마 겉은 차가워도 속은 따뜻한 남자란 뜻일 거야."

"아아, 그럼 지금 상황에 딱 맞는 말이군요. 역시 선배님은 전하를 오래 모셔서 그런지 이런 쪽에 빠삭하십니다."

"그 빠삭하단 말도 전하께서 자주 쓰시는 말이지."

"하하, 저도 전하의 말투가 입에 밴 것 같습니다."

"아무튼 우리 임무는 전하를 잘 모시는 거야. 안전하게, 그리고 불편함이 없으시도록. 그러면 우린 임무를 다하는 거지.”

“그래도 부럽습니다. 선배님은 전하의 성격을 잘 알고 맞춰 드리는데 전 그런 쪽에 소질이 전혀 없는 것 같아서요.”

“그냥 농을 치시면 잘 대꾸해 드려. 그럼 즐거워하시니까.”

“알겠습니다.”

왕두석은 진지한 표정으로 희정당 쪽을 바라보았다.

“나도 잘은 모르지만, 전하께서 추진하시는 일이 잘 풀리면 왠지 조선이 지금까지와는 전혀 다른 길을 걸을 것 같아. 우린 지금 그 역사의 현장에 있는 셈이지. 어쩌면 우리 이름도 실록 같은 역사서에 몇 줄 나올 수도 있단 뜻이야. 후손이 역사서를 읽어 보고 욕 못 하게 앞으로 더 잘하자.”

“물론입니다.”

두 사람은 둘만 아는 결의를 마치고 돌아갔다.

화기 사업부는 프로토타입 1형의 성공으로 자신감을 얻었다.

덕분에 오래 걸리지 않아 프로토타입 2형을 완성했다.

프로토타입 2형은 박영준, 카시니의 설계를 내가 보완한 작품으로 현재 조선의 기술력으로 만들 수 있는 최첨단 제품이다.

곧바로 북원 사격장에서 테스트가 진행되었다.

프로토타입 2형은 1형과 차이점이 몇 개 있다.

우선 더는 스패너로 휠 액슬을 돌릴 필요가 없다.

스프링 장치를 좀 더 정교하게 만들어 이를 해결했다.

두 번째로 약실을 확실히 폐쇄하는 데 공을 들였다.

새는 가스의 양을 최대한 줄이기 위해서다.

마지막으로 페이퍼 카트리지 활용에 중점을 두고 개발했다.

"시작하지."

굳은 표정으로 군례를 취한 왕두석과 홍귀남이 사대로 향했다.

그들의 손엔 따끈따끈한 프로토타입 2형이 들려 있었다.

그들은 사대에 서서 바로 장전에 들어갔다.

우선 용두를 젖혀 고정하고 약실 개폐 버튼을 눌렀다.

탁! 약실이 열리며 약실 접시가 드러났다.

홍귀남은 주머니에서 카트리지를 꺼내 이로 흰 부분을 찢었다.

흰 부분은 점화 화약이 있는 곳이다.

바로 점화 화약을 약실 접시에 붓고 버튼을 눌렀다.

버튼에 달린 스프링 덕에 약실 뚜껑이 바로 닫혔다.

다음엔 총을 수직으로 세우고 카트리지 검은 부분을 찢었다.

검은 부분에는 추진용 화약과 총알이 있었다.

남은 카트리지 전체를 총구에 넣고 개머리판을 땅에 찍었다.

그 충격으로 화약과 총알이 안으로 약간 밀려 들어갔다.

마지막엔 꽂을대로 총구를 박박 쑤셔 장전했다.

이제 남은 순서는 쏘는 것뿐.

나도, 박영준도, 카시니도 모두 숨을 멈췄다.

이미 공방에서 시험 사격을 거친 총이다.

그래도 사수가 직접 사대에서 시험해 보는 건 다르다.

이 한 방으로 성패가 드러나진 않아도 긴장되기는 마찬가지다.

부디 폭발하지만 말아라!

그리고 폭발하지 않을 거면 표적도 좀 맞혀 주고.

요즘 이거 때문에 밤에 잠도 못 잔다.

제발!

42장. 이대로 진행해

이런 바람을 알 리 없는 홍귀남은 무심하게 발사를 준비했다.

총을 견착한 홍귀남은 용두를 당기고 조준에 들어갔다.

조준은 이번에 도입한 가늠자와 가늠쇠를 이용했다.

명사수답게 표적 조준은 금방 끝났다.

찰칵! 석상처럼 정지한 홍귀남은 손가락만 움직여 방아쇠를 당겼다.

방아쇠와 연결된 스프링이 풀리며 휠 액스가 돌았다.

그러면서 자연스럽게 용두에 물린 황철석을 긁었다.

파팟! 불꽃이 번쩍하는 순간.

연기가 흐르며 총성이 들리고 총구가 솟았다.

다행히 발사는 사고 없이 정상적으로 이뤄졌다.

곧 표적지 근방에서 OOO라 적힌 깃발이 올라왔다.

OOO는 표적 중앙에 맞았단 신호다.

난 망원경으로 표적을 확인하고 감탄했다.

이야, 대단하네.

홍귀남의 재능은 예상을 넘어 내 뺨을 후려칠 정도였다.

아니, 왕복으로 싸대기를 갈기는 수준이다.

프로토타입 2형을 처음 써 보긴 홍귀남도 마찬가지다.

근데 동작이 물 흐르듯 자연스럽다.

무슨 무용가가 춤을 추는 것 같은 모습이다.

더 신기한 건 장전이 갈수록 빨라진단 점이다.

사격 몇 번에 감을 잡은 건가.

난 속으로 시간을 재며 속도를 계산했다.

1분에 평균적으로 네 발을 쏘는 속도다.

물론, 홍귀남을 샘플로 삼아선 절대 안 된다.

그는 특출한 재능을 지닌 명사수다.

일반 사수로 예상하면 1분에 두 발에서 세 발이다.

사실 더 고무적인 일은 따로 있다.

홍귀남이 쏜 다섯 발 전부 명중이란 점이다.

내가 보완한 설계 덕분인지 불발률이 현저히 낮아졌다.

통계로 쓰기엔 표본이 적지만 어쨌든 괄목할 만한 성장이다.

왕두석도 실력이 늘어 다섯 발 중 네 발을 맞혔다.

이런 테스트가 한 달 동안 매일 진행되었다.

테스트에서 발견된 문제는 바로 수정했다.

마침내 통계로 쓸 만한 표본을 얻은 난 관계자를 모아 명했다.

"통계가 아주 좋다. 서유럽회사 화기 사업부는 지금부터 양산에 들어가도록. 프로토타입 2형의 정식 명칭은 보라매다!"

"예, 전하!"

이곳에 와 처음으로 뭔갈 해냈단 기분이 드는 날이다.

◆ ◈ ◆

봄이 막 기지개를 필 무렵.

난 서유럽회사 화기 사업부를 시찰했다.

보라매 생산 공정은 지시대로 이루어졌다.

장인들은 본인의 부스에서 가장 자신 있는 부품을 생산했다.

보라매에는 스프링만 해도 세 종류가 들어간다.

메인 스프링, 용두 스프링, 약실 뚜껑 스프링.

그 외에도 휠 샤프트, 휠 브래킷, 휠 캠 시리즈가 있고.

거기에 약실, 용두까지 합치면 주요 부품만 10개가 넘어간다.

현대에선 공작 기계로 정밀 가공하거나, 레이저로 깎아 만든다. 근데 17세기 조선에선 장인이 손으로 만든다.

그냥 보고만 있어도 경이롭단 생각이 들 정도다.

쇠를 달궈 망치질 몇 번 하면 형태가 잡힌다.

형태가 잡히면 고정해 놓고 비틀고 휜 다음에 다시 두드린다.

두들기는 강약 조절이 예술이다.

얼마 지나지 않아 부품 하나가 뚝딱 만들어졌다.
물론, 공정이 여기서 끝나면 편하지만 아쉽게도 그렇지 않다.
원시적인 캘리퍼로 사이즈를 체크한다.
보라매 부품은 모두 규격이 정확히 나와 있다.
사이즈가 조금이라도 다르면 검수 공정에서 되돌려 보낸다.
이젠 눈대중으로 넘어가는 시대는 끝났다.
금속 부품 공정을 지나면 총신 공정 파트가 나왔다.
총은 역시 총신이 핵심이다.
지금도 화로 수십 개가 풀가동이다.
곧 이곳저곳을 바삐 뛰어다니는 카시니가 보였다.
카시니는 총신 담당 임원이라 쉴 틈이 없었다.
총신 공정 파트를 지나면 목재 가공 파트가 나온다.
여기선 떡갈나무, 호두나무로 총 틀을 제작한다.
정밀한 작업이라 장인의 손길이 프로 조각가 같다.
마지막에는 부품을 검사하는 검수 공정이 있고.
거길 넘어가면 이제 일반 조립 파트다.
일반 직원들이 한창 보라매를 조립 중이었다.
조립이 끝난 보라매는 성능 검사장에서 1차 시험을 거친다.
통과하면 옻칠 같은 후처리를 하고 2차 시험을 거친다.
2차 시험까지 성공해야 창고로 이동한다.
다 둘러보고 났을 때.
박영준이 걱정 반, 기대 반의 표정으로 물었다.
"어떻사옵니까?"

"아주 좋아. 이대로 진행해."

"예, 전하."

"그리고 이건 직원들이랑 회식하는 데 쓰고."

왕두석이 옆에서 두툼한 보따리를 꺼내 건넸다.

박영준도 회식비를 한두 번 받아 본 게 아니었다.

사양하지 않고 바로 챙겼다.

환궁하기 전에 박영준을 은밀히 불렀다.

"삐까뻔쩍한 놈으로 몇 자루 만들어 보내게."

"삐까뻔쩍이라면?"

"왜 있잖은가? 모르는 사람이 봐도 와 개비싸겠네 하는 것들."

"알겠사옵니다. 우리 장인들은 대부분 금세공을 할 줄 압니다. 그 삐까뻔쩍한 보라매도 준비하는데 어렵지 않을 겁니다."

"그럼 박 부장만 믿고 돌아갈게. 치장에 쓸 금하고 은은 홍귀남이 가져다줄 거야. 삥땅 치지 말고 눈이 뒤집히게 만들어 봐."

"염려 마시옵소서."

시찰하고 환궁해 온실을 찾았다.

조용히 생각할 거리가 있어서다.

내가 온실에 있는 동안엔 아무도 가까이 오지 않는다.

심지어 왕두석이나, 홍귀남도 밖에서 대기한다.

어차피 온실 안이 들여다보여 경호에 문제 생길 일도 없다.

보라매 작업 덕분에 서브 퀘스트를 두 개나 클리어했다.

서브 퀘스트 16

무기를 개발하라!

-절대적 평화는 있을 수 없습니다. 유저는 신무기 개발을 적극적으로 진행해 군 전력을 항상 최고 상태로 유지하세요.

클리어 유무: 클리어

보상: 룰렛 1회 추첨권

서브 퀘스트 17

무기를 생산하라!

-개발과 생산은 엄연히 다른 뜻입니다. 신무기 개발에만 만족하지 말고 양산 시스템을 갖추어 유사시를 대비하세요.

클리어 유무: 클리어

보상: 룰렛 1회 추첨권

휴, 이제야 추첨권 다섯 장 모았네.

타노스 건틀렛도 아니고 모으기 개빡셌어.

빨리 룰렛부터 돌리자.

개인 스킬 중에 하나를 지정해 1레벨 상승 가능

오오오! 첫판부터 장난질이야? 아니, 첫판부터 터지는 건가?

왠지 오늘은 운빨이 좋은데. 이거 대박 나는 날 아냐?

계속 가즈아!

수명 365일 증가

뭐 그럴 수 있지.
세 번째 가즈아!

개인 기본 스탯 5포인트를 지정해서 추가 가능

레벨 올리는 데 포인트가 필수니까. 괜찮네.
네 번째선 나오겠지?

수명 365일 증가

이, 이제 하나 남은 건가?
제발, 제발, 제발.

꽝!

이런 시발! 첫 끗발이 개 끗발이라더니 딱 그 짝이네.
그래도 하나 나온 게 어디냐.
마르지 않는 샘 레벨부터 올리자.

마르지 않는 샘(SSS)
유저는 특정한 수련을 통해 수명을 무한대까지 늘릴 수 있다.

※이 액티브 스킬은 발견할 확률이 제로에 가깝습니다.

호흡 레벨: 2

동작 레벨: 3(↑1)

수명 레벨: 2

동작이 호흡보다 빡세니까 여기선 동작 레벨을 올리자.

앞으론 호흡에 집중해 올해 안에 꼭 3레벨 찍어야겠어.

스탯 포인트는 무력에 몰빵하고.

개인 스탯!

이연 (+11,002)

레벨: 3

무력: 39(↑6) 지력: 47(↑1) 체력: 39(↑1) 매력: 43(↑1) 행운: 52(↑1)

열심히 일한 덕분인지 무력 말고도 다 올랐네.

주식 장으로 치면 강세장인가?

내 주식 차트에선 파란 막대기만 봤었는데.

그건 그렇고 무력하고 체력 1만 올리면 4레벨인가?

무력을 올릴 방법은 있지.

실전용 무예도보통지에서 백병전 부분은 따로 국선도라 불렀다.

국선도는 맨손, 도검, 창, 총검 파트로 나뉘었다.

근데 국선도가 정말 실전에서 쓸 만하냐고?

당연하지.

독해 스킬로 개고생하며 만들었는데 효과가 없으면 섭하지. 특히 맨손 격투 파트는 자랑할 만한 수준이고.

맨손 격투는 수박도에다 MMA를 끼얹어 만들었다. 그 MMA 부분은 도서관에서 100일짜리 책을 빌려 충당했고.

책엔 그래플링의 제왕이라 불리는 레슬링, 유도, 주짓수는 기본이고 입식 타격의 대표인 복싱, 킥복싱 등도 상세히 나와 있었다.

뭐 이런다고 실전에서 백 퍼센트 이길 거라곤 생각 안 한다.

그래 봤자 실전에선 대부분 개싸움일 거니까.

그래도 배워 두면 쫄진 않을 거 아냐?

그것만 해도 괜찮은 소득이지.

관우정에 가서 이번에 완성한 무예로 무력 스탯을 올리려는데.

똑똑똑! 온실 문을 두드리는 소리가 나서 고개를 돌렸다.

덩치가 산만 한 백인 아저씨가 손을 모으고 공손히 물었다.

"들어가도 될까요?"

"그래, 들어와."

"감사합니다."

어색한 우리말로 대답한 백인 아저씨가 문을 열고 들어왔다.

백인 아저씨의 정체는 바로 대령숙수 얀 클라슨이다

수염을 기른 백인 아저씨가 궁인이 입는 관복, 관모에 하얀

앞치마를 두른 모습이 꽤 이색적이어서 시선을 떼지 못했다.

나 외에 온실에 들어올 수 있는 유일한 사람이 클라슨이다.

온실에서 기르는 채소로 요리하려면 어쩔 수 없다.

얀 클라슨은 토마토를 심은 쪽으로 걸어가며 말했다.

"오늘 저녁 메뉴는 고기 토핑을 잔뜩 올린 피자입니다."

"그래? 이거 벌써 침이 고이는데."

물론, 얀 클라슨은 피자라는 음식을 몰랐다.

내가 토마토소스로 만드는 요리를 알려 줘 만들기 시작했다.

덕분에 어젠 점심으로 맛있는 파스타도 먹었고.

"저번에 만든 햄도 넣을 건가?"

얀 클라슨이 토마토를 바구니에 담으며 대답했다.

"좋아하시는 소시지, 햄, 베이컨을 다 넣을 겁니다."

얀 클라슨이 대령숙수로 오면서 확실히 육류 요리가 늘었다.

"아이들은 어때?"

"둘 다 건강합니다."

"그래, 애들은 건강한 게 최고지."

얀 클라슨은 네덜란드 선원 중에서 가장 먼저 가정을 꾸렸다.

그리고 아이들을 누구보다 사랑하는 아빠였다.

그 바람에 그완 따로 계약할 필요가 없었다.

그는 자진해서 남았다.

아마 떠밀어도 죽으면 죽었지, 안 떠날 공산이 크고.

그는 얼마 전에 호패를 받아 정식으로 조선에 귀화했다.

클라슨과 수다를 떨다가 관우정으로 자리를 옮겼다.

현재 관우정은 두 배 이상 커졌다.
지금은 헬스클럽 겸 사육장 겸 MMA 훈련장이었다.
MMA 훈련장에는 링, 매트, 샌드백 등이 새로 자리를 잡았다.
운동복으로 갈아입고 나오니 백두가 달려들었다.
백두도 이제 제법 늑대 티가 나는데.
왕두석이 얼마나 잘 먹였는지 털이 비단결처럼 고왔다.
"앉아."
초급 사육사 스킬 덕에 백두는 개냥이나 다름없었다.
바로 앉아 혀를 내밀고 헥헥거렸다.
"귀여운 놈. 엎드려, 굴러, 짖어, 돌아, 점프!"
백두는 명령을 정확히 이해하고 바로 수행했다.
"야, 네가 두석이보다 훨씬 낫다."
뒤에 있던 왕두석이 헛기침하며 물었다.
"그래도 전 사람인데 백두하고 비교는 좀 그렇지 않사옵니까?"
"그럼 백두는 가만히 있고 두석이 엎드려!"
얼굴이 붉어진 왕두석이 머리를 긁적였다.
"보는 사람도 많은데 그건 좀……."
"뭐야, 백두는 하는데 두석이는 못하잖아. 백두야, 가서 물어!"
"으아악, 너무하십니다요!"
그 말에 왕두석이 문 쪽으로 줄행랑을 놓았다.
먹이를 놓친 백두는 문 앞에서 왔다 갔다 하며 이를 드러냈다.
내 허락 없인 절대 관우정을 나가지 못하기 때문이다.
왕두석은 그걸 알고 관우정 밖으로 내뺀 거다.

"이리 와, 백두야! 간식 먹자."

간식으로 가져온 육포를 찢어 던져 주었다.

백두가 이단 점프까지 해 가며 육포를 전부 받아먹었다.

허, 그놈 참 재주도 많네.

다 먹고 나선 배를 까고 간절한 눈빛으로 나를 쳐다보았다.

배를 만져 달란 뜻이다.

난 배를 긁어 주며 혀를 찼다.

"두석이가 백두 반만 닮았어도 이렇게 예뻐해 주는데 말이야. 너도 그렇게 생각하지, 백두야? 어구, 어구, 착하다, 착해."

어느새 돌아온 왕두석이 그 말을 듣고 혀를 삐죽 내밀었다.

"소관도 평소에 그렇게 예뻐해 주시면 안 되나요?"

"그럼 너도 백두처럼 누워서 배를 까. 긁어 줄게."

"제, 제 배는 제 손으로 긁겠사옵니다."

"잘 생각했다. 나도 네 배 긁고 싶진 않아."

그 말에 옆에 서 있던 홍귀남이 참지 못하고 풉 하며 웃었다.

홍귀남도 점점 적응해 가는군.

딱딱한 놈보다는 위트가 있고 리액션을 아는 놈이 좋지.

이러니까 무슨 예능 찍는 것 같네.

어쨌든 분위기는 화기애애해 좋다.

43장. 자, 이제 쇼타임이다!

난 관우정을 둘러보았다.

넓긴 해도 늑대가 살기엔 좁았다.

슬슬 후원에서 키워야 할 것 같은데 사람 물까 봐 걱정이네.

"귀남아."

"예, 전하."

"백두를 후원에 풀어놓고 키워도 될 것 같냐? 넌 몇 달 전까지 착호군이었잖아. 사냥개나, 늑대에 대해 좀 알 거 아니냐?"

"후원 밖으로 나가지 말라고 가르치십시오."

"야생 짐승이 그걸 알아듣겠어?"

"왕 선전관과 백두가 같이 있는 모습을 많이 봤는데 눈을 가리고 보면 오히려 백두가 더 사람 같을 때가 있사옵니다."

"하하, 그건 농담이냐?"

"아니옵니다."

"흠, 그래? 알았다."

난 백두의 머리를 양손으로 잡고 명령을 내렸다.

"내 허락 없인 사람을 물면 안 돼!"

백두가 신기하게도 머리를 끄덕였다.

이야, 사육사 스킬은 초급인데도 대단하네.

나중에 고급 스킬이 나오면 용도 부리겠어.

"후원 밖으로 나가도 안 되고!"

백두는 또 머리를 끄덕였다.

"애꿎은 토끼나, 여우 같은 거 괴롭히지 말고 하루에 세 번 꼭 관우정에 와서 밥 챙겨 먹고! 이거만 지키면 내보내 줄게."

흥분한 백두가 머리를 열심히 끄덕였다.

"좋아. 가서 뛰어놀아."

백두는 혀로 내 얼굴을 한번 핥고 후원으로 뛰어갔다.

백두를 보내고 나서 왕두석, 홍귀남을 상대로 무예를 수련했다.

그래플링과 타격기를 번갈아 수련했다.

그렇게 세 시간쯤 했을 때 드디어 무력 레벨이 올랐다.

이제 레벨업까지 체력 1포인트만 남은 건가.

이참에 체력도 올려 버리지, 뭐.

조깅하려고 신발을 갈아신는데.

상선이 갑자기 들어와 아뢰었다.

"호조판서 이시방 대감이 들었사옵니다."

음? 재정이 빵꾸 났나?

"들어오라고 하시오."

성품이 부드러워 언제나 반쯤 웃는 얼굴이던 이시방이 오늘따라 침중한 표정으로 들어와 읍을 했다.

"알현을 윤허해 주셔서 황송하옵니다."

뭐지? 왜 이렇게 표정이 무거워?

우리 재정이 그 정도로 엉망인 거야?

내가 알기론 그 정돈 아닌데. 그럼 개인적인 일인가?

혹시 아파서 쉬고 싶다고 말하려는 건가?

어디 아픈 것 같진 않는데. 혹시 이시백 대감 일인가?

이시백 대감 나이가 여든에 가까우니.

그 나이 땐 한 치 앞도 예상할 수 없는 법이다.

이시방이 몇 번 망설이다가 입술을 깨물며 아뢰었다.

"전하, 비보를 전하게 되어 황공하옵니다."

난 조깅화를 내려놓고 벌떡 일어섰다.

"이시백 대감 일이오?"

"그렇사옵니다. 오늘 낮에 형님이 세상을 떠났사옵니다."

난 순간 아무 말도 할 수 없었다.

여러 가지 감정이 스쳐 지나갔기 때문이다.

설마 내가 시킨 일 때문에 과로사한 건가?

아니면 원래 역사에서도 이맘때쯤에 죽었나?

이시백이 죽었으면 군제 개혁은 어떻게 하지?

다른 사람에게 인계해서 마무리 지어야 하나?

그렇다면 누가 좋을까? 이완, 아니면 유혁연?

그 순간. 이시방이 소매 속에서 책을 한 권 꺼내 바쳤다.

"형님이 세상을 떠나기 전에 완성한 군제 개혁 방안이옵니다."

"아."

갑자기 얼굴이 붉어지네. 이시백을 믿지 못한 내가 밉다.

이시백은 그럴 사람이 아닌데.

난 책을 받고 나서 이시방을 위로했다.

"상중인데 궐까지 들어오게 해 미안하오. 가서 상을 치르시오."

"형님이 돌아가시기 전에 유언으로 다른 사람 손을 통해 전하지 말고 신이 꼭 직접 들고 들어가 진상하라 하였사옵니다."

"이시백 대감은 만고의 충신이오. 곧 시호를 정해 내리겠소."

"성은이 망극하옵니다."

절을 올린 이시방은 상가로 돌아갔고.

난 벤치프레스에 걸터앉아 책부터 읽었다.

읽기, 독해 스킬 덕에 꽤 두꺼운 책을 몇 분 만에 다 읽었다.

으음, 대단한데.

이시백이 연구한 군제 개혁은 크게 세 가지다.

첫 번째는 조선에 필요한 병력이었다.

양란, 정묘호란 등을 연구해 산출한 결과.

조선을 지키려면 중앙군은 최소 5만, 지방군은 3만이 필요했다.

두 번짼 모든 병력을 상비군으로 편제하는 방안이다.

그리고 세 번째! 사실, 이게 개혁의 핵심이지.

이시백은 상비군 운용을 위해 호포제 도입을 강력히 추천했다.

맞다. 그 호포제다.

조정에서 윤휴가 벌이는 헛짓거리로 치부하던.

호포제는 간단히 말하면 가호마다 군포 한 필을 걷는 제도다.

이렇게 해서 모은 군포로 상비군을 유지하는 거다.

여기서 짚고 넘어가야 할 점이 하나 있다.

바로 가호의 범위다.

이시백은 모든 양인 가호를 대상으로 해야 한다고 주장했다.

양인은 양반, 중인, 상민을 아우르는 말이다.

즉, 이시백은 양반도 군포를 내야 한다고 주장한 것과 같다.

양반도 징수 대상이란 점에서 호포제는 조세 저항이 엄청나다.

원래 양반은 과거를 준비해야 해서 군역을 면제받는다.

근데 호포제를 도입하면 군대는 여전히 안 가는 대신에 전엔 내지 않던 군포를 꼬박꼬박 내야 한다.

공짜로 군역을 회피하던 양반으로서는 손해 보는 느낌이다.

미친 얘기 같지만, 대다수 양반이 저렇게 생각한다.

그래서 호포제는 썰만 많고 실제로 도입된 적은 없다.

아, 있구나.

홍선대원군 때 가까스로 호포제를 도입하긴 했다.

이미 조선이 막장 테크를 탄 다음이어서 그렇지.

가만? 지금이 히든카드를 써야 할 때가 아닐까?

아껴서 나중에 국 끓여 먹을 것도 아니고.

그래, 다시 오기 힘든 기회인데 트라이는 해 보자고.

난 천장을 보며 한참을 고민하다가 상선을 불렀다.

"이시백 대감을 문상 가야겠소. 준비하시오."

"직접 행차하시겠단 말씀이옵니까?"

"충신이 안타깝게 세상을 등졌소. 가서 얼굴이라도 비춰야지."

"이시백 대감은 나이가 여든에 가깝사옵니다."

"세상엔 죽을 나이 같은 건 없소. 호상은 개소리지."

"바로 금군에 일러 채비하겠사옵니다."

상선도 북원 일을 아는 사람이다.

당연히 내 외출을 꺼릴 수밖에.

흉수라도 잡혔으면 모르는데 아직 오리무중이다.

곧 내시부, 금군이 총동원되어 외유 준비를 마쳤다.

난 말을 타고 진선문, 금천교, 돈화문을 거쳐 대궐을 벗어났다.

당연히 궐 앞을 지나가던 백성들은 깜짝 놀라 엎드렸다.

임금의 공식 행차는 쉽게 보기 어렵다.

임금도 외유할 땐 대부분 미복해 양반으로 위장한다.

지금처럼 융복을 입고 말을 탄 임금을 보는 경우는 드물다.

가마는 느리고 불편해 요즘은 외출할 일 있으면 차라리 말을 타는 편이다.

왕두석이 선두에서 행차를 이끄는 사이.

홍귀남은 긴장한 표정으로 내 말고삐를 잡고 걸었다.

아직 해가 저물기 전이라 날이 환했다.

솜씨 좋은 스나이퍼라면 언제든 저격할 수 있다.

솔직히 말하면 나도 쫄렸다.

그래도 지금은 이럴 수밖에 없다.

내가 잘 알던 영감이 죽어 문상 가는 중이 아니다.

임금으로서 조국에 충성을 다한 충신을 예우하러 가는 거다.

위험하고 거추장스러워도 이렇게 가는 수밖에 없다.

발 없는 말이 천 리 간단 말이 맞나 보다.

이시백 대감 집은 아직 멀었는데 벌써 관원들이 보인다.

모두 내가 온단 소문을 듣고 부리나케 달려온 자들이다.

얍생이 같은 놈들.

문상 왔으면 조용히 절이나 하고 갈 일이지.

어쨌든 내관에 금군에 관원에 떠들썩한 행차였다.

곧 상중이란 등불이 걸린 대문이 보였다.

내가 온단 소식을 들은 상주들이 나와 기다리고 있었다.

위로의 말 몇 마디 건네고 나서 상주의 안내를 받아 들어갔다.

영의정을 역임한 대신의 집치곤 꽤 소박했다.

안채와 사랑채, 작은 마당이 전부였다.

곧 문상하러 온 대신들이 앞다투어 인사를 올렸다.

"다 아는 얼굴들이구만."

정태화가 침중한 표정으로 대꾸했다.

"이시백 대감이 생전에 두루 교분을 나눈 덕이겠지요."

"그 말이 맞는 것 같소. 과인도 중요한 일정도 미루고 왔으니."

사실 클라슨이 만든 피자를 안 먹은 거지만 그냥 넘어가자.

난 주위를 다시 둘러보았다. 당상관이 날 에워싸는 바람에 그렇지, 당하관도 꽤 많이 보였다.

이건 뭐 여기가 조정이나 다름없네.

하긴 이시백은 존경받을 만한 커리어를 가진 인물이지.

남인과도 척을 크게 지지 않았고.

실제로 문제의 남인 3인방이 전부 문상하러 왔다.

이조참판 허목은 볼과 눈꼬리가 아래로 처져 늘 웃는 상이다.

물론, 인상만 그렇단 거다.

실제론 소리장도란 말처럼 웃음 속에 칼을 감춘 자다.

그걸 아는 자들은 그래서 그를 상대하기 꺼린다.

송시열의 최대 정적이기도 하고.

불길하게 허목이 웃으면서 다가왔다.

"전하께서 이렇게 직접 문상을 와 주신 걸 보면 이귀, 이시백 두 부자가 생전에 세운 공을 잊지 않으셨다는 뜻이겠지요."

이귀 집안은 인조반정으로 일어섰다.

인조반정은 서인이 일으킨 정변이다.

즉, 내가 서인을 편애하면 재미 못 볼 거란 말을 하는 거겠지.

나도 질 수야 없다.

커뮤니티에서 갈고닦은 비꼼 스킬을 좀 써야겠네.

"허 참판도 죽기 전에 제대로 된 공을 많이 세우시오. 그럼 오지 말라고 해도 과인이 가서 곡을 하고 절도 할 테니까."

허목은 얼굴색 하나 변하지 않고 주변 사람들에게 농담했다.

"이제부터라도 정신 차리고 제대로 된 공을 세워야 하나 봅니다. 그래야 전하께서 소생의 신주에 절을 하는 희귀한 광경이 벌어질 테니까요. 아, 물론, 난 이미 죽어 볼 수 없겠지요. 여러분이 나 대신 보고 나서 저승에 와 얘기해 주시구려."

그 말에 몇몇이 작게 웃음을 터트렸다.

아마 상중이 아니었으면 더 크게 웃었을 거다.

이어 얼굴이 불콰한 풍채 좋은 술꾼이 다가왔다.

"신 우승지 윤휴가 상감마마께 인사 올립니다."

"윤 승지는 이미 제삿술을 많이 먹은 모양이군."

"하하, 존경하던 선배를 보내는 날인데 술 석 잔은 마셔야지요."

삼십 잔이겠지.

몇몇이 상갓집에서 크게 웃은 윤휴를 탓했다.

물론, 윤휴는 독고다이하는 자라 전혀 개의치 않았다.

심지어 윤선거 같은 서인이 주는 술도 넙죽넙죽 받아마셨다.

마지막을 장식한 이는 호조참판 윤선도였다.

내 또래에게는 국어 교과서에 나오는 사람으로 더 유명하다.

아마 시조에선 정철과 투탑이려나?

윤선도가 시조 마스터가 된 이유가 금방 드러났다.

"전하, 인평대군 사가에서 부리는 머슴들이 무고한 백성들을 잡아다가 사사로이 매질하는 등 그 패악이 심상치 않사옵니다. 아랫것을 잘못 가르친 복녕군, 복창군 등의 관작을 삭탈하고 행패를 부린 머슴을 추포해 엄히 처벌하시옵소서."

아아, 맞는 말이긴 하지.

근데 상갓집에서 들이대는 건 너무하는 거 아니냐고.

이러니 서인, 남인 할 거 없이 다 학을 뗀 건가?

조정에서 안 불러 주니 심산유곡에 처박혀 시조나 지었겠지.

그래도 유배만 보낸 거 보면 재주는 뛰어난 모양이다.

재주가 아까워 안 죽인 거나 마찬가지니까.

"나중에 합시다. 이곳은 고인을 기리는 자리요."

"하지만 전하……."

"그만하시오."

허목이 얼른 흥분한 윤선도의 입을 막고 구석으로 데려갔다.

윤선도가 떠나고 나서 왕인파가 다가왔다.

영수인 이경석을 필두로 조경, 권시, 허적, 이현일 등이었다.

조금 떨어진 곳엔 윤증과 비슷한 나이대의 젊은 관원 셋이 서 있었다.

그중 한 명이 남구만이었고 다른 둘은 외모가 비슷했다.

남구만은 왜소하고 눈꼬리가 처진 전형적인 학자풍 사내였다. 대학원을 한 10년 다니면 저렇게 되지 않을까?

그렇다고 후줄근한 인상이 재능을 덮진 못했다.

남구만은 행정에 통달한 전문 관료였다.

미래의 총리감이라 할 수 있지.

고개를 돌려 남구만 옆에 있는 왠지 닮은 두 명을 살펴보았다.

박세채와 박세당이었다.

육촌 사이인 그들은 사리에 밝았다.

그래서 행정보단 기획통이 더 어울렸다.

이어 가장 최근에 합류한 권대운이 인사를 해 왔다.

"전하, 오랜만에 뵙사옵니다."

"권 참의가 이경석 대감을 도와 중간에서 많은 일을 한다고 들었네. 앞으로도 계속 힘써 주게. 앞으로 더 바빠질 거야."

"미력하나마 최선을 다하겠사옵니다."

그 순간. 이시방이 다가와 조용히 아뢰었다.

"전하, 제례 준비가 끝났사옵니다."

"갑시다."

"신을 따라오시옵소서."

난 이시방을 따라나서기 전에 이경석에게 속삭였다.

"제례를 마치고 해야 할 일이 있소. 주요 인물을 모아 놓으시오."

"여기서 말이옵니까?"

"오늘, 여기서 해야 말빨이 서는 일이오."

"알겠사옵니다."

난 이경석에게 윙크해 주고 제실로 들어갔다.

곧 상주의 도움을 받아 절을 올리고 향을 사르며 생각했다.

내가 시킨 일 때문에 과로하여 병을 얻은 건지도 모르겠소.

그렇다면 미안하오.

저승에서 만나거든 욕이라도 한 바가지 해 주시오.

하지만 그 결정을 후회하진 않소.

대감의 유산이 조선군을 반석에 올릴 것이기 때문이오.

아무튼 오늘 일은 기필코 성공해야 하오.

아직 혼백이 남아 있다면 내게 힘을 주시오.

난 속으로 명복을 빌고 나서 마당으로 나갔다.

자, 이제 쇼타임이다!

44장. 뭔가 의심스러운데

장수는 전투 전에 무기를 정비한다.

그리고 이번 일은 전투였다.

더욱이 혼자 싸우는 외로운 전투일 공산이 크다.

무기 정비는 필수다.

물론, 내 무기는 스킬이고.

액티브 스킬!

액티브 스킬

1. 마르지 않는 샘

2. 초급 협상가

3. 초급 멘탈리스트

초급 협상가는 60퍼센트의 확률로 원하는 결과를 도출한다.
초급 멘탈리스트는 같은 확률로 상대가 호감을 느끼게 한다.
근데 오늘 일은 60퍼센트가 아니라, 꼭 성공해야 한다.
액티브 스킬 세 개를 다 동원하는 일이 있더라도.
난 잠시 고민하다가 결국, 마르지 않는 샘을 뺐다.
처음엔 제거한 적 없는 스킬이라 불안했다.
다행인 점은 이건 쿨다운이 없단 거다.
바로 뺄 수도 있고 슬롯만 비면 다시 장착할 수도 있다.
후유증도 크지 않았다. 몸이 약간 무거워진 점 정도.
하여튼 이상한 스킬이라니까.
액티브인데 패시브 같고 패시브 같은데 실제로는 액티브고.
SSS의 위엄인가? 아무튼.
빈 슬롯에는 따끈따끈한 신작을 장착했다.

액티브 스킬
1. 초급 카리스마
2. 초급 협상가
3. 초급 멘탈리스트

장착됐군. 난 발동하기 전에 초급 카리스마 정보를 읽었다.

초급 카리스마! (C)

위엄을 발산해 대중을 60퍼센트의 확률로 굴복하게 만든다.

스킬 지속 시간: 1시간

스킬 재사용 대기시간: 800시간

이 스킬을 쓰면 60퍼센트의 확률로 대중을 굴복시킨다.

문제는 같은 대상에게 스킬을 두 개 써 본 경험이 없단 점이다.

더구나 이번엔 세 개를 연달아 써야 할지도 모른다.

걱정이 되지 않을 수 없다. 서로 충돌하는 건 아니겠지?

그나마 충돌하는 정도라면 괜찮다.

효과가 상쇄되어 버리면 더 큰일이니까.

그래도 여기까지 왔는데 물러설 수야 없지.

난 융복 자락을 펄럭이며 사랑채로 걸어갔다.

횃불과 등롱을 걸어 놓아 주변이 대낮처럼 환했다.

신하들은 좁은 사랑채 방 안에 옹기종기 모여 있었다.

그 모습이 꼭 출퇴근 피크 때의 신도림역을 연상시켰다.

제길, 드러운 기억을 떠올리게 만드네.

지옥은 들어가도 저긴 못 들어가겠다.

"날도 선선한데 다들 나와서 얘기합시다!"

신하들은 군말 없이 사랑채 앞으로 모였다.

자기들도 힘들었나 보네.

2, 3분쯤 자리 잡을 시간을 주었다.

그러면서 슬쩍 훑어보니 무리가 세 개다.

가장 큰 무리는 역시 서인이다.

정태화, 정유성, 원두표, 심지원 같은 정승부터 송시열, 송준길, 김수항, 김좌명, 윤선거 같은 중진까지 면면이 화려했다.

거기에 당하관까지 합치면 절반을 훌쩍 넘었다.

이들은 종주로 이이, 성혼 두 명을 섬긴다.

나중에는 거기에 사약 먹고 죽은 송시열이 추가되고.

두 번째 무리는 남인이다.

허목, 윤휴, 윤선도를 중심으로 근기 남인이 대거 집결했다.

기호 남인은 소수고 영남 남인은 거의 전멸이다.

제일 적은 쪽은 왕인이다.

권시처럼 여기저기 다 걸친 자를 합쳐도 열 명이 넘지 않았다.

뭐, 양이 중요한가? 질이 중요하지.

근데 이런 말은 꼭 쪽수에서 밀린 쪽이 하더라고.

문제는 쪽수도 적은데 왕인을 보는 눈빛이 곱지 않단 거다.

서인 출신은 서인에게, 남인 출신은 남인의 손가락질을 받았다. 젊은 쪽이 특히 더 그랬다.

이경석, 조경이야 이미 일가를 이룬 인물이라 뭐라 하지 못했다. 반면, 젊은 쪽은 혈연과 인척, 스승과 제자로 얽혀 있다.

윤증은 송시열 제자고 남구만은 송준길 제자다.

제자가 스승을 배신한 셈이다.

군사부일체라는 조선에선 쉽게 보기 힘든 일이다.

중진을 빼앗긴 남인도 허적, 권대운을 보는 눈이 곱지 않다.

다만 한 가진 마음에 들었다.

왕인 중 누구도 부끄러워하지 않는단 점이다.

이미 본인의 길을 확실히 정한 사람들답다.

줏대가 있어 환경에 쉽게 영향을 받지 않는단 의미니까.

자, 잡설은 여기까지 하고 본론으로 들어가자!

난 융복 소매에서 책을 꺼내 높이 들었다.

"보시오!"

신하들의 눈이 일제히 내가 들어 올린 책에 쏠렸다.

"과인은 이시백 대감에게 군제를 개혁할 방안을 만들어 오라 했소. 그리고 이시백 대감은 오늘 세상을 떠나기 직전에……."

여기선 한 템포 쉬어야 한다.

그리고 감정이 충분히 고조되길 기다려 터트린다.

"본인의 남은 목숨을 오롯이 바쳐 만든 이 책을 과인에게 진상했소! 이 어찌 만고에 길이 남을 충신이라 하지 않겠소!"

신하들이 일제히 읍을 했다.

"그렇사옵니다!"

"고인은 다시없을 충신이옵니다!"

"충신을 기리기 위해 시호를 내려 주시옵소서!"

난 목을 한번 고르고 나서 말을 이어 갔다.

"이 책은 다섯 가지 개혁 방안을 담고 있소!"

"……."

"첫 번짼 뿔뿔이 흩어져 있는 군영을 훈련도감의 이름으로 통합해 군에 명확한 지휘 체계와 통일성을 부여하는 방안이오!"

첫 번째 방안부터 반발이 만만치 않았다.

직장을 잃을 위기에 처한 군부만이 아니었다.

서인과 남인도 같이 난리 쳤다.

조선 후기에 왕이 지나치게 당파의 눈치를 본 이유는 하나다.

왕이나 국가가 아닌 당파가 군을 소유했기 때문이다.

숙종 시기에 남인은 유혁연을 통해 군을 장악했다.

서인은 더 심했다.

인사권을 쥔 그들은 각 군영의 수장에 매번 서인을 앉혔다.

정조가 장용영을 만들려고 했던 이유도 그 때문이다.

난 즉시 초급 카리스마를 발동했다.

확률에 기대는 상황이 못마땅해도 어쩔 수 없다.

"다들 조용하시오!"

통했나?

수군거림이 점차 잦아들면서 정적이 찾아왔다.

난 신하들의 눈과 표정을 살폈다.

당황한 자도 있고 겁을 먹은 자도 있었다.

통했다!

"방안을 모두 설명하고 반대하는 이유를 듣겠소!"

"……."

"두 번째는 중앙군, 지방군 할 거 없이 전부 상비군 체제로 운영해야 한단 방안이오! 병농일치의 폐단은 이미 양란을 거치며 다들 실감했을 거요. 반대하지 않을 거로 믿겠소!"

믿었지만, 그 믿음이 날 배신했다.

송준길이 바로 태클을 걸어왔다.

그는 60퍼센트의 확률이 통하지 않은 모양이다.

"전하, 상비군의 효과를 모르는 이가 여기 몇이나 있겠사옵니까? 다들 그 재정을 마련할 방법이 없단 사실을 잘 알아 추진하지 못했을 뿐이옵니다! 해결 방안도 있으시옵니까?"

난 송준길을 쏘아보며 소리쳤다.

"과인의 말을 끝까지 들어 보면 자연히 알게 될 거요!"

송준길이 지지 않고 뭐라 하려는데 송시열이 슬쩍 제지했다.

송시열과 눈빛을 교환한 송준길은 이내 입을 닫고 물러섰다.

송시열은 무슨 속셈이지? 추진력을 얻기 위해 지금은 참는 건가? 아니면 다른 의도가 숨어 있나?

어쨌든 송시열 덕에 좌중은 다시 조용해졌다.

이유가 뭐든 내겐 시간을 벌어 준 셈이군.

"세 번째는 신무기의 과감한 도입이요! 네 번째는 과거에 얽매여 있는 전략, 전술을 현 실정에 맞게 수정하는 방안이오!"

"……."

"물론, 이러한 개혁을 실행하기 위해선 막대한 군비가 필요하오! 하여 이시백 대감은 마지막으로 호포제 전면 도입을 주장했소! 천인을 제외한 모든 양인 가호에서 군역을 면제해 주는 대가로 일 년에 군포 한 필을 무조건 징수하는 거요!"

우우웅! 무슨 벌떼가 우는 줄 알았다.

서인, 남인 가릴 거 없이 전부 미쳐 아우성쳤다.

정태화, 이경석 등이 진정시키려 했으나 소용없었다.

아휴, 성질 같아선 여기다 백두를 풀어 버리고 싶네.
살인 면허를 부여한 상태로 말이지.
아니면 기송일을 불러 휠윈드를 돌게 하든지.
그 순간.
"전하 앞에서 무례하게 이 무슨 짓이오!"
버럭 소리를 지른 이완이 달려와 내 앞을 태산처럼 막아섰다.
그뿐만이 아니었다. 환도의 날을 반쯤 뽑은 상태로 대신들을 죽일 듯이 노려봤다.
"계속 떠들어 보시오! 그럼 이 이완이 살과 뼈를 발라서 살은 돼지에게 주고 뼈다귀는 개에게 씹어 먹으라고 던져 줄 테니!"
어휴, 협박도 살벌하게 하네.
이완의 말에 다들 충격을 먹었다.
이완이 폭주해서 그런 게 아니었다.
그는 평소에도 자주 폭주한다.
충격을 먹은 이유는 그가 대표적인 서인 무관이어서다. 더구나 선대 때는 효종, 송시열이 내세운 북벌론의 첨병이었다.
그런 그가 반대하긴커녕, 나를 돕기 위해 나섰다.
이는 만천하에 자신이 왕인임을 천명한 셈이다.
이번 일의 파급력은 지대했다.
내가 개편한 훈련도감의 대장으로 이완을 유임하면?
드디어 군부가 오롯이 내 손에 들어온단 뜻이니까.
조선 중, 후기 임금 중에 아무도 못 가져 본 권력을 손에 쥔다.
난 든든한 이완을 수문장처럼 세워 놓고 선포했다!

"과인은 오늘 이 자리에서 이시백 대감의 유지를 이어받아 호포제를 실시할 것임을 선열과 종묘, 사직에 고하는 바이오!"

"……."

"물론, 반발이 많을 것임을 과인도 이미 예상했소! 각 당은 대표를 정해 보내시오! 과인이 직접 그들과 담판을 짓겠소!"

서인은 송시열, 왕인은 이경석이 대표로 나왔다.

무난한 인선이군.

남인은 결정하는 데 시간이 좀 걸렸다. 윤휴가 자기가 대표로 가겠다고 나선 탓에 난투극이 벌어졌다.

윤휴는 평소에도 호포제를 주장해 결과가 뻔했다.

다른 남인들이 그가 날뛰지 못하게 아예 완력으로 주저앉혔다. 결국, 남인 대표는 허목이 되었다.

난 세 사람을 사랑채로 데려가 초급 멘탈리스트를 발동했다.

빌어먹을! 초급 멘탈리스트는 안 통했다.

송시열, 허목은 여전히 딱딱한 표정이고.

이경석은 걱정을 감추지 못했다.

청나라 칙사에게 썼을 때와는 확연히 다른 결과다.

초급 협상가는 아껴 두고 반대급부부터 제시하자.

일단, 가장 문제가 되는 송시열에게 점수 좀 따 놓고.

"과인도 엄연히 사대부요. 그리고 가호를 책임진 가장이기도 하고. 그런 의미에서 과인도 매년 군포 한 필을 내놓겠소."

송시열은 배고픈 배스처럼 미끼에 바로 반응했다.

"사대부의 으뜸으로서 모범을 보이신다니 아주 훌륭하시

옵니다."

허목은 당연히 반대했다.

"전하, 군왕은 사대부와는 엄연히 다른 존재이옵니다. 어찌 군왕의 존엄을 스스로 훼손해 가치를 떨어트리려 하시옵니까?"

이경석도 허목과 같은 의견이었다.

"이번 일에 대해선 허 참판 말이 맞사옵니다. 군왕과 사대부가 어찌 같은 선에 놓일 수 있사옵니까. 거두어 주시옵소서."

나는 침중한 표정을 연기하며 고개를 저었다.

"그렇지 않아도 부담이 막중한 백성에게 또 다른 부담을 안겨 주게 되어 과인의 심정은 참으로 참담하기 그지없소. 고통을 분담하고자 하는 과인의 의지를 경들은 꺾지 말아 주시오."

양반과 천인 외에는 어떤 식으로든 군역을 치른다.

내가 지금 말한 백성은 양반을 제외한 양인인 셈이다.

허목은 합죽이처럼 입을 다물었다.

그저 마땅치 않단 표정으로 고개를 저을 뿐이었다.

이마에 피도 안 마른 어린놈이 후환을 남긴다고 생각할 테지.

왕도 사대부라고 인정하면 왕권에 기스가 나도 크게 나니까.

근데 그 후환이 바로 찾아올 줄은 나도, 허목도 몰랐을 거다.

송시열이 페인트 모션도 없이 스트레이트를 날렸다.

"전하께서 직접 군왕도 사대부라 인정하셔서 드리는 말씀이옵니다. 군왕도 사대부에 속해 군역을 치러야 한다면 다른 세금 역시 내는 게 온당하지 않겠사옵니까? 특히 내수사가 소유한 수많은 농지는 현재 전부 면세지인데 이를 혁파해 전세에 보탠다면 국가 재정이 훨씬 튼튼해질 것이옵니다."

호포제는 아예 논의 밖이고 내수사를 노리는 건가?

근데 너네도 세금 잘 안 내잖아?

너네가 언제 직접 농사지어 세금 냈냐?

다 전호나, 외거노비에게 소작 줘서 먹고 치웠지.

지들은 그사이 술이나 퍼마시고, 시조나 읊조렸을 테고.

거기다 향교, 서원이 가진 면세지는 또 얼마나 많냐?

공신전도 조사해 보면 내수사보다 규모가 더 클걸.

열받는데 확 들이받아?

아니지, 아니지. 지금은 참아야 한다. 이건 균전론을 추진할 때 하자. 지금은 호포제에 더 집중해야 해.

무엇보다 이거야말로 내가 원하던 상황이다.

송시열 덕에 히든카드를 쓸 빌드업이 완성됐다.

난 초보 협상가를 발동하며 딜을 걸었다.

"호포제를 받아들이면 내수사를 해체하겠소."

송시열은 빙그레 웃으면서 시원하게 콜했다.

"좋사옵니다. 내수사를 해체하면 호포제를 받아들이겠사옵니다."

어? 초보 협상가가 통한 건가?

근데 위력이 너무 좋은 거 아니야?

이렇게 스무쓰하게 넘어간다고? 뭔가 의심스러운데.

45장. 확실히 개빡치긴 하네

갑자기 날아온 강펀치에 허목은 뚜껑이 열렸다.

아니, 뚜껑이 박살 났다. 소리장도는 개뿔!

허목은 혀로 분노의 펀치를 쏟아 냈다.

"아니, 송시열 당신이 뭔데 감히 호포제를 받아들이겠다고 결정하는 거요? 그대가 조정 중신을 대표하기라도 한단 거요?"

여유만만한 송시열은 아웃복싱으로 상대했다.

"내가 어찌 조정 중신을 대표할 수 있겠소. 난 그저 내수사를 해체하면 우린 호포제를 받아들일 수 있다고 했을 뿐이오."

허공만 치던 허목이 갑자기 타깃을 바꿨다.

"전하께선 어찌 내수사를 해체하려 하시옵니까?"

"국가 재정이 탄탄해진다면야 뭔 일을 못 하겠소."

"윗전께선 아시는 일이옵니까?"

"이미 아뢰고 허락받았소."

"내수사를 해체하고 나선 왕실을 어찌 꾸려 갈 생각이시옵니까?"

"과인이 알아서 할 문제요."

"호포제를 시행하면 형편이 어려워진 많은 유생이 학업을 등한시하는 바람에 조정은 훌륭한 인재를 잃게 될 것이옵니다."

이게 문 개소리야.

"군포로 베 한 필 낸다고 형편이 어려워진 집이면 공부를 할 게 아니라, 농사를 지어 가정부터 살려야 하는 거 아니오?"

"지금도 많은 유생이 주경야독하고……."

개소리도 듣는 데 한계가 있다.

그럼 시발, 농부는 형편이 좋아서 군역에 요역까지 하는 건가?

지금 군포를 내지 못해 야반도주하는 가호가 몇 갠데.

"그래서 남인은 반대요?"

"그렇사옵니다."

"좋소. 이경석 대감은 어떻게 생각하시오?"

"내수사 해체를 윗전께 아뢨다면 호포제를 받아들이겠사옵니다."

"그럼 찬성이군."

난 자리를 박차고 일어나 대궐로 돌아갔다. 남은 자들이 멱살잡이하든, 머리끄덩이를 잡든 내 알 바 아니다.

조정은 다음 날부터 개판 오 분 전이 되었다.

아니, 그냥 개판이었다.

남인은 바닥만 있으면 드러누워 배 째라고 지랄이고. 성균관 유생들은 두 패로 나뉘어 찰진 디스를 주고받더니 다음 날, 돈화문 앞뜰에 꿇어앉아 울고불고 생난리를 쳐 댔다.

드랍 더 비트 끝에 호포제 시행 반대 쪽이 승리한 모양이다.

성균관 소식은 곧장 지방 향교에 전해졌다.

곧 지방 교육계에서도 대대적인 수업 거부 운동이 일어났다.

누가 보면 무슨 독립운동이라도 하는 줄 알겠다.

이런 일에 지주, 토호들이 빠질 리 없다.

팔도 생원, 진사 수백 명이 무슨 연판장 같은 걸 써서 보냈다.

말을 안 들어 처먹으면 천인소, 만인소 같은 걸 써서 보낸단다.

하, 복잡하게 하지 말고 그냥 만인소부터 보내.

상소나, 차자는 너무 많이 올라와 읽길 포기했다.

괜히 나무들에 미안해지네.

그렇다고 딜을 받은 서인이 조용하냐 하면 그건 또 아니었다.

여긴 영감 대 청년이 나뉘어 배틀을 벌였다.

영감들은 송시열의 의견을 존중하잔 쪽이 많았고.

청년들은 무조건 결사반대였다.

청년 측 주장도 얼핏 들으면 일리가 있었다.

꿀은 기성세대가 다 빨아 놓고 자기들한텐 왜 이러냐는 거다.

현대로 비유하면 사다리기 걷어차기쯤 된다 이거다.

근데 애초에 그 사다리가 이상한 거였지 않나?

아니, 사다리 자체가 거기 있으면 안 되는 거였지.

가장 차분한 쪽은 역시 왕인이었다.

그들은 균전론을 보고 들어온 인재들이다.

호포제 따위에 타격받을 멘탈이 아니다.

어쨌든 한 건 한 것은 맞았다. 시스템도 그렇게 말했다.

따당!

메인 퀘스트 6

옳은 방향으로 나아가라!

-유저는 주인 의식을 가지고 애민 정신에 입각해 국가 발전에 필요한 정책을 연구, 기획, 입안하여 정부가 옳은 방향으로 나아갈 수 있도록 최선을 다해야 할 의무가 있습니다.

클리어 유무: 클리어

보상: 행정 스탯 개방 및 상점 2차 개방

행정 스탯이 있었네. 뭔지 함 볼까?

조선 (+98,111)

레벨: 1

정치: 48(↑3) 행정: 34 경제: 23(↑3) 재정: 15(↑2) 국방: 42(↑2) 외교: 22(↑1) 교육: 28(↑3)

행정 스탯은 무난하군.

조선의 수명도 빠르게 늘어나는 중이고.

그나저나 상점 2차 개방은 내가 예상한 그거였으면 좋겠는데.

좋았어! 상점 2차 개방은 예상대로였다.

수명 101일부터 1,000일로 살 수 있는 액티브 스킬 입점이다.

뭐가 있나 아이쇼핑하다가 하루를 꼬박 날렸다.

내겐 스킬 상점이 명품 매장보다 더 흥미롭다.

"호포제는 천부당만부당한 일이옵니다!"

"호포제를 주장한 윤휴를 엄히 벌하시옵소서!"

"통촉하여 주시옵소서!"

"통촉하여 주시옵소서어어!"

온실에서 호흡 수련하다 말고 빡쳐서 일어났다.

하, 이 새끼들!

유생 놈들이 하도 소리를 질러 집중이 안 된다.

돈화문에서 온실까지 거리가 얼만데 목청 겁나 좋네.

차라리 유생 말고 성악을 하지 그랬냐.

그건 그렇고. 난 내수사를 걸었는데 베 한 필에 이렇게까지 지랄발광한다고?

아무래도 본보기가 필요하겠어.

난 온실에서 나와 희정당으로 향했다.

승정원 관원들이 상소와 차자를 계속 날라 왔다.

난 목침을 베고 드러누워 왕두석과 홍귀남에게 명을 내렸다.

"상소와 차자 중에서 내가 빡칠 만한 것 좀 골라내 봐."

"예, 전하."

두 사람도 상황이 심각함을 알았다.

별말 없이 죽치고 앉아 상소와 차자를 골랐다.

내가 이불로 귀를 싸매고 잠시 눈을 붙인 사이.

어느새 점심 먹을 때가 돌아왔다.

다 먹고 살자고 하는 건데 시간 있을 때 먹어 둬야지.

"오늘 메뉴는 뭐냐? 오, 떡볶이네."

수라간이 오늘은 더 분발한 모양이다.

점심으로 풀 토핑 떡볶이를 해 왔다.

가래떡에 삶은 달걀, 소시지, 그리고 내가 좋아하는 오뎅까지.

거기다 간장이나, 기름이 아니라, 고추장 떡볶이였다.

맛도 죽였다.

MSG하고 설탕이 없어 분식집보단 집 떡볶이 맛이 났다.

"오호, 오뎅도 만들고 실력 좋아졌네."

생선 살을 반죽해 튀긴 오뎅도 먹을 만했다.

"다음번엔 좀 더 어려운 메뉴를 시켜 봐야겠어. 라면도 되려나?"

사실, 여긴 즐길 거리가 없었다.

TV도 없고 게임기도 없고 컴퓨터도 없다.

심지어 소설도, 만화도 없다.

아, 소설은 몇 권 있다. 삼국지 같은 것들.

물론, 삼국지야 재밌긴 하다.

그래도 백날 그것만 읽을 순 없다.

대신, 그 갈증을 먹는 것으로 풀었다.

얀 클라슨을 고용하고 나선 더 심해졌다.

치즈나, 소시지 같은 서양 쪽 메뉴도 이젠 가능하기 때문이다.

소박한 꿈이 하나 있다면 전 세계 요리사를 숙수로 고용해 어디 안 가고 매일 내 방에서 전 세계 요리를 맛보는 거다.

아, 이건 소박한 게 아니라, 거창한 건가. 아무튼.

근데 뭐 하다가 여기까지 왔더라?

문득 뜨거운 시선이 느껴져 고개를 들었다.

왕두석과 홍귀남이 침을 꿀꺽꿀꺽 삼키고 있었다.

강아지가 식탁 밑에서 밥 먹는 인간 쳐다보듯이 쳐다보는군.

"너희도 먹어라."

그 말에 넙죽 인사한 둘은 남은 떡볶이를 순식간에 해치웠다.

그사이, 난 그들이 골라 놓은 상소와 차자를 확인했다.

"확실히 개빡치긴 하네."

왕두석이 오뎅을 오물거리며 대답했다.

"저희가 전하를 하루 이틀 모셔 봅니까."

"인마, 다 먹고 나서 대답해야지."

"이, 이게 너무 맛있어서요."

"그건 맞는 말이다. 떡볶이가 매력이 있긴 하지."

난 다시 상소 하나를 읽어 내려갔다.

지방 유생이 올린 상소인데 내용이 가관이다.

짧게 줄이면 내수사 해체는 너무 늦은 감이 있고 호포제는 조선 유생의 씨를 말릴 거라 절대 해서는 안 된다고 한다.

더 가관은 오히려 유생이 더 편하게 공부할 수 있게 군역, 요역, 공납, 즉 조선의 모든 조세를 면제해 달라고 한 거다.

이게 말이야, 방귀야?

이 새끼 아주 맞는 말만 처하네. 처맞는 말!

"두석아."

왕두석이 수염에 고추장을 묻힌 채로 대답했다.

"예, 전하."

"수염에 묻은 것 좀 닦고."

잠시 후. 왕두석이 내게 얼굴을 들이대며 물었다.

"다 닦았사옵니까?"

"그래."

머리가 크면 얼굴도 크다. 아직도 많이 남았다.

뭐 사소한 것들은 대충 넘어가자.

"가서 이 상소 쓴 놈 좀 잡아 와라."

"알겠사옵니다."

며칠 후, 상소의 주인공이 잡혀 왔다.

놀랍게도 70대 할배였다.

과거를 50년 동안 봤는데도 여전히 유생이었다.

진사, 생원조차 못한 거다.

그럼 50년 동안 뭘로 생활했냐고?

집이 근방에서 알아주는 부자란다.

알아보니 전호와 외거노비 수십 명에게 소작을 주고 있었다.

심지어 이젠 상속이 안 되는 공신전으로 이 짓거릴 해 왔다.

예전 공신전이면 몰라도 인조 때 받은 공신전이면 빼박이다.

예전엔 공신전을 상속시켜 줬지만, 세금이 모자라 금지되었다. 해서 요즘엔 공신이 죽으면 개평만 남기고 회수한다.

후손이 개평으로 공신 제사라도 지내 주란 의미다.

물론, 공신전은 당연히 모두 면세지다.

심지어 공납 대신 내는 대동미조차 안 낸다.

당연히 회수되었어야 할 공신전을 아들놈이 계속 소유한다?

이건 지방 관아와 커넥션이 있지 않고선 있을 수 없는 일이다.

오호라, 이거 건수 좀 되겠는데.

"상선!"

"예, 마마."

"국문을 열겠소!"

"어명을 받들겠사옵니다!"

곧 금군, 형조, 의금부가 총동원되어 추포와 조사가 이뤄졌다.

난 강대산에게 연락해 좀 더 세밀한 조사를 지시했다.

얼마 후. 현직, 전직 지방 수령과 향리 10여 명이 국문장으로 끌려왔다.

괜히 호포제 상소 올렸다가 잡혀 온 할배가 하소연했다.

"전하, 상소가 마음에 들지 않는단 이유로 기개 있는 유생을 잡아 국문한다면 조선에 누가 있어 바른말을 하겠사옵니까! 결국, 전하 주위에는 간신배들만이 들끓을 것이옵니다!"

"아닌데."

"예?"

"뭔가 착각하는 것 같은데, 상소 내용 때문이 아니야."

"그, 그럼 무엇 때문에?"

"니가 공신전을 네 맘대로 상속받고 나서 불법으로 소작을 줘 끌려온 거지. 야, 니 맘대로 할 거면 나라가 왜 필요하냐? 그냥 짐승들처럼 힘 있는 놈이 약한 놈 잡아먹으면서 살면 되지. 뒤에 있는 수령 놈들은 네게 뇌물 받은 놈들이고."

"억, 억울하옵니다!"

"그래, 잘도 억울하겠다."

난 상선이 건넨 보고서를 읽었다.

강대산이 조금 전에 올린 따끈따끈한 보고서였다.

"하, 이 새끼. 아주 가지가지 해 먹었네. 흉년에 고리대금으로 주변 농가 전체를 초토화시켜 그 땅도 다 뺏어 잡쉈구만."

"억울하옵니다!"

"먹고살 방도가 없어 스스로 목숨을 끊은 일가족도 있고. 고리에 지쳐 야반도주한 가족은 심지어 다섯 가구나 되네."

"억울하옵니다!"

"거기다 남의 마누라를 뺏어 첩으로 만든 일만도 세 번이나 되고. 그 나이에 뭔 여자에 환장해서……. 에이, 내 입만 더러워지네. 그만하자. 넌 당연히 네 죄를 인정하지 않겠지?"

"억울하옵니다!"

"그래, 계속 억울해라."

난 옆을 슬쩍 보았다.

삼정승을 비롯한 대신 대부분이 참관하러 와 있었다.

표정은 다들 험악했다.

다들 이번 국문에 불만이 많은 모양이다.

뭐 저들이 보기엔 그럴 만도 하지.

내가 국면 전환용으로 이런다고 생각할 테니까.

실제로 그게 맞기도 하고.

좀만 기다려 봐. 호포제보다 훨씬 더 스릴 있게 해 줄게.

아직 봄이지만 아주 무서운 납량 드라마가 될 거다.

액티브 스킬!

액티브 스킬

1. 마르지 않는 샘

2. 중급 최면술

3. 초급 좀비

이젠 마르지 않는 샘이 없으면 불안했다.

핸드폰 없이 잘 모르는 친척 집에 방문한 느낌이랄까.

초급 좀비는 체력 버스트 스킬이다.

호흡 수련에 매진하느라 얼마 전에 사용했다.

물론, 오늘 주인공은 따로 있다. 바로 중급 최면술이다.

중급 최면술! (B)

80퍼센트의 확률로 상대가 진실만을 말하게 유도한다.

스킬 지속 시간: 1시간

스킬 재사용 대기시간: 720시간

수명 300일짜리지만 효과는 마음에 든다.

난 스킬을 발동하고 국문했다.

"아직도 억울해?"

"당연히 억울하지, 이 애비도 없는 후레자식아!"

오우, 반응 보소.

이건 확실히 통했는데?

46장. 그럼 횡령이야.

난 코웃음을 쳤다.

“애비가 없는 건 맞지. 과인이 후레자식인 것도 어느 정돈 맞고. 그래도 그렇지, 임금에게 후레자식이 뭐냐, 후레자식이.”

옆에서 헛기침하는 소리가 계속 들렸다.

체통을 지키란 소리다.

“아무튼 인정하는 거야? 너에게 씌워진 혐의 말이야.”

“그래, 이 후레자식아. 아버지가 돌아가시기 전에 관원에게 뇌물을 주고 공신전을 몰래 내 명의로 옮겨 놓은 건 맞아. 흥, 그러고 보니 그쪽에도 내 뇌물을 처먹은 놈이 꽤 보이네.”

“그래? 그거 흥미로운데. 누군지 말해 볼래?”

그 말이 끝나기도 전에 여기저기서 욕하는 소리가 들려왔다.

"저런 찢어 죽일 놈 같으니라고!"

"감히 전하를 후레자식이라고 욕하다니! 네놈이 죽고 싶어 환장한 모양이구나! 전하, 저놈을 당장 요절내야 하옵니다!"

"맞사옵니다! 당장 고신하여 여죄를 밝혀내야 하옵니다!"

"고신도 필요 없사옵니다! 저놈이 이미 제 입으로 자백하지 않았사옵니까. 당장 극형에 처하고 재산을 몰수하시옵소서!"

갑자기 눈에 핏발이 서서 성토하는 대신이 한둘이 아니었다.

하, 새끼들. 많이도 받아 처먹었네.

이 새끼들을 어떻게 처리해야 잘했다고 칭찬받을까?

아니지, 지금은 괜한 데 힘쓰지 말자.

괜히 두 가지 다 하려다가 하나도 못 한다.

지금은 호포제 빌드업에 집중하자.

"그럼 공신전에서 나온 소작료로 고리대금한 것도 사실이야?"

"하하, 말해 뭐 하느냐. 보릿고개에 쌀 몇 되 빌려주면 가을에 빌려 간 놈 땅은 다 내 차지가 되는 거지. 거의 땅 짚고 헤엄치기나 마찬가지라니까. 너도 땅 많으니 그렇게 해 봐."

"아아, 그래도 명색이 임금인데 그런 거까지 내가 직접 하긴 좀 그렇네. 그나저나 넌 공신전에 대해 어떻게 생각하냐?"

"공신전? 이거야말로 하늘이 우리 가문을 사랑해서 주신 선물이지. 공신전만 갖고 있으면 전세도 안 내고 요역, 군역도 다 면제라니까. 그뿐만이 아니야. 소작료를 이용해서 농지를 무한대로 넓힐 수도 있다고. 괜히 나라에서 공신에게 줄

땅이 없다며 이젠 공신전 상속 못하게 한 게 아니라니까."

"흐음, 듣고 보니 정말 문제가 많네. 국가 재정이 어렵단 말에 왕실도 내수사를 포기했는데 공신전도 혁파 대상 아냐? 면세를 포기하든지, 아니면 국가에 귀속시키는 게 맞겠지?"

"당연하지. 한데 그게 제대로 되겠냐? 벼슬하는 놈 태반이 가문 대대로 물려받은 공신전을 어느 정도 갖고 있을 텐데. 거길 잘 파 봐. 아마 나 같은 놈이 수백은 더 있을걸. 아마 그 놈들 벌주면 조정이 마비될 거야. 다 잡혀 들어가서 말이야."

"하하, 대답 한번 시원해서 좋네."

그 순간. 대신들의 얼굴색이 허옇게 변했다.

호포제 안 받겠다고 난리 치다간 공신전이 나가리되게 생겼다.

호포제야 1년에 기껏해야 베 한 필이다.

근데 공신전은 밭 한 뙈기라도 베에 비할 바 아니다.

소작 주면 완전 면세로 알토란 같은 수익이 나온다.

편히 앉아 돈을 갈퀴로 긁는 수준이다.

국문은 사실상 거기서 끝났다.

누가 옆구리를 찔렀는지 허목이 슬쩍 다가와 속삭였다.

"전하, 남인은 협상할 준비가 되었사옵니다."

"좋소. 국문 끝나고 봅시다."

난 이번에 잡힌 자들을 전부 사철광산에 보냈다.

물론, 관광 보낸 건 아니다.

요즘 철이 부족하단 말이 많아 노역하라고 보냈다.

가서 죽든, 살든 그건 내 알 바 아니고.

할배가 소유한 땅, 노비 등은 몰수해 국고에 보탰다.

마음 같아선 꿀꺽하고 싶지만 보는 눈이 많았다.

눈물을 머금고 국고에 환수하란 명을 내렸다.

따당!

서브 퀘스트 18

본보기를 보여라!

-불가피하다면 본보기를 보여 신하들을 겁줄 필요도 있습니다. 물론, 너무 남발하여 반발심을 갖게 해서는 안 됩니다.

클리어 유무: 클리어

보상: 룰렛 1회 추첨권

그건 맞지. 매도 많이 맞으면 내성이 생기는 법이다.

보상은 일단 킵.

◆ ◈ ◆

곧 남인을 상대로 한 협상이 열렸다.

그렇다고 내가 협상까지 직접 한 건 아니다.

그걸 왜 내가 하고 있겠어?

허적, 권대운, 이현일에게 맡기면 되는데.

그들 셋도 엄연히 남인 출신이다. 알아서 잘할 거다.

병법에도 지피지기면 백전불태라 하지 않던가.

뭐, 남인은 남인 출신이 잘 알겠지.

며칠 후. 허적이 1차 협상 결과를 가져왔다.

"남인은 18개월에 베 한 필을 원하옵니다."

"개소리!"

"다시 협상하겠사옵니다."

다시 며칠 후.

"남인은 근기부터 순차적으로 호포제를 도입하길 원하옵니다."

"개소리!"

"다시 협상하겠사옵니다."

그런 식으로 몇 번 공이 오가고 나서 남인이 백기를 들었다.

내가 공신전 혁파 카드를 슬쩍슬쩍 만진 덕이다.

허적이 최종 협상 결과를 보고했다.

"12개월에 베 한 필, 팔도 동시 시행으로 합의를 보았사옵니다."

"서인 쪽은?"

"거긴 이미 그 조건에 동의했사옵니다."

"성균관 애들은?"

"복귀해서 강의를 듣고 있사옵니다."

"지방 쪽은?"

"잠잠하옵니다."

"좋아, 잘했네."

"황송하옵니다."

"하나 물어볼 게 있네."

"하문하시옵소서."

"그대가 한번 백두산을 정상까지 오른다고 상상해 보게. 근데 초입에서 산꼭대기를 올려다봤더니 길이 마침 두 갈래야."

"……."

"하나는 거북이처럼 느릿느릿해도 언젠간 정상에 반드시 도착하는 안전한 등산로고. 다른 하난 길이 험해서 떨어질 순 있지만 그래도 정상까지 훨씬 빠르게 갈 수 있는 지름길이고."

"……."

"그댄 어느 쪽 길이 더 마음에 드는가?"

"전하께선 지름길을 좋아하시는 듯하옵니다."

"과인이야 그렇지. 하지만 그래도 과인이 올라가는 건 아니잖아. 적어도 올라가는 사람의 의사 정돈 물어봐야지 않겠어?"

"신도 지름길이 좋사옵니다."

"좋소. 아마 살면서 오늘 내린 결정을 두고두고 후회할 거요."

허적이 미소를 지었다.

보통 이럴 땐 사탕발림이 따라오기 마련이다.

근데 그런 게 없어 오히려 재밌는 모양이다.

"그러나 흔들리지만 마시오. 그럼 멀지 않아 조선의 신하로서 누구도 누려 본 적 없는 엄청난 영예를 누리게 될 거요."

사탕발림이 괜히 사탕발림인가.

효과가 있으니 다들 애용하는 거지.

"성은이 망극하옵니다."

허적을 보내고 나서 삼정승, 도승지, 이조판서, 참판을 불렀다. 곧 정태화, 조경, 정유성, 김수항, 송준길, 허목 등이 입실했다.

"과인은 집현전 규모를 좀 더 확대해 호포제 시행을 전부 맡길 작정이오. 이는 군제 개혁, 국가 재정과 맞물린 중요한 개혁이오. 머뭇거려 동력을 상실할 이유가 없소. 의정부와 이조는 과인의 뜻을 존중해 속히 집현전을 확대 개편하시오."

김수항이 말이 끝나기 무섭게 입을 열었다.

"집현전은 상서롭지 못한 이름이옵니다."

"물론, 집현전의 마지막은 아름답지 못했소. 그러나 우리 조선이 가장 찬란하던 시절을 이끈 기관 역시 집현전임을 부정할 순 없소. 영광도, 오욕도 지난 역사일 뿐이오. 이름 따위에 현혹돼 중요한 실체를 보지 못하는 우를 범하지 마시오."

정유성이 김수항을 거들었다.

"전하, 당시 집현전이 하던 업무를 홍문관이 하고 있사옵니다. 차라리 홍문관을 확대 개편하는 방안은 어떻사옵니까?"

"집현전에선 앞으로 국가의 중요 사안을 기획, 추진해야 하오. 홍문관과는 업무가 다르단 뜻이오. 이 이야긴 이제 됐소."

묵묵히 듣고만 있던 송준길이 물었다.

"집현전은 어떤 체계로 운영하실 생각이옵니까?"

"굳이 복잡하게 할 필요 있겠소?"

"하오면?"

"세종 대왕 시절 체계를 따릅시다."

"알겠사옵니다."

다음은 가장 중요한 인사 문제였다.

원래 조정 인사는 의정부가 이조와 주도한다.

특히 이조정랑이 중요해 이 때문에 당파가 갈렸다.

가장 격론이 벌어진 부분은 집현전 수장인 영전사의 자리였다.

딱 봐도 개혁을 주도할 중요한 자리였다.

서인, 남인 모두 빼앗기지 않으려 했다.

송준길은 원두표, 심지원, 이후원 등을 천거했고.

허목은 윤선도를 밀다가 다들 질색하니까 홍여하를 밀었다.

홍여하는 전에 송시열을 탄핵했던 자다.

당연히 송준길, 김수항은 홍여하 카드를 극구 반대했다.

긴 논쟁 끝에 집현전 영전사는 정태화로 정해졌다.

정태화는 서인이긴 해도 당색이 옅고 성품이 너그럽다.

그래서 예송논쟁 시기에 영의정만 다섯 번 제수받았다.

그가 아니었으면 숙종, 경종 때 참사가 이때 벌어졌을 거다.

허목도 그래서 정태화 카드를 마지못해 동의한 거고.

빈 영의정 자리엔 실질적인 영의정이던 이경석이 옮겨 갔다.

2차 인사 회의는 며칠 후에 열렸다.

이번에는 이경석이 영의정 자격으로 들어와 회의를 주도했다.

졸지에 집현전을 맡게 된 정태화도 함께했다.

서인, 남인이 서로 자기 사람을 꽂아 넣으려고 발악하는 동안.

나도 내 사람을 꽂아 넣으려고 발악했다.

결국, 제학에 허적, 부제학에 이현일을 꽂는 성과를 이뤄냈다.

하, 힘드네.

물론, 그 대가로 그 외의 당상관 자리는 다 양보했다.

실무를 담당할 당하관 자리도 경쟁이 치열했다.

난 이경석, 조경의 도움을 받아 네 자리를 가까스로 따냈다.

그 바람에 정원을 늘려야 했지만, 결과는 만족스러웠다.

윤증과 남구만을 정 5품 교리에 임명한 데 이어 박세채, 박세당을 종 5품 부교리에 꽂아 넣는 쾌거를 이루어 한숨 놓았다.

일은 교리, 부교리가 다 한다.

한국 국회처럼 법안이 본회의도 못 가고 뱅뱅 돌 일은 없다.

곧 빈 전각 중 하나에 집현전 현판이 걸렸다.

업무야 현판이 걸리기도 전에 이미 시작되었고.

호포제는 선포만 한다고 알아서 추진되지 않는다.

조율, 협상, 설득, 강압 등 모든 정치 수단이 필요하다.

군포로 쓸 삼베, 면포, 비단의 시세와 가격 결정.

군포의 높은 수요로 생길 물가 상승 대비.

군포와 또 다른 실물 화폐인 곡물의 교환비.

수급한 군포를 보관하는 방안.

급격히 늘어난 향리 업무를 지원할 방안.

불성실 납세자를 응징하기 위한 법제 근거 마련 등등.

그래도 허적, 이현일 콤비가 있어 다행이었다.

이현일이 먼저 과격하게 들이받았다.

그럼 다들 파블로프의 개처럼 극렬하게 반대했다.

그때, 허적이 나서서 양측을 화해시켰다.

물론, 화해시키는 척만 했다.

실제론 우리 쪽에 유리한 방향으로 교묘히 몰아갔다.

상대가 뒤늦게 눈치챘을 땐 이미 돌이킬 수 없는 상황이다.

허적과 이현일이 데생을 마치면 젊은 관원들이 색을 칠했다.

넷 다 훗날 영의정에 오를 만한 인재였다.

호포제란 그림이 빠르게 완성되어 갔다.

마지막으로 정태화의 공도 빼놓을 수 없다.

정태화는 허적, 이현일을 측면 지원해 서인, 남인 강경파들의 공격에서 호포제의 기본 취지가 훼손되지 않게 도왔다.

나도 가만있지 않았다.

음으로, 양으로 확실히 지원했다.

반대파에게는 살벌한 경고 메시지도 전달했다.

"두석아."

"예, 전하."

"상의원에 가서 베 100필을 가져오너라."

"옷이 아니라, 베를요?"

"왜? 옷 한 벌 해 줘?"

"정말 만들어 주시게요?"

"실은 공짜로 주마. 니가 상의원에 가서 베틀로 직접 짜서 입어라. 단, 철릭 한 벌을 다 만들기 전까진 나올 생각 말고."

"하하, 소관은 지금 입고 있는 철릭이 마음에 드옵니다."

웃어젖힌 왕두석은 상의원으로 뛰어가서 베 100필을 주문했다.

내관, 금군이 베를 희정당으로 옮긴다고 한창 부산을 떨었다.

"이건 베값이다."

내가 건넨 은덩이에 상의원 제조가 깜짝 놀랐다.

"베값을 치르시겠단 말씀이옵니까?"

"군포로 낼 건데 대궐 자산을 유용할 순 없지. 그럼 횡령이야."

"알, 알겠사옵니다."

난 가져온 베 100필 중 세 필을 홍귀남에게 건넸다.

"넌 이 베 세 필을 선정전, 빈청, 인정문 쪽에 잘 보이도록 전시해라. 옆에는 임금이 낸 군포라고 큼지막하게 적어 놓고."

홍귀남은 의아해하면서도 명령을 착실히 따랐다.

곧 선정전, 빈청, 인정문에 베와 팻말이 세워졌다.

그것을 본 관원들은 무엇을 의미하는지 바로 깨달았다.

임금도 군포를 내는데 감히 안 내고 개기는 새끼가 있다고?

간을 씹어 먹지 않고선 개길 엄두가 안 날 거다.

이어 왕두석에게 남은 베를 팔도 주요 관청에 배포케 했다.

관청은 베를 유동 인구가 많은 장소에 장대를 씌워 걸었다.

성문이나, 저잣거리가 유용했다.

산골에 살아도 생필품 때문에 저잣거리에 들를 수밖에 없다.
사실 글을 아는 백성은 얼마 없다.
대신, 내가 걸어 둔 베를 보고 호포제가 뭔진 바로 알 수 있다.

아, 조선에서 제일 높으신 상감마마께서도 군포로 베를 내시는구나. 그럼 당연히 사또도, 잘난 척하는 서당 선생도, 소작 많이 놓기로 유명한 이 진사, 김 생원도 베를 내놓겠네.

이젠 군역을 회피할 핑계가 없었다.
간혹 그런 놈이 나오면 바로 이런 말을 해 주면 된다.
임금도 군포를 내는데 네까짓 게 뭐라고!
덕분에 호포제는 빠르게 정착되었다.
여름을 지나 가을이 왔을 땐 마침내 군포가 쏟아져 들어왔다.
이제 국방비도 있으니 군제를 개혁하자.

47장. 오, 개 미친 대박!

가을이 오기 몇 달 전. 그러니까 호포제가 마무리되는 동안. 기쁘게도 서브 퀘스트를 두 개나 완료했다.

서브 퀘스트 19

조직을 개편하라!

-필요하다면 조직을 개편, 또는 확장해도 됩니다. 다만, 비대해진 조직은 넘어질 때 크게 넘어질 수 있음을 유념하세요.

클리어 유무: 클리어

보상: 룰렛 1회 추첨권

서브 퀘스트 20

마무리까지 깔끔하게!

-국가 발전에 도움 되는 정책을 입안해 추진하는 것은 좋습니다. 그러나 추진한다고 해서 꼭 제대로 실행되는 건 아닙니다. 유저는 정책이 제대로 실행되는지 항상 살펴야 합니다.

클리어 유무: 클리어

보상: 룰렛 1회 추첨권

그럼 이제 룰렛 추첨권은 세 장이란 소리지.

그래, 다 돌리자. 다섯 개씩 돌려도 안 되는데 그냥 돌리지 뭐.

룰렛!

개인 기본 스탯 5포인트를 지정해서 추가 가능

좋아! 레벨업이 바로 되겠네.

두 번째 룰렛!

수명 365일 증가

나쁘지 않고. 세 번째!

개인 스킬 중에 하나를 지정해 1레벨 상승 가능

오오오오! 이제야 하나 뜨네.

참 희한하다 말이야. 나오라고 고사를 지내면 안 나오고.

그냥 아무 생각 없이 돌리면 나오고.

어쨌든 온실에 처박혀 정비 시간을 잠시 가졌다.

개인 스탯!

이연 (+11,059)

레벨: 3

무력: 40(↑1) 지력: 48(↑1) 체력: 39 매력: 43 행운: 53(↑1)

잔여 스탯 포인트: 5

300일짜리 중급 최면술을 샀어도 수명에는 큰 변화가 없군.

꾸준한 운동과 룰렛 보너스 덕분일 테지.

거기에 무예도보통지를 수련해 무력은 40을 맞췄다.

체력도 40을 맞춰 놓으려 했는데 호포제 문제로 시간이 없었다.

일단, 레벨부터 올리자.

무력에 3, 체력에 2 포인트를 분배해 전 스탯 40 이상을 맞췄다.

곧 레벨이 4가 되며 특전이 드러났다.

이번에는 패시브가 뭐가 나올지 궁금하네.

빠바바밤!

이어 스탯창 밑에 황금빛 글자가 아로새겨졌다.

레벨 4 달성 특전
패시브 스킬 1개 획득

즉시 패시브 스킬 인벤토리 창으로 넘어갔다.
비어 있던 공간에 처음으로 반짝이는 패시브 스킬이 보였다.
바로 클릭했다.

문무겸전! (S)
조선 3대 국왕 태종은 17세 나이에 고려 과거에서 급제할 만큼 수재였다. 또한, 조선 건국, 왕자의 난 등에서 활약해 아들 세종이 조선의 전성기를 열 수 있는 환경을 조성했다.
무예 레벨: 0
학문 레벨: 0
무력, 지력 보너스: 0

흠, 괜찮네.
이젠 잘 안 오르는 무력, 지력 보너스가 붙었으니까.
신궁의 혈통을 빼고 이걸 넣어야겠어.
총 쏠 일도 없는데 신궁의 혈통은 이제 필요 없지.

패시브 스킬

1. 세종대왕을 경배하라!

2. 문무겸전! (NEW)

3. 풍악을 울려라!

스킬 잔여 포인트: 1

문무겸전은 따로 시간 내서 올리기로 하고.

문제의 스킬 포인트부터 처리해야겠군.

마르지 않는 샘(SSS)

유저는 특정한 수련을 통해 수명을 무한대까지 늘릴 수 있다.

※이 액티브 스킬은 발견할 확률이 제로에 가깝습니다.

호흡 레벨: 2

동작 레벨: 3

수명 레벨: 2

하, 갑자기 고민되네.

호흡 수련을 많이 해서 3레벨이 얼마 안 남았을 것 같은데.

스킬 포인트를 꼭 지금 써야 할까?

경험치가 누적되는 건지만 알아도 고민하지 않는데.

누적되는 거면 고민할 필요도 없지.

바로 호흡을 3레벨로 올리고 누적된 경험치는 계속 가져가고.

근데 왠지 레벨을 올리면 초기화될 것 같단 말이야.

에라, 모르겠다. 그냥 여기서 쓰자.

물론, 그냥 쓸 순 없지.
EX를 지금까지 괜히 아껴 둔 게 아니라고.

EX!
스킬, 버프, 옵션 등의 효과를 증폭시킵니다.
지속 시간, 범위 등은 탄력적으로 주어집니다.
1회 사용하면 자동 소멸됩니다.
보유 기간에 제한은 없습니다.
결과: 2배

2배라 좀 아쉽긴 하지만 그래도 이게 어디냐.
난 몇 차례 시뮬레이션해 보고 나서 실행했다.
마르지 않는 샘 호흡 레벨을 올리면서 EX 실행!

마르지 않는 샘(SSS)
유저는 특정한 수련을 통해 수명을 무한대까지 늘릴 수 있다.
※이 액티브 스킬은 발견할 확률이 제로에 가깝습니다.
호흡 레벨: 3(↑1)
동작 레벨: 3
수명 레벨: 3(↑1)

마르지 않는 샘 레벨은 제대로 올랐다.
이제 수명을 확인해 볼 차례인가? 이거 겁나 쫄리는데.

설마 EX가 마르지 않는 샘에 안 통하는 건 아니겠지?
개인 스탯!

이연 (+35,059)
레벨: 4
무력: 43 지력: 48 체력: 41 매력: 43 행운: 53

오, 개 미친 대박!
지금 수명이 한 방에 24,000이 오른 거야?
EX가 두 배니까, 마르지 않는 샘 3레벨은 12,000이었단 거네.
그나저나 35,000일이면 대체 몇 년이냐?
96년? 그냥 100년이라고 치면?
아무것도 안 했을 때, 정말 120살 가까이 사는 거야?
이러다간 내가 조선보다 더 오래 살겠는데.
아니, 내가 살았던 시대까지 살지도 모르지.
미쳤네, 미쳤어.
괜히 SSS가 아니었어!
스킬이 있던 낡은 우물아, 고맙다.
매년 네 공을 기리기 위해 제사라도 지내 주마.
정말 흥분한 탓에 그날은 잠이 오지 않았다.
결국, 왕두석과 홍귀남을 불러 맥주 파티를 벌였다.
잔뜩 취하고 나서야 간신히 새벽녘에 눈을 붙였다.

◆◈◆

빈청은 비어 있는 관청의 줄임말이다.

농담이고 실제론 대신이 모여 회의하는 장소다.

주요 대신의 직장이 육조거리, 궐내각사 등에 흩어져 있다 보니 모여 회의할 수 있는 공간이 필요했는데 그게 빈청이다.

짬 있는 대신들은 아예 빈청으로 출근해 퇴근도 거기서 한다.

송준길은 빈청 문에 떡하니 걸린 베를 보고 눈살을 찌푸렸다.

임금이 봄에 군포라고 낸 베였다.

의미하는 바는 간단했다.

나도 냈으니 너희도 내라.

안 그럼 아주 드러운 꼴을 보게 될 거다.

"에잉."

못마땅한 표정으로 고개를 저은 송준길이 빈청으로 들어갔다.

빈청은 회의실과 개인 공간으로 나뉘어 있었다.

송준길은 그중 개인이 쓰는 작은 사무실로 들어갔다.

책을 보던 송시열이 고개를 들며 아는 체를 했다.

"왔소?"

송준길은 답답하다는 듯 책상을 쾅 치고 소리쳤다.

"우린 다 속았소!"

"허허, 이판께서 오늘따라 많이 흥분하신 듯하오. 대관절 무슨 일이기에 냉정하던 동춘당 대감이 이토록 화를 내는 거요?"

"내수사 해체 상황을 알아보고 오는 참이오."

송시열은 책을 접어 책상에 조용히 내려놓았다.

"내수사 곳간이 다 비어 있답니까?"

"어, 어찌 알았소?"

"뭘 그렇게 놀라시오. 전하께선 작년에 서유럽회사인가를 세운다고 명동에 커다란 부지를 사들였소. 그 돈이 어디서 나왔겠소? 다 내수사를 정리해 나온 돈으로 한 게 아니겠소."

"언제 알았소?"

"작년 겨울쯤이었을 거요. 전하께선 조용히 한다고 하셨겠지만, 그 많은 재산을 처분하는 일인데 말이 안 나올 리 있겠소?"

"맙소사. 그럼 전하께서 이시백 대감 상갓집에서 내수사 해체를 명분으로 호포제 시행을 건의했을 때도 이미 알고 있었……."

"그렇소."

"그럼 대체 왜?"

"우린 내수사 해체란 명분을 얻었고 나라는 재정의 안정과 강력한 국방력을 얻게 되었소. 이 정도면 남는 장사 아니오?"

송준길의 눈이 가늘어졌다.

"물론, 그 바람에 왕실이 형편없이 약해졌단 말은 쏙 빼놓고 말하는군. 하지만 조심해야 할 거요. 그 서유럽회사가 성공한다면 왕실은 전보다 훨씬 강해질 테니까. 더구나 내수사처럼 공격할 명분도 없지 않겠소. 그때는 어떻게 할 거요?"

"순리대로 풀어 가야지요."

대답한 송시열은 다시 책을 펼치고 독서에 빠졌다.

송준길은 창문으로 걸어가 가을 햇살을 받았다.

"순리라……. 어쨌든 조선에 태풍이 부는 건 확실한 것 같군."

그 말을 끝으로 더는 아무 소리도 들려오지 않았다.

◆◈◆

1660년 여름부터 가을까지 난 스킬 레벨 올리는 데 집중했다.

물론, 그냥 하진 않고 액티브 스킬의 도움을 받았다.

액티브 스킬

1. 마르지 않는 샘

2. 중급 좀비

3. 중급 배터리

중급 좀비, 중급 배터리 모두 체력 관련 스킬이다.

중급 좀비! (C)

최대 144시간까지 잠을 안 자도 피곤하지 않다.

스킬 지속 시간: 144시간

스킬 재사용 대기시간: 480시간

중급 배터리! (B)

사용하는 즉시, 육체적, 정신적 피로가 사라진다.

스킬 지속 시간: 48시간

스킬 재사용 대기시간: 360시간

이 두 스킬을 연계해 쓰면 192시간 동안 잠을 안 자도 된다.

날짜로 따지면 8일이다. 말 그대로 살아 있는 좀비다.

처음엔 걱정이 많았다.

사람이 8일 동안 잠을 안 자는데 멀쩡할 리 있겠어?

근데 멀쩡했다.

수명은 거북이처럼 느리지만 착실하게 늘어났으니까.

물론, 수명 자체가 이젠 빵빵해 걱정이 없긴 했지만.

좀비가 되어 맨 처음 올린 스킬은 문무겸전이었다.

무력, 지력 보너스가 얼마나 오르는지 확인해야 해서다.

상대적으로 쉽단 점도 당연히 한몫했고.

무예는 무예도보통지로 수련하고 학문은 세종대왕을 경배하라를 이용해 쉽게 올렸다.

그 결과.

문무겸전! (S)

조선 3대 국왕 태종은 17세 나이에 고려 과거에서 급제할 만큼 수재였다. 또한, 조선 건국, 왕자의 난 등에서 활약해 아들 세종이 조선의 전성기를 열 수 있는 환경을 조성했다.

무예 레벨: 2(↑2)

학문 레벨: 2(↑2)

무력, 지력 보너스: 10

예상대로 레벨이 오를 때마다 스탯 5개가 증가했다.

덕분에 지금 스탯은.

이연 (+35,213)

레벨: 4

무력: 55(↑12) 지력: 60(↑12) 체력: 47(↑4) 매력: 54(↑11) 행운: 55(↑2)

전 스탯이 고루 올랐다.

심지어 무력, 지력, 매력은 10 이상 올랐다.

매력이 오른 이유는 풍악을 울려라도 같이 수련해서다.

풍악을 울려라! (A)

조선 9대 국왕 성종은 시서화에 뛰어난 풍류남아였으며 38세 나이로 요절하기 전까지 무려 30명에 가까운 자식을 볼 정도로 정력이 절륜했다. 물론, 무엇이든 과하면 좋지 않다.

시문 레벨: 2(↑1)

그림 레벨: 2(↑1)

글씨 레벨: 2(↑1)

매력 보너스: 10

요즘은 체력을 3포인트 올리는 데 올인하는 중이다.

이유는 레벨업도 있지만 일종의 실험을 위해서다.

5레벨이 되고 나서 스킬을 빼면 스탯은 떨어질 게 분명하다.

근데 레벨까지 강등되는지 알아보고 싶어졌다.

강등되지 않으면 노가다가 가능해진다.

게임 속 스탯은 캐릭터에만 변화를 준다.

유저에겐 그냥 스탯 뽕이 차는 정도가 다다.

근데 EHS는 유저가 직접 체감이 가능하다.

게임 속 스탯이 캐릭터 스탯이 아니라, 유저 스탯인 셈이다.

내가 그 캐릭터이니 당연한 건가.

아무튼 1년 사이에 키가 엄청나게 컸다.

남자는 군대 가서도 키가 큰다는 말이 있다.

그리고 이 몸은 아직 파릇파릇한 10대 후반이다.

당연히 몇 센티 정돈 더 클 여유가 있었다.

근데 이건 그런 수준이 아니다.

성장판이 자란 게 아니라, 아예 폭발했다.

지금은 신장이 180센티미터를 넘어 이세계의 거인이 되었다.

사내 평균이 160대 초반인 세상에선 180은 거인이다.

단순히 키만 큰 것도 아니다.

헬스와 고단백 식단 덕에 벌크업까지 성공했다.

요즘은 왕두석보다 내가 더 무거운 중량을 친다.

근육이 붙으면 누구나 자랑하고 싶어진다.

그게 헬창, 아니 인간의 본능이기 때문이다.

다 벗고 전신 거울 앞에 서서 백 더블 바이셉스 포즈를 취했다.

이렇게 하면 등근육이 잘 보인다.

앞쪽이 문 방향으로 향해서 좀 그렇긴 하지만.

"오우, 내가 봐도 멋진걸."

그 순간.

나인 하나가 청소하려고 들어왔다가 벌거벗고 있는 날 발견하고 자리에 털썩 주저앉았다.

"옴마야."

나도 옴마야다.

나인은 홀린 듯이 내 앞태를 구경했다.

"흠, 넌 보기 좋을지 몰라도 난 꽤 쪽팔리다."

"……."

"흠흠, 그렇게 멋지냐?"

"……."

나인은 결국, 다른 상궁에 의해 끌려 나가야 했다.

난 돌아서서 앞태를 거울에 비췄다.

"흠, 확실히 정신을 놓을 만하네."

흠흠, 얼굴이 잘생겨서 그렇단 거다.

절대 다른 것 때문이 아니다.

사실, 매력 스탯 덕분인진 모르겠는데 얼굴도 꽤 잘생겨졌다.

이목구비가 뚜렷한 게 유약한 모습이 사라졌다.

암튼 자화자찬은 여기까지 하고 옷을 챙겨 입었다.

오늘 헬스를 빼먹은 이유는 중요한 일이 있어서다.

바로 훈련도감 편제를 완성하는 날이다.

난 상선을 불러 지시했다.

"각 군영 수뇌부를 부르시오! 그리고 그들이 다 들어오면 금군에게 일러 대궐 문을 잠그고 철통같이 지키라고 하시오! 이후부턴 과인의 허락 없인 누구도 궁을 출입할 수 없소!"

"예, 전하!"

대궐에 전에 없는 긴장감이 감돌았다.

48장. 아, 오랜만에 코끝이 시리네

왕두석과 홍귀남이 번갈아 보고했다.

"훈련도감 대장, 중군, 천총, 국별장까지 아홉 명 입궐했습니다."

"어영청 대장, 중군, 파총, 초관 모두 입궐했사옵니다."

"수영청 수어사와 좌부, 우부별장 입궐했사옵니다."

"총융청 총융사와 수뇌부가 입궐했사옵니다."

보고받으며 든 생각은 하나였다.

군제 참 개떡같네.

어딘 대장이고 어딘 수어사고 총융사다.

그게 다가 아니다.

훈련도감은 정승이 겸하는 도제조가 따로 있다.

심지어 낭관이 있는 군영도 있고 따로 별장을 둔 곳도 있다.

다 양란, 이괄의 난 때 주먹구구로 만든 탓이다.

금군 좌별장 김준익이 보고했다.

"금군 대장 이상립 장군의 전갈을 가져왔사옵니다."

"무엇이오?"

"명하신 대로 각 군 수뇌부를 전부 인정전에 몰아넣었사옵니다. 또한, 모든 궁문을 걸어 잠가 출입을 막고 있사옵니다."

"전갈을 잘 받았다고 전해 주시오."

"예, 전하."

김준익은 절도 있게 군례를 올리고 돌아갔다.

배우는 다 모였고.

이제 대본 주고 무대에 올리는 일만 남았네.

아니지, 그전에 주, 조연은 확실히 정해 놔야지.

서로 타이틀을 맡겠다고 싸우면 큰일이니까.

난 고개를 돌려 왕두석에게 물었다.

"이완은?"

"희정당에서 기다리고 있사옵니다."

"가지."

"예, 전하."

희정당에 들어가니 이완이 앉아 있다가 일어났다.

"오셨사옵니까?"

"그렇게 말하니까 장군이 이 방 주인 같소."

"하하, 안 계셔서 먼저 실례 좀 하고 있었사옵니다."

"앉읍시다."

"먼저 앉으시옵소서."

내가 앉고 나서 이완이 책상 앞에 가부좌했다.

"오늘따라 금군이 꽤 많이 보이옵니다."

"과인이 금군에게 궁문을 전부 걸어 잠그라고 했소."

"그렇사옵니까?"

"화난 장수들이 돌아가서 군대를 이끌고 쳐들어오면 안 되잖소."

"그건 그렇지요."

그러면서 일리가 있다는 듯 이완이 고개를 끄덕였다.

인정하지 마.

당신이 그러니까 진짜 무섭잖아.

"장군을 부른 건 마지막으로 확인해 보고 싶어서요."

"무엇이옵니까?"

"정말 왕인이 될 생각 있소?"

"소장은 왕인으로 옮긴 게 아니라, 처음부터 왕인이었사옵니다."

"세간에선 장군을 서인으로 보지 않소?"

"그것은 소장이 선대왕마마 시절 북벌론을 추진하며 서인 인사들과 교류가 많았던 탓이옵니다. 소장이 섬기는 대상은 절대 서인이 아니옵니다."

"그렇소?"

"무과에 급제해 군문에 든 후부터 오직 조선과 왕실을 수호한단 사명 외엔 그 어떤 사심도 가지지 않았사옵니다."

믿고 싶다.

지금까지 지켜본 이완은 천생 장수다.

연기나 하는 교활한 사기꾼 타입은 아니다.

물론, 장수 중에도 여우 같은 자들이 더러 있다.

그래도 이완은 그런 장수와는 결이 다르다.

아, 믿고 싶다.

근데 그럴수록 오히려 더 조심하게 된다.

도끼에 발등 따윈 찍혀도 죽지 않는다.

문제는 이완이 그런 시시한 도끼가 아니란 점이다.

그는 기요틴이다.

발등이 아니라, 머리를 뎅강 잘라 버린다.

다시 살아나지 못하게끔.

EHS가 아무리 신묘해도 잘린 머리는 붙이지 못할 거 아냐?

장군을 끝까지 믿지 못하는 날 용서하시오.

액티브 스킬

1. 마르지 않는 샘

2. 중급 심문관

3. 중급 맹세의 서약

난 중급 심문관을 발동했다.

중급 심문관은.

중급 심문관! (B)
80퍼센트의 확률로 상대가 진실을 말하는지 알려 준다.
스킬 지속 시간: 2시간
스킬 재사용 대기시간: 1,440시간

과연 스킬의 결과는?
이완의 얼굴에 대문짝만하게 O라고 적혀 있었다.
난 가슴을 쓸어내렸다.
일단, 지금까진 진실이란 거군.
스킬을 믿고 계속 면접을 진행했다.
"과인이 장군에게 병권을 주면 어떻게 하겠소?"
"당연히 전하의 군령에 따라야지요."
"과인이 백성을 학살하라 같은 군령을 내리면?"
"절차를 지켜 내려온 군령이라면 따르겠사옵니다."
"그 일로 장군이 희생양이 된다면?"
"그래도 따를 것이옵니다."
"장군의 명예가 더럽혀진다고 해도?"
"물론이옵니다."
여기까진 전부 진실이다.
이제 옆으로 좀 틀어 보자.
"유혁연 장군은 어떻게 보시오?"

"좋은 장수이옵니다."

"훌륭하진 않소?"

"소장과는 생각이 달라 평가하기가 어렵사옵니다."

처음으로 X가 나왔다.

이완도 속으론 유혁연을 훌륭한 라이벌로 생각하는 모양이다.

난 새끼손가락을 내밀었다.

이완은 멀뚱거리며 내가 내민 손가락을 보았다.

신종 욕이라고 생각하는 걸까?

"무슨 뜻이옵니까?"

"장군도 새끼손가락을 내밀어 내 손가락에 거시오."

"하하, 꼭 애들 장난 같사옵니다."

쾌활하게 웃은 이완이 손가락을 내밀었다.

난 이완의 손가락에 내 손가락을 걸었다.

물론, 지장도 빼먹지 않았다.

한 세트인데 빼먹으면 안 되지.

"이건 우리가 굳게 약속했단 의미요."

"기억해 두겠사옵니다."

난 일어나서 왕두석을 불렀다.

"가져오너라."

"예, 장군, 아니 전하."

왕두석은 붉은 비단에 싸인 길쭉한 물건을 바쳤다.

난 비단을 통째로 넘겨받고 엄숙하게 외쳤다.

"장군 이완은 어명을 받으라!"

이완은 얼른 일어나 한쪽 무릎을 쿵 하고 꿇었다.

소리가 얼마나 컸던지 홍귀남은 딸꾹질했고.

상선은 문을 빼꼼 열고 안을 슬쩍 엿보았다.

아, 살살 꿇으라니까.

참 말 안 듣는 사람이네.

이완이 인정전에서도 들을 정도로 큰 소리로 대답했다.

"소장 이완, 전하의 어명을 받겠사옵니다!"

"이 시간부터 장군 이완을 조선군 유일의 도원수로 격상한다!"

"성은이 망극하옵니다!"

"도원수 이완에게 숭록대부를 가자한다!"

"성은이 망극하옵니다!"

"도원수 이완을 훈련대감 대장으로 제수한다!"

"성은이 망극하옵니다!"

"도원수 이완은 일어나서 예를 갖추고 사진참사검을 받으라!"

그러면서 비단을 벗기고 그 안에 든 금검을 꺼내 내밀었다.

"성, 성은이 망극하옵니다!"

씩씩하게 대답하던 이완이 목소리를 떨었다.

옆에서 듣던 왕두석도 딸꾹질을 시작했고.

엿듣던 상선은 당황해 창호지에 구멍까지 뚫었다.

이완은 절을 하고 나서 떨리는 손으로 사진참사검을 받았다.

사진참사검이 불빛을 받아 황금처럼 번쩍였다.

비유가 아니다.

진짜 황금처럼 번쩍였다.

검집 전체에 금박을 입힌 덕분이다.

거기다 용 세 마리가 뒤엉킨 모습을 섬세하게 음각까지 해 놨다.

와우, 내가 디자인했지만 실제로 보니 더 쩌네.

SSS급 아이템이 존재한다면 저런 모습이겠지.

사진참사검은 사인참사검의 업그레이드판이다.

말 그대로 용의 해에 만드는 검이다.

그런 이유로 왕과 왕족만이 소유할 수 있다.

이때엔 왕을 용이나, 봉황으로 비유했으니까.

근데 신하가 그런 사진참사검을 소유한다면?

소유 자체만으로도 반역의 깃발을 올린 셈이 된다.

왕도 아닌 놈이 왕이라고 참칭하는 거니.

그걸 이씨긴 하지만 전주 이씨는 아닌 이완에게 하사했다.

파격이나 다름없다.

"과인이 사진참사검을 준 이유를 도원수는 알겠소?"

"왕실과 조선을 기필코 수호해 달라는 뜻으로 이해했사옵니다."

"정확하오. 도원수는 선정전에 가서 기다리시오."

"어명을 따르옵니다!"

사진참사검을 쥔 이완이 문으로 뒷걸음질 쳤다.

보통은 문 앞에 도착하면 재빨리 돌아선다.

그래야 넘어지지 않고 나인들이 열어 준 문으로 나간다.

임금 앞에서 넘어지면 그 쪽팔림을 어떻게 감당한단 말인가.

아마 삼대는 이불킥할 사고다.

근데 이완은 어깨에 뽕이 너무 들어간 모양이다.

돌아서지도 않고 그대로 문을 뚫고 나가 버렸다.

이완은 표정 변화 없이 그대로 돌아서서 뚜벅뚜벅 걸어갔다.

옆엔 박살 난 문과 놀라 넘어간 내관, 궁녀들이 있었다.

이완은 그 와중에도 꿋꿋하게 계속 걸음을 옮겼다.

저건 감동해서 그런 거야, 아니면 정신이 나가서 그런 거야?

"유혁연은?"

"대조전에서 기다리고 있사옵니다."

"가지."

"예, 전하."

왕두석이 등불을 들고 앞장서고.

홍귀남은 옆에서 경호하며 따라왔다.

그 외에도 금군 수십 명이 주위를 철통같이 에워쌌다.

오늘 같은 날은 특히 더 조심할 필요가 있었다.

대조전에 들어가니 서 있던 유혁연이 차분하게 군례를 취했다.

확실히 유혁연은 이완과 이미지가 다르다.

이완이 용암 같은 칼이라면 유혁연은 얼음 같은 검을 닮았다.

왜 검이냐고?

검을 잘 써서 그런 것도 있지만, 그는 모든 게 길기 때문이다.

체구도 길고 팔다리도 길고 얼굴도 길고 코도 길다.

심지어 인중도 길다.

물론, 이완과 유혁연 사이에 공통점도 있다.

둘 다 효종이 총애하던 장수란 점이다.

당시 유혁연도 북벌론에서 중요한 역할을 맡았다.

그건 그들이 맡은 관직에서도 드러난다.

이완은 전성기에 훈련도감 대장과 한성판윤, 포도대장을 겸했다.

라이벌인 유혁연은 정확히 그 한 단계 밑에 자리했다.

그는 어영청 대장과 한성좌윤, 우포도대장을 겸했다.

이러니 라이벌이란 소리가 안 나올 수 없다.

심지어 둘은 당파마저 달랐다.

이완은 송시열과 합이 잘 맞아 서인으로 분류되었고.

유혁연은 송시열이 싫어해서 남인 쪽 인사로 여겨졌다.

송시열이 싫어함에도 효종의 총애를 받은 이유는 한 가지다.

그가 대단한 능력자이기 때문이다.

우선 무예로는 이상립을 뛰어넘는단 소문이 있었다.

단순한 소문만은 아니다.

효종은 무신의 무예 경연을 자주 열었는데 그때마다 그가 1등을 차지해 무예론 그에게 도전할 수 있는 자가 드물었다.

거기다 전략 수립과 군사 행정에도 뛰어난 능력을 드러냈다.

한마디로 어디 가서도 제 몫을 하는 자다.

아니, 몇 배로 하는 자다.

아, 한 가지 못하는 게 있긴 하다.

성격상 아첨이나, 선배 대접 같은 걸 잘 못 한다.

특히, 문신과 트러블이 많아 사헌부 애들에게 맨날 디스당했다.

이유가 가관이었다.

그가 문신 대접을 제대로 안 해 줘서란다.

고려 무신정권이 들었으면 사헌부는 줄초상 났을 거다.

문신에게 굽히지 않는 건 무신의 자존심이 강하단 뜻일 거다.

유혁연이 자존심을 세우는 부분이 하나 더 있다.

이완이 훈련도감을 자식으로 생각한다면.

유혁연은 어영청을 자기 몸으로 여겼다.

탄핵당해 위기에 처해도 끝까지 어영청 대장직은 놓지 않았다.

이런 장수에게 어영청에서 나와 이완 밑에 들어가라고 한다면?

십중팔구는 은퇴하려 할 거다.

물론, 나는 그를 끝까지 붙잡고 싶고.

"앉읍시다."

내가 상석에 앉는 사이, 유혁연도 자리에 앉았다.

단도직입적으로 물었다.

"오늘 왜 불렀는지 알겠소?"

"어영청 대장을 내려놓으라는 어명을 내리시려고 불렀겠지요."

"맞소. 이유도 아오?"

"새 술은 새 부대에 담는 법 아니겠사옵니까."

"술은 오래 묵혀야 맛있는 법이오. 유 장군은 잘 모를 테지만 나중엔 오래 묵힌 맛 좋은 놈은 가격이 몇십 배로 뛴다오."

"하오면?"

"남인의 부추김을 받은 장군이 어영청을 이끌고 궁궐에 쳐들어와 과인에게 목을 내놓으라고 할까 봐 겁나서 그런 거요."

꽤 충격적인 말일 텐데도 유혁연은 변화가 없었다.

옆에 벼락이 떨어져도 안 놀랠 사람이네.

"소장은 남인의 부추김을 받아 행동하는 군인이 아니옵니다."

"그렇소?"

"서인의 공세를 피해 잠시 피한 곳이 남인의 그늘이었을 뿐이옵니다. 사실 피할 만한 곳이 당시에는 남인밖에 없었기도 하고요. 마지막으로 소장은 장수이지, 정치가는 아니옵니다."

"그 마지막 말을 과인도 믿어 보겠소. 그래서 하는 제안인데 훈련도감 도제조를 맡아 도원수인 이완 장군과 긴밀히 협력해 조선군을 세계 최강의 군대로 만들어 볼 의향은 없소?"

"이해가 가지 않는 점이 몇 가지 있사옵니다."

"무엇이오?"

"도제조는 정승이 겸하는 자리이지 않사옵니까?"

"그런 거야 바꾸면 그만이오. 앞으로 훈련도감 도제조는 조선군 전체를 관리 및 육성, 지원하는 참모장 역할을 할 거요."

"훈련대장은 종 2품을 임명하는 자리고 도제조는 정 1품이 맡는 자린데 그럼 두 직위의 품계도 같이 바뀌는 것이옵니까?"

"앞으로 훈련대장은 도원수가 겸하게 될 거요. 그리고 당연히 도원수는 정 1품 관직이니 품계가 역전되는 일은 없소. 물론, 도원수가 도제조보다는 반 끗 정도 더 높은 자리요."

한참을 고민하던 유혁연이 머리를 조아렸다.

"황공하옵니다."

아, 이러면 안 되는데.

"도제조를 맡지 않겠단 거요?"

"전하, 소장이 지닌 미흡한 능력으론 도제조의 자리를 감당할 수 없사옵니다. 대신, 미관말직이라도 앉혀 주신다면 죽는 날까지 왕실과 조선을 위해 이 한목숨을 바치겠사옵니다."

어랍쇼?

이건 또 뭐야?

"좀 전엔 그만둘 것처럼 말하더니 생각이 바뀐 이유가 뭐요?"

"전하께서 나이 든 무신을 내치지 않고 중히 쓰시겠다는데 몇십 년 동안 녹을 먹은 소장이 어찌 그만둘 수 있겠사옵니까."

아, 오랜만에 코끝이 시리네.

49장. 선참후계해도 좋다!

이상한 상황이었다.

나는 어떻게든 도제조를 제수하기 위해 노력하고.

유혁연은 자기에게 과분하다며 자꾸 거절한다.

요즘은 도끼로 나무를 열 번 찍지 못한다.

그 전에 잡혀가기 때문이다.

그래도 이 시대엔 먹히는 듯했다.

기어코 다섯 번 만에 도제조를 제수하는 데 성공했다.

아무튼. 이젠 준비한 스킬을 쓸 차례였다.

이완도 불안한데 유혁연은 당연히 더 불안하다.

이완은 연기파가 아니지만 유혁연은 연기도 된다.

확실히 하기 위해선 스킬을 써야 한다.

액티브 스킬
1. 마르지 않는 샘
2. 중급 심문관
3. 중급 맹세의 서약

이번에 쓸 스킬은 중급 맹세의 서약이다. 그게 뭐냐면.

중급 맹세의 서약! (A)
66퍼센트의 확률로 상대가 유저를 배신하지 못하게 해 준다.
스킬 지속 시간: 영구
스킬 재사용 대기시간: 1년

지금까지 본 스킬과는 결이 조금 다르다.
지속 시간이 무려 영구다.
대신, 페널티로 재사용 대기시간이 1년이다.
한번 쓰면 슬롯 하나를 1년 동안 못 쓴단 얘기다.
엄청난 손해다.
거기다 확률도 66퍼센트다.
나 같은 수명 부자가 마구 써 제끼지 못하게 만드는 룰 같다.
그래선지 가격도 만만치 않다.
2단계 상점 개방 스킬 중에 가장 비싼 1,000일이다.

고민 끝에 질렀고 번민 끝에 발동했다.

이완, 유혁연만 꽉 붙잡고 있으면 옥좌가 흔들릴 여지가 없다.

제발 돼라!

간절한 기도를 끝냈을 때.

유혁연의 머리에 O 자가 나타났다가 사라졌다.

됐다! 난 일어나서 왕두석을 불렀다.

"그걸 가져와라."

"여기 있사옵니다."

난 왕두석이 건넨 비단 보자기를 받고 나서 외쳤다.

"장군 유혁연은 어명을 받으라!"

유혁연은 천천히 일어나 한쪽 무릎을 꿇고 머리를 조아렸다.

몸이 길쭉길쭉해서 그런지 개업식에 쓰는 바람 인형을 닮았다.

"소장 유혁연, 전하의 어명을 받겠사옵니다."

"장군 유혁연에게 숭록대부를 가자한다!"

"성은이 망극하옵니다."

"장군 유혁연을 훈련도감 도제조에 제수한다!"

"성은이 망극하옵니다."

"도제조 유혁연에게 사인참사검을 하사한다!"

이어 비단 보자기를 풀러 은빛이 도는 사인참사검을 꺼냈다.

사인참사검은 이미 이상립에게도 내린 적이 있다.

다만, 이번 사인참사검은 약간 달랐다.

검집에 은박을 입혔고 호랑이 세 마리를 섬세하게 음각했다.

말 그대로 호랑이 기운이 깃든 검이다.

조선군에서 용이 이완이라면 유혁연은 호랑이다.

그에게 너무나도 잘 어울리는 검이다.

유혁연은 차분하게 사인참사검을 받고 머리를 조아렸다.

"성은이 망극하옵니다!"

"좋소. 이제 선정전에 가 이완 장군과 인사를 나누시오."

"알겠사옵니다."

유혁연은 다시 바람 인형처럼 흐느적대며 일어났다.

그래도 그는 뒷걸음질하다가 문을 뚫지는 않았다.

유혁연을 선정전으로 보내고 나서 어깨를 주물렀다.

"하, 힘드네."

"주물러 드릴까요?"

그러면서 왕두석이 털이 숭숭 난 갈고리 같은 손을 들었다.

"됐어, 인마. 사내놈 손이 닿으면 피곤만 더 쌓인다."

"그럼 궁녀를 불러올까요?"

"됐어. 어서 인정전으로 가자."

"앞장서겠사옵니다."

인정전으로 가면서 며칠 전에 들은 말이 떠올랐다.

그날도 왕대비전에 저녁 문안을 드리러 갔었다.

근데 인사를 드리기 무섭게 새장가 얘기를 꺼냈다.

아, 몸은 새장가지만 머리는 아직 미혼이다.

장가도 안 갔는데 돌싱부터 될 순 없지.

근데 상처한 거니까 엄밀히 말하면 돌싱은 아닌가?

아무튼. 이제 때가 되었다는 거다.
혼자된 지 1년이 넘어 대신들도 뭐라 하지 못할 거라나.
지금 왕실에서 가장 시급한 건 사실 내가 후사를 보는 거다.
후사를 봐서 흔히 말하는 국본을 세워야 한다.
그래야 나라가 전체적으로 안정된다.
내가 급사해도 후계자가 있단 뜻이니.
뭐 후계자가 어려 친정을 못 한다면 수렴청정도 있다.
십 대 후반이긴 하지만 선대왕들을 보면 살짝 늦은 감이 있다.
효종은 열다섯 살에 장녀를 낳았다.
인조도 비슷한 나이에 소현세자를 낳았고.
난 군제 개혁 일로 정신이 없어 별말 없이 자리를 떴다.
근데 왕대비마마는 그걸 승낙으로 안 모양이다.
다음 날부터 조정 안팎에서 간택령 소리가 나왔다.
흠, 결혼이라?
이 몸은 왕이니 꼭 해야겠지. 예전 나처럼 싱글이 편하다고 했다간 귀싸대기를 맞을 테니까. 그것도 풀스윙 왕복으로.
자손이 갈수록 귀해진단 점을 보면 후궁도 많이 들여야 하고.
실제 현종은 공처가여서 후궁을 못 들였다.
그 바람에 아들은 숙종 하나 낳고 딸만 몇 두었다.
그리고 숙종 이후부턴 아들이 갑자기 귀해진다.
급기야는 왕통을 잇기 위해 양자까지 들인다.
사실, 명종 때도 한 차례 위기가 있긴 했었다.
물론, 그 위긴 양자로 들어간 선조가 종마가 되어 해결했다.

늦은 나이에도 적장자를 볼 정도로 정력이 왕성했던 덕이다.

그로 인해 분란도 많이 생겼지만 어쨌든 왕실 자손 부족 문제가 해결되나 싶었는데 현종 때 와서 다시 크게 꺾였다.

솔직히 지금도 그쪽으론 괴롭긴 하다.

이 몸은 십 대 후반이라 성욕이 왕성했다.

정신이 몸을 따라가는 건지, 몸이 정신의 영향을 받은 건지는 몰라도 궁녀 엉덩이만 봐도 손자까지 보는 상상을 한다.

결혼 얘기가 나오니 걱정도 된다.

사람들이 이상한 신붓감을 데려오면 어쩌나 하는 걱정이다.

차라리 내가 신부를 직접 찾아보는 건 어떨까?

살을 섞으며 살아야 하는 반려자를 찾는 거다.

일단 내 마음에 들고 나서 환경을 따지든지 해야 하지 않나?

웨딩 플랜을 짜다 보니 어느새 인정전이 코앞이다.

난 다시 일 집중 모드로 변해 안으로 들어갔다.

인정전 너른 대청에 장수 수십 명이 모여 있었다.

몇 번 목을 가다듬은 왕두석이 큰 소리로 알렸다.

"상감마마 납시……."

"아아, 됐어."

"예에, 전하."

난 옥좌에 털썩 앉아 장수들을 둘러보았다.

3분의 1은 긴장해 있고 3분의 1은 이미 낙담한 상태다.

나머지 3분의 1은 어리둥절한 상태였다.

쯧쯧, 저렇게 감이 없어서야.

난 장수들을 내려다보며 별 감정 없이 명을 내렸다.

"지금부터 호명하는 장수는 갑옷, 무기, 직인을 반납해라! 이는 누구도 예외가 없으며 반항하면 반역으로 간주하겠다!"

장수들의 반응은 천차만별이었다.

침착하게 호명을 기다리는 자, 지금 상황이 이해가 가지 않아 당황한 자, 미래를 직감하고 살려 달라 싹싹 비는 자 등등.

난 손을 저었고. 바로 왕두석이 나와 호명했다.

이름을 불리면 반응은 대체로 두 가지였다.

포기하고 순순히 걸어 나오는 자가 반이라면.

엎드려 빌거나, 집안 사정을 줄줄 읊는 자가 반이다.

나도 마음이 좋지 않다. 그래도 해야 한다.

이번 처분은 몇 가지 객관적인 기준에서 정해졌다.

일단, 능력의 유무가 가장 중요했다.

능력이 없으면 군에서 나갈 수밖에 없다.

여긴 사관학교가 아니라, 군대다.

언제 전쟁을 치러야 할지 모르는 곳이다.

능력 없는 자를 가르쳐 끌고 가기엔 시간도, 재정도 부족하다.

두 번째는 성실, 태만 여부다.

능력이 있더라도 지각하거나, 자리를 비우는 놈은 필요 없다.

세 번째는 상관과 부하의 평가다.

능력 있고 성실해도 상관의 명을 우습게 아는 놈은 잘라 낸다.

반대로 술 먹고 부하를 패는 놈 역시 필요 없고.

상관의 신뢰를 상실하고 부하의 신망을 잃은 장수는 위험하다.

괜히 실전에서 프래깅이나 당한다.

마지막은 정치군인이다.

서인, 남인과 가까운 자는 뿌리까지 뽑았다.

호명이 끝나고 나서 이상립을 불렀다.

"금군은 호명받은 이들을 집으로 돌려보내고 감시하라. 명을 어기고 군영으로 돌아가는 놈이 있으면 선참후계해도 좋다!"

"예, 전하!"

이상립은 금군을 동원해 호명받은 장수들을 밖으로 끌어냈다.

대부분 잘려 나가 남은 이는 고작 열하나였다.

"그대들은 과인과 선정전으로 간다."

"예, 전하!"

살아남은 장수들이 긴장된 표정으로 따라나섰다.

선정전에 들어가 보니 이완과 유혁연이 뭔갈 상의하고 있었다.

난 옥좌에 앉으며 물었다.

"무슨 얘기들을 하고 있었소?"

"방어 전략에 관한 얘기를 나누고 있었사옵니다."

이완의 대답에 내가 다시 물었다.

"그래, 결론이 났소?"

"그렇사옵니다."

"결론이 뭐요?"

"북방의 적은 주요 길목을 차단해 막고 남방의 적은 성채를 거점 삼아 수성하며 후방 교란을 병행해야 한단 것이었사옵니다."

"음, 일리가 있군."

기병을 쓰는 청군을 상대론 길목에 방어선을 쳐야 한다.

그래야 종심이 두터워져 공세 종말점을 빨리 유도할 수 있다.

유도에 성공하면 그에 맞춰 우리가 반격하는 거고.

반대로 왜군은 보병이 주력이다.

더구나 포병 전력이 있긴 해도 약하다.

수성으로 저지하고 유격전으로 후방을 치면 해상 보급로를 써야 하는 왜군 처지에서는 지옥의 행군이나 마찬가지다.

대포에 맞아 죽든, 굶어 죽든 둘 중 하나일 테니까.

훌륭한 장수들답게 둘이 금세 대전략의 기틀을 잡은 거다.

성격은 상극이어도 역시 협력할 땐 협력하는군.

아주 좋은 징조야.

선정전에 이완, 유혁연을 필두로 살아남은 장수들이 집결했다.

난 장수들을 훑어보고 고개를 끄덕였다.

하나같이 범 같고 용 같다.

이들이야말로 우리 군의 기둥이 될 자들이다.

고개를 돌려 홍귀남을 보았다.

"데려왔느냐?"

"그렇사옵니다."

"들여보내라."

"예, 전하."

홍귀남이 밖에 나가서 허적, 윤증 두 명을 데려왔다.

허적, 윤증은 읍을 하고 조용히 한쪽으로 물러섰다.

두 사람은 자신들이 왜 불려 왔는지 이미 알고 있었다.

난 옥좌에서 일어나 좌중을 훑었다.

"지금부터 조선군의 새로운 군제를 발표하겠소!"

내 말이 끝나기 무섭게 허적이 앞으로 나왔다.

"집현전 제학 허적입니다. 조선군의 새로운 편제는 작고한 이시백 대감의 군제 개혁 방안을 토대로 만들어졌습니다. 의문이 있더라도 설명을 다 듣고 나서 질문했으면 좋겠습니다."

이어 윤증이 홍귀남의 도움을 받아 전도를 펼쳤다.

"중앙군은 훈련도감을 최상위로 두고 그 아래에 다섯 개의 청을 둡니다. 다섯 개 청의 명칭은 기존에 있던 어영청, 수어청, 총융청에 금위청과 장용청을 추가로 도입할 것입니다."

금위청과 장용청이 어디서 나왔냐고?

다 실제 역사에서 나왔다.

금위청은 금위영을, 장용청은 장용영을 오마주했다.

윤증의 설명이 이어졌다.

"지방군은 팔도에 고루 배치하는 게 이상적이겠으나 평안도와 경상도가 외적의 침투 경로가 될 가능성이 커 각각 1만씩 배치할 계획입니다. 또, 적의 2차 침투 경로가 될 공산이 큰 함경도와 전라도에도 5천 명의 병력을 배치하고 그 외 지역엔 1만 명을 나누어 배치할 것입니다."

윤증은 이어 지도를 펼치고 설명을 이어 갔다.

"원래 이시백 대감이 처음 세운 계획은 중앙군 5만, 지방군 3만이었으나 호포제가 예상외로 잘 진행되어 중앙군 5만, 지방군 4만 해서 총 9만 명의 상비군을 운용할 예정입니다."

설명은 몇 시간 동안 이어졌는데 간추리면 이렇다.

편제는 훈련도감, 청, 부, 사, 초, 오로 나뉜다.

초가 기본 편제로 완편하면 125명이다.

계급은 도원수, 도제조, 대장, 별장까지가 장군이다.

그 밑에 천총, 파총의 중간 지휘관이 있고.

초급 지휘관인 권관, 초관까지가 장교다.

거기에 부사관에 해당하는 진무, 군교가 추가된다.

물론, 일반 병사인 군졸이 먹이사슬의 맨 밑이다.

설명회를 마치고 이완, 유혁연과 보직을 하나씩 채워 나갔다.

보라매 개발에 참여한 한도철 등이 좋은 보직을 받았다.

한 달쯤 고생해서 군 개혁 작업을 마무리했을 때였다.

갑자기 눈앞에 한반도 지도가 나타났다.

뭐, 뭐지?

뒤이어 금빛 서광이 한반도를 감쌌다.

아, 설마?

국가 레벨이 오르는 건가?

50장. 배후가 누구냐?

금빛 서기에 물든 한반도가 사라지면서 국가 스탯이 나타났다.

조선 (+99,423)

레벨: 2 (NEW)

정치: 49(↑1) 행정: 36(↑2) 경제: 25(↑3) 재정: 20(↑5) 국방: 48(↑6) 외교: 23(↑1) 교육: 31(↑3)

재정이 20을 찍었구만.

그래서 레벨이 오른 거고.

그나저나 국방이 많이 올랐네.

국방 수치 상승은 내가 한 일이 헛짓거리가 아니란 뜻이다.

마음이 좀 놓인다.

개인 스탯은 패시브 스킬을 주는데 국가 스탯은 뭐 안 주나?

줬다!

스탯 밑에 황금빛 문자가 아로새겨지며 나타났다.

첫 레벨업 특전

국가 스킬 개방

패시브 스킬

1. 역동의 표상! (NEW)

2. 없음

3. 없음

오, 역동의 표상!

열지도 않았는데 벌써 포스가 느껴지네.

역동의 표상! (S)

한 국가의 국민성을 어떤 식으로든 정의하는 행동은 위험하기도 하고 불가능하기도 하다. 그래도 국민 대다수가 같은 공감대를 형성한다면 국민성의 하나로 봐도 괜찮지 않을까?

역동의 표상 스킬은 국가 레벨이 오를 때마다 더 많은 수의 국민이, 더 빠른 속도로 정부가 제안한 정책을 수용한다. 물론, 레벨이 오른다고 항상 좋은 결과로 이어지진 않는다.

※국가 스킬 첫 개방 특전으로 1, 2레벨 완료 상태로 시작함

현재 2레벨 완료

-국민 10퍼센트가 10퍼센트 빨라진 속도로 정책을 수용함

오, 괜찮네.

레벨이 오를 때마다 5퍼센트씩 빨라지는 건가 보네.

그럼 10레벨을 찍어서 50퍼센트가 되면 조선의 백성 반이 기존보다 두 배 빨라진 속도로 정책을 수용한다는 뜻인가?

가령 대동법으로 예를 들면 제안에서 실행까지 100년 가까이 걸렸는데 10레벨일 땐 기간이 50년으로 줄어든단 거겠지.

더구나 아직도 대동법을 반대하는 자들이 숨어 있거나, 산재해 있단 점을 생각하면 정책 수용률도 거의 완벽해지는 거고.

앞으로의 일을 생각하면 꿀 같은 스킬이네.

가만?

이건 콘크리트 지지층이 10퍼센트 생긴단 뜻이잖아.

어휴, 정치인이 갖고 있으면 엄청나겠는데.

어, 그러고 보니 나도 일종의 정치인이네.

오, 미친!

하늘이 조선을, 아니 나를 돕는구나, 으하하하하.

"무슨 좋은 일이 있으시옵니까?"

이완이 고개를 갸웃거리며 묻는 말에 난 웃음을 억지로 참았다.

"아, 아니오. 계속합시다."

"예, 전하."

지루한 회의가 이어졌다.

다 그렇지만 장수들 모아 놓고 '오늘 군제 개편하니까 다들 따라 주었으면 좋겠소'라고 선언한다고 해서 끝나지 않는다.

쟁점은 크게 네 가지였다.

병사와 장교의 부족.

장병의 오지 기피.

행정과 군정의 분리.

기존 군영 확장 및 신축.

머리를 싸매고 몇 주, 혹은 몇 달은 고생해야 끝날 작업이다.

그나마 다행인 점은 난 임금이란 사실이다.

일 잘하는 애들 뽑아 놓고 내가 왜 개고생하냐.

집현전 전력을 풀가동해 쟁점 사안을 처리해 나갔다.

가장 먼저 해결한 문제는 행정과 군정의 분리다.

이건 공문서 몇 장 내려보내면 해결된다.

지방군은 대부분 각 지역 수령이 지역 군대의 지휘관을 겸한다.

이유는 여러 가지다.

그게 효율적이라 생각했을 수도 있고.

인건비를 조금이라도 줄여 보려고 겸직시켰을 수도 있다.

아니면 그냥 그게 관습, 혹은 전통이었거나.

어쨌든 이제 고을 수령은 행정, 사법만 책임지면 된다.

두 번째로 해결한 분야는 오지 기피다.
나도 양구에서 군 생활 해 봐서 잘 안다.
오지는 누구나 가기 싫다.
그래도 누군가는 가서 지켜야 하지 않겠나.
오지라고 적이 안 쳐들어오는 것도 아닌데.
결국, 이런 건 금융 치료가 답이다.
돈을 더 주고 거기에 보너스로 세금도 모두 면제다.
그래도 부족하다고 난리여서 어드밴티지를 두 개 더 도입했다.

1. 3년 근무하면 진급 자격을 준다.
2. 다음 근무지는 꿀 빨 수 있는 곳에 보내 준다.

반응은 나쁘지 않아 최소 병력을 채웠다.
나머지 세 개는 당장 하긴 어렵다.
호포제가 좋긴 해도 금이 하늘에서 쏟아지는 수준은 아니다.
한계가 있단 뜻이다.
일단, 무과를 확대하고 모병 규모도 늘리기로 했다.
군영 확장 및 신축은 제일 뒤로 미뤘다.
돈도 없이 토목 공사 하다간 나라 말아먹는다.
광해군이 전형적인 예지.
아무튼 집현전이 내가 떠넘긴 군제 개혁으로 정신없을 무렵.
난 경복궁 북원에서 강대산을 만나고 있었다.

"애들이야?"

"그렇사옵니다."

그러면서 강대산이 비켜섰다.

그 옆에는 얼굴에 멍이 든 사내 셋이 꿇어앉아 있었다.

난 그들 앞에 앉아 고개를 좌우로 왕복했다.

"세 놈이 닮았네?"

"셋이 형제이옵니다."

"형제가 사이도 좋네. 같은 직업에 종사하고."

"오른쪽 눈에 멍든 놈이 삼형제 중의 첫째인 권금수고 왼쪽 눈에 멍든 놈이 둘째 권은수이옵니다. 코가 깨진 놈은……."

"권동수겠지."

"그렇사옵니다."

"쉽게 구별하려고 각자 다른 곳을 때린 거야?"

"소장이 직접 하진 않았사옵니다."

"누가 뭐래. 근데 이놈들은 주로 어디서 활동했어?"

"권금수가 태안, 권은수가 의주, 권동수가 왜관에서 활동했사옵니다. 사실상 이들 형제가 밀수를 다 해 먹고 있던 거지요."

"부모님이 금은동이라고 이름 지었을 때는 밀수로 성공하라고 한 게 아닐 텐데. 그건 그렇고 거래처는 전부 알아냈어?"

"예, 제법 규모가 있던 놈들이라 거래처도 거물이었사옵니다."

"접선 방법은?"

"그것도 알아냈사옵니다."

"좋아, 데려가서 정신 교육 단단히 시켜 둬. 안심하고 현장에 데려갔더니 거래처 앞에서 울고불고 짜면 될 일도 안 된다."

"문제없사옵니다."

강대산의 신호에 착호군이 득달같이 달려와 형제를 데려갔다.

착호군의 일솜씨로 보건대 현장에서 탈 날 일은 거의 없겠네.

창덕궁으로 돌아가려는데.

"전하, 잠시 시간을 내주시지요."

강대산이 붙잡으면서 눈짓으로 안가를 가리켰다.

조용히 할 말이 있는 모양이다.

난 주변을 물리고 안가로 들어가 강대산과 독대했다.

"무슨 일이야?"

"전에 주 씨가 뿌리던 은덩이를 조사해 보라고 하지 않으셨습니까?"

"오, 뭔가 알아낸 거야?"

"꼬리를 잡긴 했는데 확실치가 않사옵니다."

"자세히 말해 봐."

"은을 추적한 결과, 경강상인 이름이 몇 나왔사옵니다. 주 씨가 거간꾼 영감에게 줬단 은덩이가 경강상인의 돈인 거지요."

"그래서?"

"경강상인을 몰래 감시하다가 그중 한 놈과 몰래 만나는 수상한 놈을 목격했는데 거간꾼이 말한 주 씨는 아니었사옵니다."

"그럼 다른 놈인가? 확실해?"

"30대 초반으로 보이는 젊은 놈이었사옵니다."

"변장한 건 아닐까?"

"아닌 것 같았사옵니다."

"당연히 새로 나타난 놈을 추격했겠지?"

"그렇사옵니다. 이름은 못 알아냈지만, 초씨는 확실하옵니다."

"그래, 초 씨는 잡았나?"

강대산이 머리를 긁적였다.

난 한숨을 쉬었다.

"못 잡았군."

"놈의 실력이 뛰어나 미행에 실패했사옵니다."

"미행을 들킨 건가?"

"그렇진 않을 것이옵니다."

"어쨌든 막다른 골목이군. 그 경강상인을 계속……."

"초 씨는 놓쳤지만, 누굴 만나는진 목격했사옵니다."

"오, 누군가?"

"금군 고위 간부 중 하나였사옵니다."

난 깜짝 놀라 벌떡 일어났다.

"금군이라고?"

"황송하옵니다."

"젠장, 금군은 천 명이나 되는데. 아니지, 초 씨라는 놈이 포섭한 금군이 한 명일지, 백 명일지 누가 알겠어. 이거 곤란한데."

"추포를 윤허해 주시면 소장이 직접 캐 보겠사옵니다. 아마 도중에 죽지만 않으면 놈들의 정보를 알 수 있을 것이옵니다."

그러면서 강대산이 파충류 같은 서늘한 기운을 뿜었다.

스킬도 있으니까 내가 심문해도 알아낼 순 있겠지.

근데 계속 찜찜하네.

금군이 몇 명이나 포섭되었는지 알아야 잡든지 말든지 하지.

괜히 금군 간부를 건드렸다가 다 끝났음을 직감한 다른 금군 놈이 바로 옆에서 칼로 푹 쑤시면 난 거기서 끝장이잖아.

난 사고사가 아니라, 자연사로 죽고 싶다고!

더구나 지금은 수명도 만빵인데.

가만?

차라리 이번 기회를 함정으로 써 봐?

물이 깨끗하면 숨지만, 흙탕물이 되면 별게 다 나오는 법이지.

옆이나, 뒤에 있는 놈이 무서운 거지, 앞에 있으면 안 무섭다.

난 그 자리서 바로 계획을 세우고 강대산에게 전달했다.

강대산은 걱정을 드러냈으나 내 고집을 꺾지 못했다.

며칠 후.

난 군제 개혁 때문에 바빠서 하지 못한 운동을 다시 시작했다.

평소 코스대로 관우정에서 헬스하고 후원을 조깅했다.

금군도 평소처럼 움직였다.

조깅 당번을 맡은 기송일이 금군 200명으로 후원을 에워쌌다.

그리고 상선은 내시부와 멀리서 천천히 좇아왔고.

난 왕두석과 홍귀남만 데리고 후원 코스를 달렸다.

날 노린다면 조깅할 때가 최고인데 말이야.

거기다 요 며칠 조깅을 안 했으니 엄청 초조해져 있을 테지.

긴장하며 달리다 보니 어느새 반환점이 보였다.

반환점은 옥류천 최상단에 있는 청의정이었다.

후원에서 유일하게 초가로 지붕을 엮은 곳이다.

표지로 삼기에 청의정만큼 좋은 데도 없지.

복잡한 후원에서 유일하게 헷갈릴 일이 없는 곳이니.

거기다 한 가지 수를 더 써 놓았다.

초 씨란 놈과 접선한 금군 간부는 유상호란 놈이었다.

그놈과 평소에 그놈을 따르는 금군을 전부 청의정에 배치했다.

즉, 여긴 호굴이면서 동시에 함정인 셈이다.

오늘은 아닌가?

아니면 다른 곳에서?

그 순간.

쉭!

화살이 내는 파공음이 울렸다.

왔구나!

난 바로 청의정 안으로 뛰어들었다.

이는 나와 왕두석, 홍귀남이 사전에 약속한 플레이였다.

날 노린 화살은 빗나가 청의정 난간에 박혔다.

곧 금군 복장을 한 10여 명이 담 쪽에서 뛰쳐나왔다.

그중에는 당연히 유상호란 놈도 있었다.

걸려들었구나!

왕두석은 곧장 환도를 뽑아 놈들을 막아 갔고.

홍귀남은 내 옆을 지키며 보라매 두 자루로 지원 사격했다.

아군은 그뿐만이 아니었다.

기송일이 부하들과 달려와 재빨리 반란군 퇴로를 차단했다.

기송일이 성격은 급해도 이런 일을 실수하진 않는다.

그래도 이상립이나, 김준익이 더 믿음이 가지만 어쩔 수 없었다.

갑자기 당번을 바꾸면 놈들이 의심할 테니까.

"잡아라!"

이어 청의정 앞에 비트를 파고 숨어 있던 착호군이 뛰쳐나왔다.

놈들의 의심을 살까 봐 많이는 못 데려왔다.

열 명이었는데 모두 착호군 정예였다.

착호군 다섯 명은 청의정 주변을 철통같이 에워쌌고.

남은 다섯 명은 반란군 쪽으로 질주했다.

물론, 그 선두에는 강대산이 있었다.

반란군도 그제야 함정임을 깨달은 모양이다.

다들 당황한 표정으로 유상호만 쳐다봤다.

그때, 유상호가 소리를 버럭 질렀다.

"어차피 이래도 죽고, 저래도 죽는다! 모두 끝까지 저항해라!"

"옛!"

곧 치열한 싸움이 전개되었다.

상황을 파악한 상선과 내시부도 곧 도착해 전투에 합류했다.

상선이야 싸울 나이가 아닌지라, 곧장 나에게 달려왔다.

"북원에 있던 놈들과 한패이옵니까?"

"그런 것 같소."

난 착호군 사이에 숨어 전장을 확인했다.

확실히 강대산과 왕두석은 실력이 일품이었다.

강대산은 완력으로 반란군의 몸을 쪼개 버렸고.

왕두석은 적의 치명적인 급소를 끈질기게 파고들어 해치웠다.

지금쯤이면 이상립과 김준익도 남은 금군과 도착했을 거다.

놈들이 하늘로 솟지 않는 이상, 빠져나갈 구멍은 없다.

함정은 완벽히 성공했다.

아니, 성공했다고 믿었다.

그 순간.

뒤에서 착호군 하나가 큭 하는 신음을 내며 쓰러졌다.

뭔가 해서 돌아봤다.

젊은 내관 두 놈이 칼을 들고 청의정으로 뛰어들었다.

"이놈들이 미쳐도 단단히 미쳤구나!"

대노한 상선이 달려들었지만, 내관이 찌른 칼에 베여 쓰러졌다.

"상선!"

주변을 지키던 착호군은 거리가 멀었고.

홍귀남은 마침 보라매를 장전하던 중이었다.

난 혹시 몰라, 가져온 진검을 뽑아 내관 하나를 직접 막았다.
내관은 내가 덤벼 오자 약간 당황한 듯했다.
그래도 손에 쥔 칼을 내려치는 건 잊지 않았다.
난 놈의 칼에서 시선을 떼지 않다가 재빨리 칼을 올려 쳤다.
카앙!
맑은 쇳소리가 울리며 내관의 칼이 천장에 박혔다.
완력에선 놈이 내 상대가 아니었다.
난 이세계의 거인이다!
난 오른발에 체중을 실으며 칼을 내리쳤다.
촤아악!
칼날이 내관복과 살을 같이 가르며 떨어졌다.
내관의 벌어진 상처에서 쏟아진 피가 얼굴에 후두득 떨어졌다.
그 순간.
두 번째 내관 놈이 달려와 칼을 수평으로 휘둘렀다.
난 체중을 뒤로 옮기며 칼로 옆구리를 막았다.
캉!
불똥이 튀면서 내관의 칼이 튕겼다.
물론, 나도 그 충격으로 청의정 난간으로 밀려났다.
그새 자세를 회복한 내관 놈이 달려오며 칼을 들어 올렸다.
이젠 놈과 나 사이를 막아 줄 게 없었다.
난 재빨리 자세를 바로잡고 칼을 중단으로 올렸다.
다행히 내 차례는 돌아오지 않았다.

"크아아앙!"

짐승 울부짖는 소리가 들려 돌아보니 백두가 보였다.

"물어!"

명령을 내리기 무섭게 백두가 내관의 팔을 물고 끌어당겼다.

당황한 내관이 발길질했으나, 백두는 팔을 절대 놓지 않았다.

그 순간.

타앙!

총성과 매캐한 화약 냄새가 풍기며 내관이 비틀거렸다.

장전을 마친 홍귀남이 총을 쏜 거다.

총성에 놀란 백두는 팔을 놓고 도망쳤고.

총을 가슴에 맞은 내관은 비틀대며 한쪽 무릎을 꿇었다.

그사이, 착호군 하나가 뛰어 들어와 칼을 휘둘렀다.

솜씨가 얼마나 좋은지 머리가 짚단 잘린 것처럼 튀어 올랐다.

젠장, 죽이면 안 되는데.

홍귀남이 놈의 눈을 쏘지 않는 건 내가 살려 두라고 해서다.

이를 알 리 없는 착호군은 다급한 나머지 목을 잘라 버렸다.

스킬도 목을 잘린 놈에겐 안 통한다.

"으으."

그때, 가슴을 베인 첫 번째 놈이 지르는 신음이 들렸다.

아, 칼이 얕았나 보네.

어쨌든 지금은 다행이다.

난 재빨리 놈을 붙잡고 중급 최면술을 펼쳤다.

"배후가 누구냐?"

"주, 주초……."

"주초?"

"주, 주초……."

"내시부에 너희 둘 말고 또 배신자가 있나?"

"없, 없다."

그 말을 남긴 내관은 결국 숨이 끊어졌다.

주초라…….

혹시 그 주초인가?

〈3권에서 계속〉

초촌 현대판타지 장편소설

우연한 술자리에서 속마음을 털어놓은 것은,
그저 가슴속 멍울을 해소하기 위한 몸부림이었다.

"솔직히 좀 부럽더라고요.
그런 인생을 살고 싶었거든요"

대기업 마케터로 잘나갔고, 작가의 삶도 후회하지 않는다.
마흔이 넘도록 내세울 것 하나 없다는 것만 빼면.
그래서 푸념처럼 했던 말인데, 정말로 현실이 될 줄이야.
5공 시절의 따스한 봄날, 7살의 장대운이 되었다.

지금이 아니면 다시는 돌아오지 않을 기회.
제대로 폼나게 살아 보자.
이 또한 장대운, 내 인생이니까.

잇츠
빌런스 코리아
초촌 현대판타지 장편소설
"국민을 기만하고
자기 잇속만 챙기는 놈들의 악당이,
악당의 악당이 되고 싶습니다."
부패한 정치권을 바꾸려는 전직 국회의원.
그런 그에게 손을 내미는 남자.
"그 악당. 저도 돼 보고 싶어졌거든요.
문호 씨의 그 꿈. 저에게 파세요."
2 잇츠 빌런스 코리아
1 잇츠 빌런스 코리아
잇츠
빌런스 코리아

북두